IM PRESS

Виктор НОРД

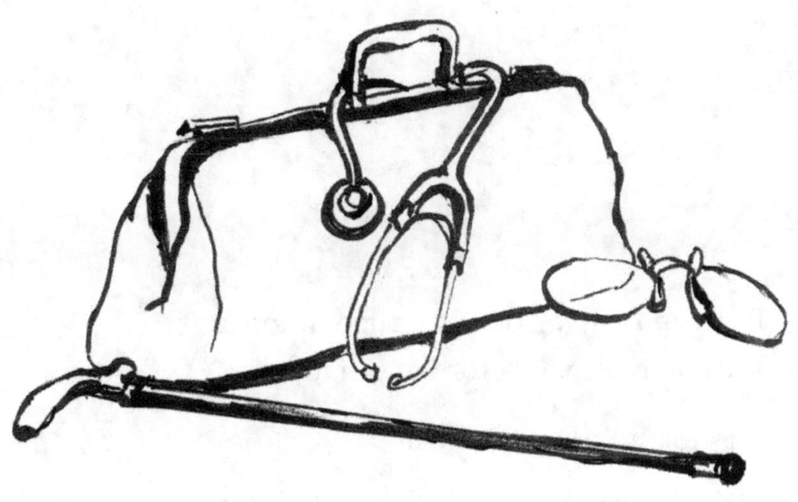

ДОКТОР
Саперлипопет

БОСТОН • 2024 • BOSTON

Виктор Норд. Доктор Саперлипопет
Victor Nord. Doctor Saperlipopette

ISBN 978-1-960533555 (pbk)
ISBN 978-1-960533562 (hardcover)

Published by M•Graphics | Boston, MA
  www.mgraphics-books.com
  mgraphics.books@gmail.com

Book Design by M•Graphics © 2024
Cover Design by Larysa Studinskaya © 2024

Printed in the USA

Эта книга — вымысел. Она не годится для использования в качестве хроники. Или даже документальных мемуаров. Главные персонажи изукрашены памятью до неузнаваемости, даты сдвинуты, многие исторические имена и названия переиначены.

За некоторыми исключениями.

Когда история касается реальной личности под ее настоящим именем, автор в поддержку использует либо подлинный, хотя и сокращенный свидетельствующий документ, либо слова из уст самого такого персонажа. Что, конечно, тоже не может служить гарантией достоверности факта.

Используя открытые официальные документы, автор часто их ужимает, комбинирует и перекраивает, однако делает это исключительно в интересах читателя, чтобы облегчить ему путь к смыслу документа сквозь суесловие и суконный стиль казенного языка.

Вымыслы и сокращения совсем не обязательно должны означать ложь.

А что в этих вспышках детской памяти — правда и что — нет, автор предоставляет читателю судить самому.

Автора устраивает любое мнение. Лишь бы вам, читатель, не было скучно.

Автор выражает признательность многим друзьям и доброжелателям, без участия которых было бы немыслимо создание этой книги.

И прежде всего — **д-ру Александру Бененсону** за меткие литературные замечания, а также неоценимую помощь как эксперта — медика и биолога.

Признательность **Давиду Гаю,** редактору, прощавшему мне постоянно менявшиеся даты окончания книги и хранившему свежесть восприятия до самой последней ее строчки.

Благодарность автору-романисту, историку и журналисту **Семену Резнику** за его интерес и оценку моих работ, выраженные заочно, задолго до личного знакомства.

И конечно же — **Наташе Никитиной**, давнему другу, чей вкус, чувство стиля и любовь к печатному слову служили мне мерилом требовательности к моему труду.

И **Алексу Шехелю**, первому читателю, поверившему в мои возможности русскоязычного автора.

Спасибо издателям **Нелли и Павлу Пикман**, весь год публиковавших в газете «Каскад» эту книгу как «роман с продолжением», за их бережное отношение к тексту.

Благодарю продюсера **M. Sebastian Valand-Artaud**, за терпеливое ожидание французского перевода книги, вопреки всем пандемиям и войнам до сих пор стоящей в планах реализации его компании NEVEN, Inc.

Моей семье — **Лене, Дэвиду и Бенни,** привыкшим к моим бессонным ночам и дневной сонливости и прощавших мое равнодушие ко всему, не относящемуся к моей работе: я обещаю им любовь, безраздельное внимание и глубокий интерес к их делам и переживаниям… до начала следующего проекта.

Виктор Норд, NY
July 15, 2024

«*Один из них, случайно выживший...*»
Константин Левин

ОГЛАВЛЕНИЕ

Часть первая

«МИШИГЕНЕ!..»

— Если только я узнаю, — говаривал дед, — если только узнаю, что ты пошел по моим стопам... Я прокляну тебя, клянусь, прокляну тебя из могилы! Понял?

Мне было года четыре или чуть меньше.

— Понял, — с привычной готовностью отвечал я. — Я никогда, ни за что не буду врачом. Уж лучше мне быть летчиком. Или водолазом.

— То-то! — хмыкал дед удовлетворенно. — А теперь ложись ко мне на колени — и получать!

Я был ученым: знал, что положено делать. Я забирался к нему на колени и, улегшись на живот, подставлял зад. Была суббота, дед не ходил на дежурство, и по субботам мы с двоюродной сестрой Людочкой должны были получать по заднице за всю неделю. Если успевали достаточно набедокурить — хорошо, если случайно вдруг нет — тогда *авансом*.

Шлепал дед не больно, даже не спускал нам штаны, исключительно в воспитательных целях. При этом приговаривал: — На́-на́-на́-на́-на́! — еще?

— Еще, — привычно просили мы, зная, что за неделю успеем проштрафиться. Он шлепал еще несколько раз, потом решительно говорил: «Будя!» — и мы должны были подходить к его руке и говорить: — Спасибо, дедушка, что ты учишь меня уму-разуму. Таков был заведенный им обычай.

Комментируя этот обычай, бабушка шептала себе под нос, но так, чтобы всем, кому надо, было слышно: — *Миши́гене...*

Дед был, что называется, чудаком. Немало знавших его считали, что он слегка выжил из ума. Много позже в Англии я узнал, что слыть эксцентриком считалось особым шиком среди тамошней снобливой аристократии. Но в Киеве 1949 года это было свойством совсем небезопасным: в стране свирепствовала кампания против всего экстраординарного, выходящего за привычные, общепринятые рамки. Каждый должен был выглядеть и вести себя, как все.

Все необычное в человеке считалось космополитизмом, то есть поклонением буржуазному Западу. Особенно, если человеку при этом выпало на долю быть евреем. Да еще ко всему — и врачом.

Дед происходил из многочисленной еврейской семьи, где из одиннадцати детей семь стали выкрестами. Глава семейства, купец первой гильдии барон Гинзбург, отнесся к этому с безразличием: не его дело, пусть поступают, как вздумается. Всех детей, однако, он отправил получать образование за границей, чтоб не думали ни о каких там процентных нормах. Дед же мой решил оставить свои метрические записи какими были они при рождении: его, поклонника Энциклопедистов, смешила сама идея смены одних *религиозных оков* на другие.

Легче всего ему было говорить, читать и ругаться по-французски. Любил он и сочные украинские выражения, а также популярное в Киеве восклицание *Саперлипопет!*, мало кому известного происхождения. *«По-еврейски»* (на идиш) дед понимал лишь одно слово: «Мишигене». Этому научила его бабушка; родом из местечка Бровары, она была младше деда на двадцать шесть лет; подозревали, что именно своими странностями он и завоевал ее сердце.

Дед же называл ее исключительно ведьмой с Лысой горы, или еще — Бабой-Ягой, но это уже позже, когда у них появились мы, внуки, звавшие ее *бабой*.

Этому была реальная причина. У бабушки, действительно, была странная склонность к колдовству. Она перед сном часто посыпала внуков солью, *чтоб росли*. Если кто-то из нас зевал — требовала, чтоб зевнувший немедленно сплюнул через левое плечо, если чихал — через правое, и при этом что-то неразборчиво приговаривала. А если детям случалось простудиться — необходимо было каждые два часа поджигать какое-то ароматическое зелье и при этом повторять: «У кошки — боли́, у собаки — боли́, а у Витеньки — не боли́!»

Дед издевался над бабкиными суевериями; он верил в идеи Просветителей, любую религию, слегка перевирая Маркса, называл *опиумом для народов*, и повторял, что в некоем американском городе Сэлем бабке пришлось бы худо от таких же *обскурантов*, как и она сама.

«Хорошо, Мося, хорошо, значит я — обскурант,.. — соглашалась бабка: она не возражала слыть колдуньей. Она ведь не выглядела обычной ведьмой, старой каргой с бородавкой на носу, без зубов и с метлой, чтоб летать на шабаш, о нет!

Бабка была рыжая, молодая и пухлая, как горячий калач; в эпоху советских сиреневых панталон по колено она носила шелковое интригующе черное (выкрашенное ею самою!) белье, подводила брови жженной пробкой, а губы — моим детским карминным карандашом по особому контуру, называвшемуся ею *би-стинг (укус пчелы)*, в стиле роковой звезды кино *Клары Боу*.

За ней всегда не прочь были приударить дедовы коллеги-врачи, многие куда его моложе — да и немало бывших пациентов деда, любивших его навещать. Дед ревниво ворчал, что все они «ходят кругами, как акулы, клацают зубами и присматриваются, куда бы вцепиться», но ничего не предпринимал, чтобы такие визиты прекратить. Втайне ему, по всей вероятности, льстило, что его белотелая рыжеволосая Баба-Яга пользуется таким успехом.

Совсем забыл упомянуть: дед был невероятно близорук. Про него шутили, что доктор Г. носом стирает собственные рецепты, когда их выписывает. Сколько помню, он всегда носил пенсне на особых *гигиенических* французских пружинках или старые золотые очки, глубоко врезавшиеся в переносицу. Особые стекла — комбинированный близорукий астигматизм, по сфере и цилиндру, различные для правого и левого глаза, для него специально изготавливали в правительственной лечебнице ЦЛК, впоследствии Лечсанупра. И то оттого только, что и сам он служил там *и.о. завотделения*.

Только много, много позже я начал понимать, отчего дед иногда двусмысленно ухмылялся, упоминая название его службы — *Це-Эл-Ка*...

Чудовищно неуемный его характер в сочетании с уже известным нам астигматизмом и вспышками ревности, о которых ниже, сделали деда в моей памяти — и воображении — персонажем множества невероятных историй, и я, если смогу, попытаюсь их рассказать по мере того, как они будут возникать из прошлого.

AD IMPATIENTIAM IMPOTENTIA
(НЕТЕРПЕНИЕ ВЕДЕТ К ИМПОТЕНЦИИ)

Насколько близорук, настолько был дед и ревнив. Можете представить себе такое сочетание. При несносном его характере это было похлеще, чем мужчине быть одновременно и толстым, и лысым коротышкой. Дед же при этом был огромного роста, а ревность его объяснялась лишь знанием непостоянства женской натуры: с самой ранней молодости он был не прочь — я чуть было не сказал: побегать, но нет! — приволокнуться за дамами. Бегать по своей близорукости он, конечно, не мог — ходил он осторожно, медленно, с неизменной тросточкой, чтобы не споткнуться на брусчатке крутых киевских улиц. Однако любую привлекательную особу дед тотчас же замечал с любого расстояния, какого бы возраста она ни была.

И никакой астигматизм здесь ему не мешал: дед объяснял это хорошим периферийным зрением, которое якобы компенсировало врожденные дефекты его хрусталиков.

— Там, на скамейке слева, погляди-ка, — бывало, говорил он мне, — аккурётная девочка, а? — Этим странным, им самим изобретенным словом он определял понравившихся ему женщин.

— Да, эта ничего вроде — солидно соглашался я, хотя и не всегда был уверен, о ком идет речь. — Стоит, небось, чтоб выписать ей путевку *в Трускавец.*

— Что? Куда?!

— В Трускавец, в санаторий, — такое название я подслушал у деда на работе, когда приятель его, специалист по женским болезням, соблазнил пациентку:

— ...Сначала, представьте, — сплетничали медсестры, — он выписал ей путевку в Трускавец, затем подъехал туда в санаторий, вроде проверить, как действуют воды, задержался на двое суток, а потом и вообще ушел от жены и двоих детей, а она — от мужа! Но через месяц, представьте, надоели оба друг другу до чертиков, рассорились со скандалом — и оба остались *на бобах...*

— И чего он в ней нашел необычного — недоумевал тогда дед, — это с его-то опытом? Ну, подурачились бы *quantum satis* там на водах — и *basta... Merde!* Ругался дед, как уже упоминалось, по-французски, или реже — по-украински.

— Запомни, — обращался он ко мне, подымая вверх длинный указательный палец, — даже самая блестящая дама не может дать больше того, что у нее есть. Особенно — специалисту по женским расстройствам. Это я тебе как интернист говорю.

— Да понял уж, — басом отвечал я, и дед довольно хмыкал: — То-то...

— И вообще, — развивал он свою мысль, — женщина — это исчадие ада! Для тех, разумеется, кто не умеет владеть своими прихотями и капризами. Вот ты, например, скандалил вчера посреди крытого рынка: «Хочу лук со стрелами, купи! Прямо здесь, сию минуту! Хочу! Хочу!» (Дед произносил «хочу!» открыто, окая, с киевским акцентом: *ХОчУ–У!*), а не по-московски: *хА-чЮ.*)

— Такого рода капризы — залог неуспеха у женщин, запомни. *Ad impatientium impotentia!* Повтори!

— Ад импатиенциам — импотенциа! — старательно повторял я, подымая вверх палец и сохраняя его назидательный тон.

— То-то! Только терпение и умение выжидать приносит плоды.

И дед подробно, со всеми деталями, в который раз пересказывал мне студенческий легкомысленный вариант басни Лафонтена о том, как ветер устроил бурю, пытаясь сорвать плащ с дамы, но та лишь плотней в него укутывалась, тогда как солнце своими теплыми лучами заставило ее саму разоблачиться донага.

— А вот в театре публику раздевает тетя, — заметил я. — Люди сами сдают ей пальто за номерок — и потом еще дают рубль на чай.

— *Ослá, саперлипопет!* — сердился дед. — Вырастешь — узнаешь, о чем эта басня. Запомни пока: о том, что криками «хочу!» ничего не добиться! Это — главное, понял?

— Понял — криками не добиться. Но вот ты, дедушка, — на бабушке ты добровольно женился? И мама и дядя Яша — ваши дети? То есть их бабушка тебе родила, так?

— Ну да, разумеется, *merde!*..

— Да, но женился ведь ты на ней, наоборот, оттого что было холодно, а вовсе не оттого, что тепло и лучи, так?

— Что-что?

— Ну, потому что тебе холодно было, а криками ничего не добиться...

— Что-о?

— Ну, оттого что, если б не женился, ты не смог бы залезть к ней под одеяло?

— Что-о?!!

У деда побагровел нос, слетело пенсне, он остановился, наклонился и стал близоруко шарить палкой по тротуару, пытаясь его найти. Я поднял чудом уцелевшие стекла и подал ему в руки.

— *Merde!*.. Да кто... *Qui a indi...* да кто посмел... кто... сказать тебе такую чушь? — от злости дед чуть не забыл, что со мной следует говорить по-русски. Я испугался малость:

— Кто, кто? Да сын твой, Яша, вот кто!

— Это... это он *тебе*, тебе такое говорил?!

— Нет, не мне, конечно, а гостям...

— *Trente-six mille cochons!* *(Тридцать шесть тысяч свиней!)* И что он еще говорил, помнишь? Постарайся припомнить, поточней!

— Как же не помнить? Ну... что ей не было и шестнадцати, когда вы встретились, ты старше был, чуть не в деды ей годился. Он еще говорил, что маму Женю бабушка родила шестнадцати с половиной лет — и за пять минут! А в семнадцать с половиной — его самого, и тоже раньше времени. И что мама еще дразнила дядю Яшу за это: *«Недоношенный, семиме-есячный...»*, а он известку грыз со стен, потому что у него не хватало *пальца*.

— Кальция, *merde!* Кальция! У твоего дяди язык, как у двадцатимесячного, его пороть надо! И потом — это враки, удобные семейные мифы! Она сама под столом мне на ногу наступала каждый вечер! И руку жала на прощанье. Запомни: я поймал уже созревший, падавший с дерева плод! Спас ее семью, можно сказать, от сложностей: к ней местный телеграфист уже вовсю льнул — они, как минимум, обнимались там по углам, ясно? Но об этом чтоб — никому. Ни слова. Молчок!

— Да понял уж, — басом ответил я.

— То-то! — проворчал дед, явно удовлетворенный моей сообразительностью.

ДЕПОРТАЦИЯ

Дед, однако, в глубине души прекрасно осознавал причину своей неуемной ревности.

Дело в том, что однажды ему самому предложили в двадцать четыре часа убраться за пределы страны, где он обучался своей профессии. Страной этой была Швейцария, точнее, кантон Во. А обучался там дед медицине и биологии в Университете Лозанны, и был лучшим студентом в своей группе инфекционных заболеваний, то есть был *Major de promotion*.

Курс дед с отличием закончил, степени защитил, оставалось только дождаться церемонии присуждения обеих степеней: доктора медицины и доктора биологии.

Тем скандальнее было внезапное требование полиции кантона Во, чтобы подданный Российской империи, мещанин вероисповедания иудейского г-н Гинзбург Моисей, сын Эммануила, под страхом ареста и суда немедленно и добровольно покинул свою *alma mater*.

Матер эта, кстати, не только обучала деда медицине, но и полной мерой выгребала плату за каждый день его пребывания там: на лекциях ли, в клубах ли, в студенческих братствах (и чтоб не менее двух!), за проживание-питание, за пользование спортивным инвентарем и даже академической лодкой-одиночкой! Дед при этом плавал плохо, холодное Женевское озеро не любил, и так никогда и не решился сесть в это утлое суденышко со скользившим по рельсам сиденьем.

Семья деда была известна как весьма состоятельная, поэтому ни о каких льготах и стипендиях даже речи не могло быть. Этой семье обошлось в круглую копеечку отложить депортацию деда вплоть до вручения дипломов, но что было делать? На карту были поставлены семь лет обучения, оплаченные по первой категории в одном из лучших медицинских заведений Европы. Деду в честь успешного окончания курса уже были заказаны отцом именные золотые часы с боем и *репетиром*.

Читателю, конечно, не терпится узнать, чем мог так провиниться российский студент вероисповедания иудейского в Швейцарии начала двадцатого века. Держу пари, ему видится революционная деятельность, подпольные кружки, печатание прокламаций и доставка их контрабандой в Россию. Ничего подобного! Это как раз совершенно не возбранялось. Такая деятельность никоим образом не конфликтовала с тамошними законами в либеральной Швейцарии. Более того, сам дед *политических* недоучек-эмигрантов презирал, считал их бездельниками и *игнорамусами*, упускавшими шанс обучаться бесплатно на стипендию в лучших университетах Европы.

В вину деду вменялось совсем иное: два грубых правонарушения, и оба на основании тайных доносов — жалоб пострадавших. Первое: познакомившись в парке с одной из юных воспитанниц английского летнего пансиона «*Дочери Достойных Семейств*», родом из города Гулль (он же Халл), дед уговорил пансионерку оставить на ночь открытым окно ее *дормитория*, тайком пробрался туда и провел там шесть ночей подряд. И не только с ней, но и еще с двумя ее соседками, тоже из достойных семейств города Гулль! Самой старшей из них едва исполнилось девятнадцать.

Девицы таскали деду кофе из столовой по утрам, а перед полуденной проповедью, когда все обитательницы пансиона собирались на молитву в рекреационном зале, он, никем не замеченный, безнаказанно покидал место преступления через то же окно, выходившее в английский парк с дикими кустами смородины и густой травой.

Второе нарушение закона было еще более серьезным, хотя и менее опасным для жизни: каждый раз, возвратившись к себе в кампус от пансионерок, дед подвешивал гирю от стенных часов к цепочке душа в ванной! Беспечно транжиря таким образом дорогую фильтрованную воду, что было категорически запрещено, он долго мылся там и распевал во все горло при этом: «*Гаудеамус игитур!*»

Жившие за стеной два мрачных студента-кальвиниста несколько раз извещали деда, что это мешает их полуденной молитве; двое других, атеисты-революционеры, требовали не нарушать по расписанию положенный им дневной сон.

Вотще! Обнаглевший дед был слишком молод, слишком счастлив и доволен собой. Испытания он сдал с наилучшими результатами, до вручения обеих степеней оставался месяц, и традиционные речи уже были выучены им по-латыни наизусть. У него даже был готов и перевод документа на русский, заверенный нотариусом и завершавшийся словами: «...успешно кончил в университете города Лозанны, кантон Во, Швейцария». Так было принято в то время писать и говорить.

На четвертый день его пения в ванной соседи составили на деда донос в администрацию кампуса, жалуясь на нарушения их гражданских прав на молитву и отдых, а копии отправили в русский консулат и полицию кантона Во. Первым откликнулся русский консул: уже на другой день от него пришла к жалобщикам депеша-коммюнике:

«Гнать *иноверческих* субъектов из города следует в шею: ходатайствуем по каналам дипломатическим об аннулировании Российского паспорта и с тем вида на жительство упомянутого вами лица».

Депешу показали префекту полиции кантона; тот несколько удивился свирепости русского консула, но защищать иностранца не стал, не его это было дело. Жалобу передали выше по начальству, дошло до Федерального Департамента Иностранных дел. Домино стало быстро падать — и дед оказался в беде. Как на грех, за три дня до того пришли заказанные отцом именные часы *«от Лонжина»* — и именно их дед потерял серым дождливым полднем, в последний раз удирая через окно домой.

По звону в траве часы нашел садовник; честный человек, он, разумеется, отдал их наиболее сообразительной из девушек, тут же заявившей, что принадлежат они ее брату. Вещь вернули владельцу, но русскую надпись с его именем успела заметить наставница пансионерок, старая дева, — и это был конец всему. Воспитанниц после проверки у гинеколога (убедившись в их технически ненарушенной невинности) спешно собрали ночью в дорогу, тайком заказали закрытый экипаж и первым же утренним поездом отправили в Женеву, а оттуда — под присмотром строгого краснорожего пастора — домой, в родной город Гулль, он же Халл, Англия.

Дед еще ухитрился вечером, когда скандал уже разгорался не на шутку, встретиться с одной из девиц напоследок в укромном уголке городского сада, между раковиной оркестра и хорошеньким, увитым плющом домиком уборной — и затащить ее на четверть часа под сцену, пока оркестр над их головой опьянял посетителей сада легкомысленным Оффенбахом. Оба умирали от хохота — так были рады что обманули старую деву, которая терпеливо поджидала воспитанницу на скамейке возле домика, свято веря в ее внезапное несварение желудка.

Девушки пансиона отдавали себе отчет, что ни матримониального, ни даже романтического будущего с их кавалером у них быть не могло: он был российским евреем и агностиком, воспитанницы же — ревностными протестантками, так что прощались они навсегда. Но ни одна из них ничуть не жалела о случившемся: время они провели с дедом — весело, многому научились, да и валять дурака с близоруким, но галантным повесой–медиком было безопасно и необременительно; во всяком случае, куда свободнее, чем с их чванливыми соотечественниками, не приученными к обществу дам, и уж такими… такими уж… зажатыми и *неумелыми* — особенно в обращении с предметами дамского туалета…

Итак, ничего удивительного: поняв, что жажда нравиться и быть желанной не признаёт в женском сердце никаких преград и условностей, дед превратился в циничного и недоверчивого ревнивца.

На всю жизнь он запомнил, что ни догмы англиканской церкви, ни свирепые викторианские правила не в силах будут остановить самую благовоспитанную барышню, если ей придёт в голову провести запретные, но такие сладкие четверть часа в пыли под грязными подмостками с наглым очкастым ловеласом — пока оркестр над головой завораживает душу чувственной до неприличия баркароллой из «Сказок Гофмана».

НЕЛЮБИМАЯ ПРОФЕССИЯ

Дед считался одним из лучших диагностов в Киеве. Тридцать лет он проработал в правительственной клинике *Лечсанупра*. Никаких привилегий ему при этом не полагалось, кроме разве личного телефона в комнате большой коммунальной квартиры, где жили они с бабушкой. К телефону, пока дед был на работе, выстраивалась целая очередь соседей, пользовавшихся бабушкиным дружелюбием и неспособностью отказывать просителям: одной из причин дедовой ревности.

Он не любил свое дело. Объяснял он это тем, что со времен Парацельса все, чему медицина научилась — это только резать! Остальное врачевание как было, так и осталось на уровне интуиции, в потемках, а все — из-за множества шарлатанов, консерваторов и обскурантов в этой профессии. Несмотря на неудовольствие начальства и партийной организации клиники, дед громким и сварливым голосом заявлял в коридорах, что внутренняя диагностика осталась искусством, и никакой наукой не стала, и что игнорамус и в самый сильный микроскоп ни черта не увидит, а если и увидит — не поймет и сделает совершенно абсурдные выводы.

Кстати и некстати он напоминал своим коллегам о том, что заболеваний не существует, а есть только больные!

Многие университетские профессора презирали его за это и за спиной называли ретроградом, воинствующим вульгарным клиницистом. Русское название своей специальности — терапевт — дед тоже не любил, ибо оно ассоциировалось у него с физиотерапией или еще с принятым некогда в Швейцарии названием психиатров.

Степени доктора биологии дед так и не получил — только доктора медицины. Во-первых, у него не хватило на это времени: за немалый штраф власти кантона Во едва согласились на две сверхсрочные недели его пребывания там для церемонии присвоения медицинской степени.

Во-вторых, деду пришлось заново экстерном сдавать экзамены по-русски в Казанском университете: зарубежные научные и медицинские дипломы в Российской империи не признавалась. Пройдя все остальные испытания с отличием, один из экзаменов — местная медицинская терминология — дед по вздорности характера чуть не провалил, поспорив с экзаменатором по какому-то пустяковому поводу.

Стало ясно, что в Казани, с ее процентной нормой, деду — поклоннику идей Монтескье и Дидро, лучше и вовсе не касаться абстрактных наук и философии. Так что пришлось удовлетвориться степенью доктора медицины и позабыть обо всех иных.

В ТРУДНЫЙ ЧАС БЫТЬ ПОЛЕЗНЫМ ОТЕЧЕСТВУ

Но главное было даже не в этом. Вскоре разразилась война с Германией и Австрией, и дед, новоиспеченный интернист, подал в Союз Городов прошение быть зачисленным в штат одного из санитарных поездов Союза.

От действительной службы он был освобожден по зрению, так что проходил в качестве *вольноопределяющегося* (то есть добровольца), и об этом даже упомянули в патриотической газете.

Приглашение в помощники главврача поезда дед получил от самой княжны Веры Гедройц. Эта, известная на всю Россию первая женщина-хирург заработала свою степень в Лозанне, в той же университетской клинике, что и дед. И профессор у нее был тот же — Сезар Ру, знаменитый хирург. Он-то и обратил внимание княжны на юного ее однокашника, обладавшего необычным даром интуиции в диагностике инфекционных заболеваний.

С присущей ему въедливостью и скрупулезностью дед приступил к своим обязанностям, и через месяц новый поезд был подготовлен к выезду на позиции. Он был экипирован самым современным хирургическим оборудованием, швейцарской оптикой и аппаратом Рентгена, химикатами и материалами для лаборатории, ваннами и даже двумя отдельными кухнями для различного типа желудочных пациентов! В немалых затратах на оборудование приняла участие и семья деда.

Перед отправкой сверкающий огнями поезд показали императрице Александре и она, одетая в форму сестры милосердия, сама благословила его и представила к награде всех, кто его снарядил.

Однако триумф деда длился недолго. В день отъезда на Юго-Западный фронт он явился на вокзал с дорогими щегольскими чемоданами, чтобы занять место в своем отдельном купе. И тут выяснилось, что на его должность уже назначен другой человек, и даже не полноценный доктор, а *зауряд-врач*, чиновник Военно-Медицинского ведомства.

Он-то и передал деду копию его прошения с резолюцией: «Отказать» за подписью Председателя. И ледяным голосом выразил сожаление из-за негативной резолюции Союза Городов.

Дед разозлился не на шутку. Потрясая серебряной медалью «За усердие», полученной из рук императрицы, он стал кричать, что отказавшие пожалеют о самоволии и требовал разъяснений.

— Более сообщить ничего не могу-с, — сказал чиновник и захлопнул дверцу купе перед носом у деда.

Оставив багаж прямо на вокзале, дед вскочил в северный экспресс и на другое утро был уже в Царском Селе на приеме у княжны Гедройц; отложив все дела, она тут же направилась прямо к Ее Величеству и уже через час вернулась с ответом.

Не давая деду шанса задать вопрос, она брезгливо швырнула на стол пакет с сургучными печатями, с отвращением прошипев: «С-секретно». Дед сдвинул пенсне к самому кончику носа и стал читать тайный приказ:

**«Начальнику Санчасти
армий Юго-Западного фронта:**

…в целях предотвращения анти-патриотической разрушительной пропаганды в войсках… направлять медиков–иудеев отнюдь не в санитарные поезда и тыловые госпитали, но в такие места, где им пропаганда затруднена… как, например, на передовые позиции, для уборки раненых с полей сражений».

— Эпидемии и вши убивают в траншеях больше, чем снаряды! Я инфекционник, таких не хватает. Ослы! При чем тут уборка раненых?!

— Александра не в силах ничего изменить, пока армией командует этот кретин, Великий князь Николай Николаевич. Тот вообще запрещает евреям находиться в зоне военных действий. Они там *просирают* одну кампанию за другой к *ёбаной* матери, — выругалась княжна и закурила сигару, — а сваливают все на предательство и «жидов».

— И что же прикажете в таком случае делать? — все еще хорохорился дед.

— А вот что: я бы на вашем месте купила револьвер (княжна произносила: «*рэвольвэр*») и пошла на баррикады. Вместе со всем вашим народом: хватит ему рыдать и жаловаться! Чего этой империи действительно не хватает, это не диагностов, а хорошеньких гильотин — для имперских дураков и юдофобов!

Тут даже дед заробел, крякнул свое *merde!* и стал нервно оглядываться. Все же это был лазарет при Дворцовом госпитале, и сестрами там служили великие княжны Татьяна и Ольга, да и сама императрица!

— А, бросьте, вздор! — Гедройц мужским жестом вдавила окурок в пепельницу и загасила сигару. — Я и сама уберусь отсюда вон при первой оказии. Хоть на фронте отдохну от бабья, от фрейлин, и придворных интриг. Пусть только пикнут! Мне-то эти мерзавцы не посмеют запретить фронтовую службу, хоть я и юбку ношу.

Тем и закончилась первая попытка деда оказаться в трудный час полезным отечеству. Она, впрочем, оказалась и последней.

РЕВОЛЮЦИЯ И ЕЕ ЛЕГЕНДАРНОЕ ОРУЖИЕ

ПЕРВАЯ БОЕВАЯ НАГРАДА

Пророчество Гедройц о гильотинах вскоре сбылось.

После ряда военных неудач в стране разразилась революция, царь был низложен; в Киеве начали с калейдоскопической быстротой меняться власти, и каждая называла себя оплотом отечества и призывала врачей немедленно встать под свои знамена. Либо, как гласила одна повестка, **«в случаях неповиновения и неявки в срок, действию военно-*полеваго* суда подлежать как дезертиру, вплоть до *публичнаго* за шею повешения или расстрела перед строем».**

Иными словами — дед пользовался спросом, шел, что называется, нарасхват.

Револьвер покупать не пришлось: как военному врачу он полагался ему от любой власти бесплатно. Каждая из них считала себя истинно справедливой и революционной. Дед же к любому оружию относился с недоверием и не спешил его получать: при его близорукости оно было опасным и мало чем могло ему пригодиться.

Все правительства объединяла, впрочем, одна особенность: при малейших затруднениях они тут же начинали обвинять во всех бедах евреев. Местное население интерпретировало это по-своему, как молчаливое дозволение погромов — и начинало евреев грабить и убивать.

Большевики, среди которых евреев было немало, издавали свирепые приказы по армиям, под страхом трибунала запрещавшие погромы, но это помогало слабо.

Единственным, пожалуй, исключением — властью, которая за погромы действительно казнила на месте — это был Нестор Махно. И в его армии у деда было наибольшее количество благодарных пациентов, хотя и весьма специфических.

Тифозная вошь щадила махновцев, не знавших окопов, но девять десятых из них были хроническими венериками, и некоторые настолько запущенными, что не могли уже держаться в седле, но только ездили в бричках с притороченными к ним пулеметами.

Именно такой неожиданной причиной дед и объяснял изобретение и популярность махновской тачанки — этого легендарного оружия революции. От Махно дед и получил свою первую боевую награду — именной бельгийский «Бульдог 444» *за возвращение в строй бойцов революции*.

Дед с опаской повертел в руках воняющий маслом *револьвэр*, но отказаться не посмел: вспыльчивый *батька* мог разбушеваться по пустяку (как, впрочем, и сам дед), а впасть у него в немилость было опасно для жизни.

НЕДУГ ПО ПРОЗВИЩУ «ОБЕЗЬЯНА БОЛЕЗНЕЙ»

От каждой власти, включая Деникина, у деда были охранные грамоты: справки о том, что он призван на действительную службу и является лицом неприкосновенным. Инфекционисты, будь они хоть трижды евреями, ценились всеми армиями на вес золота: вспышка эпидемии в боевых частях означала проигранную войну.

По фронтам меж тем свирепствовал тиф, сыпной и возвратный, но не дремал и сифилис, недуг по прозвищу «обезьяна болезней» — настолько легко любому специалисту было запутаться в его симптомах. Сифилитикам ставили ложные диагнозы — то ревматизма, а то и простой ангины. Дед же выявлял признаки возбудителя почти без ошибок и щедро назначал курс *препарата 606 Эрлиха* — сальварсан, в изобилии имевшийся тогда у всех оккупантов, особенно у австрийцев и румын.

Слухи о магическом диагносте и его препарате пересекали линии фронта, слава его росла, и нередко за дедом по ночам приезжал какой-нибудь автомобиль без опознавательных знаков, и под конвоем тайно переправлял его через линию фронта к высокому начальству противника. А наутро, как ни в чем не бывало, дед уже принимал больных по эту сторону фронтовой полосы.

Одним из таких его тайных пациентов оказался председатель уездного Ревкома Ян Гамарник, впоследствии занявший одну из важных должностей в большевицком правительстве Украины. Сальварсан творил чудеса. Помимо застарелой гонореи дед избавил Предревкома еще и от возвратного тифа — и этим уж точно спас его жизнь.

Захватив власть и упрочившись в Киеве, Гамарник особым декретом повелел деду закрыть частную практику и лабораторию и принять назначение в Особую клинику для *партверхушки.* Ее-то вскоре и переименовали в лечебницу ЦЛК.

Под покровительством своей бывшей сокурсницы княжны Веры Гедройц, к тому времени ставшей уже признанной режимом *красной княжной,* и приват-доцентом Киевского мединститута, дед в относительной безопасности проработал в той клинике еще многие годы.

Однако, из-за постоянных угроз расстрелом на месте, всех этих повесток, приказов и декретов, свою медицинскую практику он тяжело возненавидел, и тоже — на долгие годы.

ПОЛКУРИЦЫ ЗА ВИЗИТ К ВРАЧУ

Войска входили в притихший город полуохватом, с северо-запада и с юга.

С запада шли объединенные украинцы: Галицкие войска ЗУНР и петлюровцы УНР. С юго-востока наступали деникинцы, части генерала Бредова.

Деникинцы называли себя теперь странно: Вооруженные силы Юга России. ВСЮР. Деда это смешило; сокращение это напоминало ему звук струи, ударяющей в дно ночного горшка: *ВСССССЮРРРРР.* За годы обучения своей профессии в Лозанне дед привык к швейцарскому быту, и позднее, уже будучи офицером медслужбы, он отказывался идти спать, если внутри его ночного столика не стоял горшок.

Киев мало походил на Швейцарию: в городе царил голод, за визит даже богачи расплачивались *пол-курицей,* электричество подавалось всего на несколько часов в день — но дед упорно напоминал перед сном бабке: Ида, не забудь *le vase de nuit* (ночную вазу) — и уж потом только снимал с носа свое пенсне и оставлял его до утра на крышке ночного столика. Ночной горшок и пенсне, таким образом, составляли необходимые атрибуты его отхода, как он выражался, в объятия Морфея.

Дед был мобилизован *«на тиф»* во все повстанческие войска, а также в армию их общего врага — большевиков.

Большевицкий Южный фронт был в августе 1919-го разрезан по центру ударом Кутепова; тыл 12-й армии красных спешно эвакуировался из Киева: начальство — на пароходах, остальные наудачу подводами или на собственных ногах босиком, с сапогами, упрятанными в котомку. За пару хороших английских ботинок на фронтовых дорогах можно было запросто поплатиться жизнью.

В подкладку врачебного белого кителя у деда были вшиты мобилизационные «рекрутки» всех четырех армий. Кроме того, в тайнике под полом у него еще был запрятан мандат, обязывающий консультировать медслужбу Народной Повстанческой армии Махно в Гуляй-Поле.

Манипулируя разноцветными мандатами, дед ухитрялся держать еще и практику в городе. Практика приносила ему мешок риса в месяц, иногда больше, плюс — немного жиров и популярное повидло на сахарине. За прием родов хуторяне могли принести жареного *кочета*, а то и двух! Дед приобретал славу народного доктора. Время было настолько сумасшедшим, что его безумные требования принимать пациентов только в порядке общей очереди, невзирая на чины, — вместо расстрела снискали ему неожиданное уважение среди махновцев и даже среди большевиков.

ПОЛОН ДОМ МУЖЧИН

Глубокой ночью черный бронеавтомобиль «РБ-тип С» привез деда в город, домой на Виноградную. Промахнувшись дважды и дав задний ход, броневик остановился, наконец, у ступеней нужного подъезда. Щиток был опущен, сквозь смотровую щель в темноте трудно было разобрать номер дома, а электричество отключали в десять.

Взвизгнув, отодвинулась тяжелая дверца, и деду помогли сойти два конвоира в косматых папахах, сперва приняв на руки его тяжелый саквояж. Пока дед, прежде чем ступить на булыжник, опробовал его в темноте своей тростью, бойцы взвели затворы своих карабинов и взяли их в правую руку. *Дохтуру* вполголоса предло́жили тоже достать свой Бульдог калибра .444, но курок пока не взводить, чтоб не покалечиться самому. Дед ворча подчинился, стараясь не вдыхать вонь ружейного масла, идущую от револьвера.

Они медленно двинулись друг за другом: дед шел вторым; замыкающий Мишка, то и дело оглядываясь, направлял впотьмах наугад во все стороны свой короткий ствол. Мишка был старшим и он отвечал за жизнь *дохтура Мосы* головой. Оставшемуся в броневике водителю было приказано перейти в башню, взвести «Льюис» и *обеспечивать* вход в подъезд, а в слу́чае чего, врубить прожектор и сыпануть по нападающим длинной очередью.

В подъезд вошли и до третьего этажа добрались без происшествий, только дед тихо ругался, нащупывая во тьме своей клюшкой ступени. Синий свет мишкиного фонарика был слаб; лифт, конечно же, ночью не работал, внутри него безжизненно раскинулось на полу тело консьержа. По оглушительному храпу, впрочем, можно было понять, что он жив, цел и невредим. Конвоиры опасались однако, что дед может в темноте нажать спуск и всадить в них, а то и в себя здоровенную пулю, и потому на всякий перевели действие револьвера на одиночное.

На площадке перед квартирой деда передний боец вдруг резко обернулся и зашипел: ссс-сс! Замыкающий тут же погасил фонарик. Остановились. Из-под двери квартиры просачивался неровный, но достаточно заметный свет! Среди кромешной тьмы лестничных пролетов многоэтажного дома чуялось что-то недоброе в этой мерцающей желтой полоске под дверью.

Было около четверти четвертого. К этому времени в домах обычно переставали выть и колошматить чем попало по железу и меди. В этом была своя логика. К трем часам ночи грабители обычно уже успевали обменять свою добычу на спирт, отдохнуть, перекусить и напиться. Для ночной работы у них бывало достаточно времени, ибо электричество подавали только между шестью и десятью, а темнота на юге наступает быстро, без сумерек.

Дома стояли молчаливыми громадами с черными провалами окон, широко распахнутых — с тем, чтобы при первых же криках «Ратуйте!» выпустить из окон в ночь тысячеголосый вопль в сопровождении *еврейского набата*: жестяных ударов по котлам, тазам, сковородкам и ведрам.

Это известное *жидовское вытье* было многократно описано свидетелями киевских погромов 1919 года — как антисемитами, так и их противниками. Лучше других об этом написал Шульгин, редактор черносотенной газеты «Киевлянин»:

...В темноте улицы появится кучка пробирающихся «людей со штыками», и, завидев их, огромные пятиэтажные, шестиэтажные дома начинают выть сверху донизу. Целые улицы, охваченные смертельным ужасом, кричат нечеловеческими голосами, дрожа за жизнь. ...Кричат «жиды». Кричат от страха. Жутко слушать эти голоса послереволюционной ночи.

На самом деле, куда более чем страхом, евреи руководствовались вполне практическими соображениями. Это был их способ противостоять массовым убийствам. Дело в том, что командованием Доброармии грабежи еврейских квартир были официально запрещены. Даже юдофоб Шульгин, требуя для евреев суровых мер, указывал на недопустимость самосуда. *Главноначальствующий* же Киевской области генерал Драгомиров вообще считался *жидовским покровителем*: в своих приказах он грозил налетчикам военно-полевым судом, да ко всему еще и самого его звали Абрамом!

Разумеется, отощавших и поизносившихся добровольцев никакие суровые меры не останавливали — отнять у жидовки козу или гуся уже давно не считалось военным грехом, однако массовых жертв при ограблении мародеры старались избегать, тихо действуя небольшими группами с наступлением темноты. Евреи достаточно быстро сообразили, что чем громче поднять шум и крик, тем скорее грабители, не дожидаясь конных патрулей, уберутся подальше в пригороды, в более тихие и безопасные места.

Один за другим целые кварталы превращались в источники криков отчаяния, и вызывали они тем больший ужас, что неслись из домов, погруженных в полную темноту.

Мало-помалу в городе установился определенный распорядок: самым опасным временем для евреев считалась полночь; в третьем часу вой начинал стихать, а к трем все налетчики уже расходились на покой, и дома́, наконец, засыпа́ли до следующих тревог.

Вот почему свет в неурочный час в квартире не на шутку встревожил конвойных. Парни и сами не были новичками в налетах, многое в их жизни бывало. Глубокой ночью свет мог означать всякое: и засаду с пулеметом, и груду обезображенных трупов на полу, но мог и — просто казаков, перепившихся у *спиртоноса* и заснувших вповалку вместе с хозяином, не притушив фитиль лампы.

Бойцам было настрого приказано, доставив доктора домой невредимым, тотчас возвращаться к своим. По договору с Доброармией их части не должны были находиться ближе двадцати верст от Киева, на расстоянии дневного перехода. Их броневик поэтому не имел опознавательных знаков и специально был вымазан сажей, чтобы ночью тайно отвезти домой врача, *пользующего* начальника штаба армии ЗУНР, у которого были *слабые легкие* (таков был тайный врачебный код, означающий хронических венериков). Неудивительно поэтому, что конвойные сильно нервничали из-за света под дверью.

Деда же одолевали тревожные подозрения совершенно иного рода. Ему вдруг отчетливо припомнилось, как одна генеральша тоже оставляла для него по ночам зажженную лампу в окне, сигнализируя, что мужа не будет до утра, и путь в ее спальню свободен.

Конвоиры вжались в стены по обе стороны тяжелой двери. Дед сбоку легонько постучал по двери кончиком трости. Прислушались — внутри было тихо, но под дверью колыхнулся неровный свет. Мрачные предчувствия деда сгущались, как грозовые тучи, и очевидно под их действием рука его сама перехватила трость посредине и сильно ударила в дверь набалдашником.

— Открывай! — громко приказал дед, прежде чем конвойный оттащил его в сторону. — Открывай! — повторил он.

Наконец, откуда-то из недр квартиры раздался испуганный женский голос:

— Кто вам нужен? Доктора нету дома.

Придерживая деда свободной рукой, конвоир вполголоса потребовал по-украински поскорее отворить дверь, *«бо немае время чекаты» (нет времени ждать).*

— Да кто же это? — раздалось за дверью, — ты, Мося?

— Открывай сейчас же! — заорал дед, и забарабанил тростью по двери из всех сил.

Дом затаился. За дверью послышались приглушенные всхлипывания. В квартире напротив начала подвывать соседка Марья Андреевна. Это послужило как бы сигналом для проснувшихся жильцов. Где-то ударили в медный таз для варенья, и через секунду уже весь дом разразился нечеловеческим воем. В кромешной тьме оглушительный «еврейский набат» леденил бы и самую храбрую душу.

— Тика́ймо швыдко звыдси, бо рози́рвуть! (*Бежим отсюда, не то разорвут!*) — крикнул боец Мишка; оба застучали сапогами, сбегая в темноте вниз — через минуту затарахтел мотор их броневика и затих, удаляясь, потонул в шуме м криках.

Но на деда вой не произвел никакого впечатления: — Открывай, стреляю: раз, два... — дед взвел курок.

— Сейчас, сейчас, — плача отвечала из-за двери бабка. — Эй, кто-нибудь там — Саша, Миша, Абраша — что же вы? Откройте там, стучат.

— Открывай сию минуту! — взревел дед, услыхав мужские имена. — Сию минуту!

— Да, да! Секундочку, умоляю: я не одета... — плача запричитала бабка.

При этих словах Отелло показался бы рядом с дедом просто плаксивым гимназистом. «Ба-бб-ахх!! — дед жахнул прямо в притолоку тяжеленной пулей .444-го калибра. Отлетел кусок лепнины, посыпалась штукатурка; каким-то чудом рикошетирующая пуля прошла мимо уха деда, не задев его. Вопли на лестничной клетке достигли апогея. В квартире заскрипели, защелкали замки и засовы; дверь приоткрылась, впустив деда в прихожую. Там, в одной ночной рубашке прижалась к стене в полуобмороке опухшая от слез бабка.

Стоявшая на полу керосиновая лампа снизу просвечивала ее подол насквозь, и от этого она казалась настоящей похотливой блудницей.

— Не двигаться! Застыть!- прошипел дед.

— Что, Мося, что? — не расслышала она из-за воплей на лестнице.

— Стоять на месте — изрешечу! Где они все?

— Кто, Мося, кто? Никого здесь... это чтоб налетчики не думали, что я одна...

— Прячешь их, ведьма?! Лучше признавайся, где они? Сама говори, ну!!!

— Никого, Мося, нико... — прошептала бабка, теряя сознание, и медленно сползла по стене на пол.

— Ах так?! — дед перешагнул через нее и двинулся в спальню. Там в темноте он начал шарить клюшкой под кроватью пока она не наткнулась на что-то тяжелое.

— Вылезай, — закричал дед, вспомнив, что надо снова взвести курок, — считаю: раз, два!.. — и выстрелил под кровать. Что-то звякнуло в тон «еврейскому набату», и из-под кровати начала медленно расползаться по полу темная лужа. Тренированный нос деда тут же подсказал, что это не кровь, а моча: выстрелом был задет ночной горшок, но это деда не остановило; он подобрался к огромному платяному шкафу.

— Выходи по одному, руки за голову, — дед снова взвел курок, — не то всех перестреляю, как собак! — Он рывком распахнул зеркальные дверцы. В полумраке на него молча смотрели шинели и шубы, и по ним дед выпустил еще три заряда подряд. На пол посыпались осколки зеркала, дверца косо повисла на одной петле. На том все было кончено. Дед продолжал нажимать на спуск, но патроны в барабане были отстреляны. Тогда, выудив из лужи мочи свою трость, дед двинулся назад на свет лампы, в прихожую.

— Я в последний раз тебя спрашиваю.., — начал он, но осекся, увидев на полу бабку в бесстыдно задранной кверху рубашке, лежавшую в глубоком обмороке, с открытыми глазами. Отчего-то такой ее неприличный вид успокоил деда; он быстро нащупал пульс — биение было слабым, но ритмичным — и, держась за стены, проковылял к себе в кабинет. Там на особом столике стоял телефонный аппарат «Сименс и Гальске» для экстренных вызовов. Пользоваться им для исходящих звонков запрещалось: это был прямой провод от Главноначальствующего, генерала от кавалерии Абрама Драгомирова. Дед нащупал и крутанул ручку вызова; трубка ответила сонным голосом дежурного адьютанта.

— Санитарную карету на Виноградную, двадцать–«А», живо, — рявкнул дед, — доктор Гинзбург на проводе!

— Сожалею, барон, ответила трубка, — но сантранспорт весь отправлен на позиции. Могу выслать конный патруль. Разбудить генерала?

— Не нужно. Но патруль пусть непременно захватит нашатырный спирт и носилки — и чтоб одни офицеры мне были там, ясно?

— Слушаю, барон, через десять минут будут: Виноградная, двадцать.

— А! А!! Виноградная, двадцать–«А», ясно?

— Понял. Высылаю.

Когда прибыл патруль, весь квартал уже — домов десять, а то и больше — выл и гремел, нарастая могучим крещендо. На горизонте между тем светлело небо, и как только стало возможным различить силуэты конников, весь «набат» разом, словно по команде властного дирижера, прекратился.

В звенящей тишине, высыпавшие на лестничные площадки жильцы глядели, как под конвоем двух штыков разоруженного деда вывели из подъезда и посадили в подъехавший автомобиль комендатуры.

За ним двое патрульных вынесли носилки с бабкой, едва прикрытой ночной рубашкой, и поставили их на ступеньки в ожидании второго авто. Бабка выходила из обморока медленно, и мужская часть жильцов, хотя и изрядно перепуганная, с нескрываемым интересом изучала ее белые круглые колени.

А наутро в комендатуре, когда ее стратегия с домом, полным мужчин, разъяснилась, бабка сама уже громче всех смеялась над происшествием.

Дед же по привычке ворчал и выговаривал дежурному адъютанту за то, что тот упорно обращался к нему: «барон» — и это деда, презиравшего титулы вольтерьянца, невероятно злило.

Бароном, впрочем, был лишь его отец, глава семьи Гинзбург, а дед предпочитал носить фамилию матери и все чаще и чаще представлялся как доктор Гольдберг. Полный почтения юный адъютант просто не знал, что титул барона не передается евреями по наследству, и в его глазах дед по рангу был чуть ли не наравне с самим Врангелем, тоже бароном.

По приказу проснувшегося к тому времени генерала деду возвратили Бульдог, да еще подарили в придачу целую *цин-*

ку *патрон* для его редкого калибра .444. А заодно вернули и дорогой швейцарский микроскоп, *по ошибке случайно* конфискованный одним из патрульных.

Бабке же генерал передал свой собственный купальный халат, чтобы ей было добираться до дому не неглиже, а в приличном виде. Генералу Драгомирову приятно было думать, что среди выдуманных хорошенькой докторшей мужчин фигурировал некий Абраша — возможно в подсознании у нее отложилось и его имя.

А когда генеральский *«Пирс-Арроу»* привез помирившихся супругов домой на Виноградную, их внизу уже поджидал одетый в штатское егерь. Он прибыл сообщить, что с наступлением темноты за доктором Гольдбергом приедет бронеавтомобиль «Неуязвимый». Доктору предлагалось принять участие в консилиуме по поводу здоровья начальника штаба войск — только теперь уже не ЗУНР, а УНР: у того тоже подозревались эти самые *слабые легкие...*

ДОКТОР И «ИСПАНКА»

...И, заглушая в своей душе отчаяние песнями, развратом и водкой... они будут убивать тысячами, сами не зная, зачем, людей, которых они никогда не видали, которые им ничего не сделали и не могут сделать дурного.

И когда наберется столько больных, раненых и убитых, что некому будет уже подбирать их, и когда воздух уже так заразится этим гниющим пушечным мясом, что неприятно сделается даже и начальству, тогда они остановятся на время, кое-как подберут раненых, свезут, свалят кучами куда попало больных, а убитых зароют, посыпав их известкой, и опять поведут всю толпу обманутых еще дальше...

Лев Толстой

НОВОПРЕСТАВЛЕННАЯ

Поезд пришлось ждать целую вечность. Стены в крошечном зале ожидания были прошиты насквозь пулеметом; отовсюду тянуло холодом, печка не грела, и когда ночь подошла к концу, бабка принялась тихонько вздыхать поначалу, а потом даже и чуть слышно подвывать: она замерзла, и ей давно уже хотелось по-маленькому.

— СквознИк, — сказала она и всхлипнула. По-русски бабка не выучилась правильно говорить; она забавно, чисто по-киевски, *по-подольски* коверкала самые простые слова: *кастрУля, фонарЧик, гаршЩок.*

— Тс-шш! — зашипел на нее дед. — Сиди и терпи — понятно? Научись терпеть.

В нынешней ситуации молодой женщине выйти на платформу и присесть по нужде было равно приглашению к групповому изнасилованию. На соседнем пути стоял эшелон с новобранцами; требуя паровоза, они с вечера еще грозились поднять «бузу» на станции, а потом раздобыли где-то спирту, и с каждым часом их матерщина становилась все громче и злобнее. Охрана врача — четыре штыка, восемь гранат, три сабли — даже и нс пыталась скрывать, что, *в случáе чего*, защитой она бабке не будет. За жизнь доктора бойцы отвечали головой, но кому ж охота была подставлять башку за его восемнадцатилетнюю докторшу? Оставалось ждать и молчать.

Под самое утро приполз, наконец, маневровый «Ь», *Ерька,* и пыхтя-надрываясь, утащил воинский состав на запасные пути. Ожидавшие в зале выбежали на темный перрон, часовые встали спиной друг к другу в каре и примкнули штыки — ну точь-в-точь, караул у памятника Героям Шипки! Внутрь каре вошел дед со склянкой и тщательно обрызгал квадрат между бойцами карболовой кислотой, потом махнул рукой жене: иди мол, давай, можно. Бабка впорхнула в центр квадрата — охранник посветил ей фонариком — приподняла полу шубки, присела и с наслаждением облегчилась.

Когда она, счастливая, убежала назад в зал, мужчины последовали ее примеру, придерживая свои трехлинейки. Им было легче, с края платформы они мочились вниз, прямо на рельсы, уже не боясь ни пьяных новобранцев, ни оставшихся после них тифозных вшей, густо усеявших гнилые доски перрона.

Вскоре вернулся Ерька и приволок за собой тяжелый шестиосный салон-вагон с надписью на боку: «...Краснаго креста Союза Городовъ». Морячок — начальник охраны, несколько смущенно извинился перед доктором за долгое ожидание: в кубовой вагона по недосмотру обнаружился *кадавер*, труп молоденькой милосердной сестрицы, и все внутри пришлось обрабатывать карболкой, а кубовую — еще и раствором сулемы, а потом проветривать ее ядовитые испарения.

Когда завернутое в рогожу тело санитары пронесли мимо и уложили на платформу, дед неожиданно потребовал, чтоб ему показали лицо умершей. Бойцы нехотя подчинились и отвернули край рогожи. Дед натянул поплотнее пропитанную вонючим фенолом маску и протер пенсне. Из вагона принесли керосино-калильную лампу.

— Так. Закрывайте, — приказал он через секунду, и снова начал протирать спиртом свои стекла. — Знаете что, Порхунов, — обратился дед к помощнику, возьмите-ка у нее, э-э, *un pris de sang*, кровь... то есть, нет... соскребите там ее из уголка рта, возьмите мазок из ноздрей, и пока едем, приготовьте мне хорошенькие препараты и красители — чтобы на просвет. А я где-нибудь на стоянке гляну в стеклышко. Да поосторожнее там, возьмите фенол, перчатки: девушка-то — *новопреставленная*, теплая еще, и это не простой тиф. Нет, нет, нет... это не просто тиф...

ВЫЗОВ В НЕИЗВЕСТНОМ НАПРАВЛЕНИИ

Когда за ним приехали накануне вечером, дед подумал, что это частный вызов к больному. Но шофер, жену которого он избавил когда-то от мастита, шепнул, что дорога будет дальней и долгой, и лучше бы взять с собой смену белья и что-нибудь из продуктов. Увидев охрану — пятеро верховых и еще двое в пароконной бричке, дед заупрямился, и заявил начальнику, что без жены не двинется с места. А когда узнал, что речь идет еще и о поездке по железной дороге, потребовал сообщить цель вызова и пункт назначения.

Начальник охраны назвал только общее направление маршрута — Северо-Кавказское, а от кого вышел вызов объяснил туманно, не предъявляя мандата. Вот мол, из штаба Народно-Революционной армии, а какой именно — военная тайна.

Зеленые? Красные? Ингуши? Осетины?

Догадавшись, что речь идет о вспышке фронтовой эпидемии, дед велел жене без лишних вопросов собираться в дорогу, а начальнику — срочно ехать за помощником-лаборантом, фельдшером Порхуновым, и еще двумя санитарами. А если те станут упираться, мобилизовать их на месте без лишних слов.

Возражения были бесполезны: по тону было понятно, что упрямец-доктор выедет из дома лишь на своих условиях, а начальнику было строжайше приказано доставить его *свежьем-живьем*, то есть целым, невредимым и в рабочем состоянии! *«Смит 44-й»* начальника охраны произвел желаемый эффект, и через сорок минут фельдшер Порхунов и его люди уже загружали в авто тщательно упакованные в стружку бутыли — креозол, зеленое мыло, карболку. Юная малоопытная бабка как умела приготовила два баула: теплое белье, калоши деда и свои ботики. Конники приторочили их к седлам, а в придачу она принесла им еще и мешочек фунта с два рису, и отдельно — бережно завернутые в одеяла два фаянсовых ночных горшка; с завистью и восхищением бойцы приняли их за немецкие пивные кружки.

Деду было ясно, что работать придется в самом центре смертельной вспышки; пользоваться общими клозетами он не собирался, да и бабке бы не позволил.

PERSONA GRATA

Когда все было готово, начальник запечатал сургучом докторскую квартиру и прилепил свирепую бумажку «Не вскрывать! Собствѣнность Рѣспублики!» с мохнато расплывшимися печатями, так что не понять было, какой именно республике она принадлежит.

Дед вышел последним и уселся в перегруженный *Остин*, прежде поставив жене на колени свой потертый рабочий саквояж. Желтый полированный ларец с главной своей драгоценностью — *цейссовским* микроскопом, он ни на секунду не выпускал из рук.

Убедившись, что бабка плотно уселась и держит саквояж крепко, дед напомнил ей о склянке с йодоформом внутри и дал знак начальнику трогаться. Кавалькада двинулась вдоль черных спящих домов — автомобиль, бричка, конник впереди, два по сторонам и один замыкающий. Дед заметил, что копыта лошадей были плотно обмотаны тряпками, чтоб не так стучали по городской брусчатке.

Ехали боковыми улочками, в полной темноте пересекли мост, и только у самой черты города начальник объявил, что сядут в поезд не на станции, но его подадут на разъезд сразу после депо Дарницы.

— Подадут-с!.. — хмыкнул про себя дед, — *Merde,* ну и почет же тебе, *persona grata.* — Армейский корпус, не меньше, должно быть теперь был в беде. А то и целый фронт...

И откуда только узнали о его степени биологии в Лозанне? Ни в одной бумаге по-русски он об этом не упоминал...

Не успели загрузиться в вагон, как к нему спереди прицепили еще две теплушки, и в одну из них конники, спешившись, стали заводить лошадей. Паровоз «Овечка» подошел, толкая перед собой открытую платформу с рельсами и шпалами. Бричку, закинув назад оглобли, завели на платформу и закрепили проволокой. Невесть откуда появился пулемет, его тоже закрепили, уже на самой бричке. А шофер с радостным облегчением распрощался и укатил: его дело, очевидно, было лишь доставить деда к поезду. Наконец проверили буксы и состав тронулся.

Один из людей, ехавших в авто, оказался *инженер-проводником* при салон-вагоне, и он обещал не только хорошенько его протопить, но и в ближайшем депо раздобыть приводной ремень, присоединить к *динаме* и весь вагон обеспечить электричеством и газом.

Дед сухо кивнул в ответ. С каждой секундной он мрачнел все больше. Настроение его не на шутку разозлило начальника, он объяснял это черной неблагодарностью врача, явно зажравшегося выскочки: не так давно салон-вагон возил генерала-от-инфантерии Янушкевича; к нему, небось, и на версту не подпустили бы какого-то там еврейского медика *Гинзбурга!*

Прежде чем приставить к деду часового, чтоб не вздумал удрать, начальник решил напрямик спросить его, в чем дело, — и вопрос разрешился неожиданно просто. Дед, оказывается, заметил, что поезд прошел через северный семафор разъезда, а Владикавказское направление лежало от Дарницы к юго-востоку. Последнее, куда ему хотелось бы попасть, это на Урал или в Сибирь: в Киеве его знали, а на севере никакие охранные грамоты не помогли бы избежать мобилизации в *КОМУЧ,* а то и куда похуже... Начальник с облегчением рассмеялся. Их тащили в Лиски, там надо было прицепить еще вагоны, а ехать все равно придется кружным путем — через Миллерово на Шахты, потом прорываться на Новочеркасск и, в объезд занятого Деникиным Ростова — на Тихорецкую; короче путь никак не выходит: в степях — безвластие, бандитизм, и потом разболтанные деревянные мосты просто не выдержат тяжелый поезд.

Дед успокоился, хотя и чувствовал, что начальник охраны что-то недоговаривает, темнит — но решил подождать до Лисок. На это у него были свои соображения. Мосты не выдержат штабной вагон... о да, как же, так и поверили! Их просто увозили подальше от Киева. В городе ходили слухи, что в районе Дарницы какие-то бандиты похитили у *Гетьмана* не то броневик, не то бронепоезд.

Дед был теперь уверен, что вспышка эпидемии ударила прежде всего по красным, а на доктора их *навела* его сокурсница — *красная княжна,* приват-доцент Гедройц: она одна знала о его степени доктора биологии — в дополнение к медицинской.

УКРАДЕННЫЙ ЭШЕЛОН

Роскошный вагон состоял из двух изолированных отделений: командного и штабного, для свиты. Он считался *полубронированным:* легши на пол, там можно было укрыться от ружейного огня. Устроив бабку в купе на двоих с умывальником, дед вытребовал у начальника еще и маленькую одноместную кабинку, себе для работы. Конференц-салон оказался теперь свободным, и туда на мягкие диваны охотно переехал начальник, уступив свое купе фельдшеру с его людьми.

Поезд прошел сквозь забитые поездами перегоны, как горячий нож сквозь масло, без единой остановки. У начальника, очевидно, были связи в самой верхушке *ВИКЖЕЛя,* так что к концу следующего дня они были уже в Лисках.

Там дед и убедился в правильности своих догадок: первым делом к ним пригнали нелепое серое сооружение, напоминавшее длинный амбар на колесах. Как оказалось, это был *холодный* бронированный паровоз. Между ним и открытой платформой со шпалами прицепили еще одного монстра: броневагон с надписью «Заамурецъ», с двумя орудийными башнями по бокам и дырками для ружей и пулеметов вдоль низкого каземата. Стало очевидным, что доставка врача на фронт была лишь малой частью миссии вежливого морячка, представившегося доктору начальником его охраны. Впрочем, теперь он отвечал на вопросы гораздо охотнее, назвал и фамилию свою: Белокопытов, однако просил звать его по-прежнему, начохран. Объяснил, что его должность — начальник боевого охранения эшелона, а идут они на помощь Одиннадцатой армии красных.

Стало также понятно, отчего выбран окольный путь: не просто из-за усиленного полотна, но, главное, чтобы уйти подальше от преследователей *Варты* Скоропадского и, главное, от немцев, у которых угнали паровоз. Предстояло еще прорываться от Тихорецкой в Армавир, потом свернуть в направлении станицы Святой Крест, к отступающей Одиннадцатой.

Эшелон теперь состоял из двух составов. Впереди ехали те самые новобранцы из дезертиров, которых начохран обманом *забрил* под Киевом в красные части, выдав себя за делегата от повстанцев-анархистов. Впрочем, после обильной кормежки в Лисках и двойного английского сухого пайка, конфискованного на складе Красного Креста, а также трех ведер разведенного спирта, комитет теплушек постановил принять сторону *комиссаров* — на условиях довольствия горячим котлом, баней, табаком и исправной обувью.

СБЫВШАЯСЯ МЕЧТА — ИЛИ РОКОВАЯ СЛУЧАЙНОСТЬ?

После Россоши поезда стали медленно пробираться на юг, останавливаясь чуть ли не на каждом разъезде. Дед заперся в своем помещении. Задернув шторы, снял пенсне и просидел там в полумраке до самого Миллерова, обхватив колени своими длинными пальцами и глядя в пустоту. Подходила к двери бабка и предлагала то чашку рису, то чай — он суховато просил оставить его в покое.

Начохран — *на всякий случа́й* — все же приставил к двери его закутка часового с карабином, но дед вовсе не помышлял ни о побеге, ни о самоубийстве. Ему не давали покоя одни и те же мысли: то, что на своем, не совсем разговорном русском языке он называл *положениями* — и они жгли его и мешали думать о других, более насущных делах.

…Было бы неверным думать, что он не любил медицину. Он ненавидел войну, и оттого не любил свою практику: поденщину, без которой не выжить было в то время. Он мечтал о клинических испытаниях своих положений, о методической работе в солидной лаборатории. Швейцарские менторы прочили ему большое будущее в исследованиях патогенов; в Париже его диссертацию отметили знаменитый Эмиль Ру и Мечников; его готовили к стажировке в институте Пастера!

Вместо этого доктор Гинзбург, вернувшись в Россию, должен был заниматься колюще-режущими ранениями, поносами, фурункулами, тифом. И, конечно, нервными припадками — побочными эффектами сабельного удара. И всё это лишь с одной целью: быстрее, быстрей возвращать солдат в строй. А для чего? — только затем, чтобы вскоре получать их назад изуродованными, контуженными, непригодными к нормальным биологическим функциям существами…

В штабе Махно ему четко разъяснили, что ожидается от врача:

— Навіть і чирь на сраці — і те вже не вершник, а гамно, так що — радій його, лікарю, працюй і одержиш як треба!
(Даже чирей на заднице — и это уже не всадник, а говно: так лечи его, лекарь, трудись и получишь, как полагается!)

Да, как же, жди, получишь... свои три аршина. Як трэба, merde!

Доктор не любил и свои военные звания, эти разноцветные мандаты, подписанные то главкомами, а то и главами правительств — и сохранял частную практику. Но статус гражданского врача был не лучше: поздней ночью его мог вытащить из постели любой посетитель с наганом, и, взведя курок, любезно пригласить на дом к опившемуся самогоном родичу. И не мог самый свирепый мандат защитить врача от насилия, не мог даже дать возможность ему как следует выспаться.

А между тем, доктор страстно любил свою профессию — то есть ту ее область, что только оформлялась еще в отдельную науку — инфектологию.

...Это чувство было знакомо ему со студенческих лет, оно было острым, почти физическим, как изжога или головокружение. В такие моменты казалось: еще усилие — и он уловит закономерность, дотоле неведомую естествоиспытателям, не изученное еще взаимодействие между живыми организмами. Он верил в бесконечную гармонию биосферы и верил, что ему вот-вот откроется еще одно звено в цепи этой гармонии.

Это портило доктору настроение: в разоренной войной стране никакой надежды проверить свои догадки экспериментально, пользуясь принятыми методами исследований, не существовало. Его предположения были обречены оставаться умозрительными конструкциями, гипотезами — замками в облаках.

Европейская цивилизация корчилась в конвульсиях, вокруг царили хаос и смерть, — а наука лишь удесятеряла эффект этой неутолимой страсти Homo Sapiens к уничтожению себе подобных.

Миру было не до открытий, не сулящих сиюминутных результатов: вопрос был в том, как остаться в живых сейчас, в этот момент; где переждать кровавую свистопляску, как физически уцелеть в ней — и никто не знал ответа на этот вопрос...

Мечты о лабораторных исследованиях сбылись совершенно неожиданным образом, и случайность эта оказалась далеко не радостной.

Перед ними катился тот самый состав с вечно пьяными новобранцами; теплушки кишели вшами, и вскоре число валявшихся на грязной соломе больных оказалось более чем достаточным для взятия проб на анализ.

Каждое утро после обхода Порхунов, его верный лаборант, приготавливал препараты от здоровых и новых заболевших и тщательно каталогизировал результаты. Их эшелон останавливался теперь часто и стоял подолгу, так что и ночью, и в дневное время доктор мог, не отрываясь от микроскопа, работать в своей кабинке.

Проводник открыл ему свои запасы от Красного креста, и дед поразился богатству оборудования и редких даже для мирного времени материалов. Там были и кислород, и эфир, и светильный газ в баллонах; нашлись насосы для фильтрации и центрифуга. На полках штабелями стояли коробки немецкого аспирина в таблетках, сальварсан был в запаянных ампулах, а в дальнем углу обнаружился оцинкованный ящик с гильзами, которые проводник принял за пулеметные патроны. Приглядевшись, доктор даже завопил от восторга: в ящике оказались первоклассные *фильтры Шамберлана*; их было там двести пятьдесят штук!

Он тут же потребовал запереть наглухо внутренний вход в его отделение, запечатать его липким пластырем и дважды в день дезинфицировать карболкой. Убедившись, что требования выполняются, доктор велел фельдшеру распаковать и перенести к нему всю имевшуюся лабораторную посуду, после чего выходил из вагона только по утрам для обхода — и так всю дорогу до Тихорецкой.

СМЕРТЬ — ПОБЕДИТЕЛЬ

Заболевшие новобранцы между тем занимали уже треть состава! Шестьдесят четыре с первыми признаками, семь *асимптоматов-бациллоносителей*, более девяноста с затрудненным дыханием, двадцать два умерших через неделю после установки диагноза.

В притихших теплушках перестали пить, клясть судьбу-индейку и уже не собирались бунтовать; напротив, каждый раз с надеждой смотрели на медиков, когда по утрам они обходили вагоны. Запасы аспирина были достаточны, и Порхунов дважды в день раздавал по таблетке. Толку от этого не было почти никакого, но чем еще могла им помочь медицина? — а многим казалось, что, приняв лекарство, они чувствуют себя лучше. К счастью, холода еще не наступили, и в теплушках строго соблюдали наказ доктора держать двери и оконца открытыми настежь всю ночь.

В салон-вагоне с наступлением темноты можно было, погасив свет, приподнять плотную штору и глянуть в окно. Эпидемия разгоралась не на шутку. Чем ближе к Армавиру, тем длиннее становились ряды тел, выложенные на платформах в ожидании погребения.

Через две недели доктор стал требовать, чтобы умерших сразу же переносили в две хвостовые теплушки, и там тоже отодвинули двери до отказа и сняли заслонки с окошек. Позже для мертвых освободили еще и открытую платформу.

Дни стояли солнечные и теплые: дважды после этого пришлось останавливать состав прямо в степи для захоронений в общих могилах — умершие составляли уже треть поезда. По настоянию доктора траншеи рылись глубиной минимум в полтора человеческих роста, до тридцати саженей длиной — и до предела заполнялись телами, уложенными плечом к плечу в один ряд.

Он нутром чувствовал, что болезнь, уже поразившая две роты в поезде, не была, как считалось, просто «легочной разновидностью тифа». Здоровый парень, перенесший уже и сып-

няк, и холеру, утром мог почувствовать легкое недомоганье, вроде простуды, днем начать кашлять все сильнее с обильным выделением мокроты, а к середине ночи уже начинал испытывать приступы удушья.

Если пневмония — отчего она так стремительно развивается? Лица погибших были иссиня-багровыми, с характерным искажением черт, напоминавшим лица удавленников. Из Ростова даже сообщали о пациентах, захлебнувшихся в собственной крови — патологоанатомы там терялись в догадках.

Отчего болезнь поражает молодых, но щадит стариков и детей? Красный Крест снабжал европейскими журналами: авторы **«Ланцета»** склонялись к тому, что заболевание вызвано **палочкой Пфайффера**, но клинические подтверждения не публиковались. Доктор подозревал, что эту, часто ускользающую от наблюдений в тканях бациллу посчитали возбудителем по ошибке, случайно обнаружив ее обилие в крови и лимфе у нескольких больных подряд.

В России царил тиф; всех цветов медики — зеленые, черные, красные и белые — любой небоевой летальный исход спешили списать на него.

Обвинять их в некомпетентности было глупо: поражения такого масштаба не были описаны в истории медицины; полноценных докторов не хватало, и ни один наспех обученный **зауряд-врач** не мог похвастаться полевым опытом или хотя бы твердым знанием методов диагностики. За бациллу Пфайффера хватались, как за шанс найти любое, пусть временное, симптоматическое средство ослабления катастрофы: своим количеством жертвы эпидемии уже превосходили боевые потери в траншеях Европы.

В ПОИСКАХ НЕВИДИМОГО УБИЙЦЫ

Когда до Пятигорска оставались считаные перегоны, доктор и его помощник еще раз проверили записи и подбили итоги. За три недели было приготовлено более двухсот препаратов: мокроты и крови заболевших; эмульсий из легочной ткани погибших.

Действие ослабленного патогена — инъекциями фильтратов, ингаляциями и закапываниями в носоглотку было испытано медиками на себе. Впоследствии выяснилось, что половина таких, — наугад, вслепую сделанных фильтратов вообще не содержала живой патоген: препараты по ошибке были оставлены помощником на весь день под палящим солнцем на тряских стеллажах в служебном отделении. Но ни один из восьми человек санитарной группы признаков заболевания при этом не обнаружил, включая и самого доктора!

Из трехсот с лишним новобранцев двадцать шесть оказались *бациллоносителями*: заражая соседей, явных симптомов сами они тоже не показывали. Более половины заболевших погибло в первые десять-двенадцать дней после начала кашля.

«Результаты наших наблюдений, — в заключение записал доктор, — *полностью противоречат представлению о том, что причиной эпидемии является палочка Пфайффера».*

Еще тогда под Дарницей, в первый день, едва глянув на иссиня-багровое лицо задохнувшейся при приступе кашля *сестрицы,* доктор узнал признаки болезни, уже встреченные им однажды среди людей Махно. Он тогда еще заподозрил какой-то не описанный прежде возбудитель, ведущий к осложнениям: тяжелым поражениям дыхательных путей и необычайно агрессивной формой пневмонии.

«Вероятнее всего, Пфайфферовы бациллы, как и пневмококки, являются лишь результатом, вторичными, хотя и важными инфицирующими агентами... Следовательно, обычные методы предупреждения вспышек заболеваний нуждаются в пересмотре», — резюмировал он свои записи.

Он готов был к разговору и с военными медиками, и с Главкомом, вызвавшим его в Пятигорск. Список новых превентивных мер — единственное, что можно было пока предложить санитарной службе в боевых условиях.

В Минводах дед вышел из своего добровольного заточения и попросил сначала приготовить ему хорошенько вымыться, а потом, если можно, дать поесть что-нибудь горячее. Белокопытов почесал висок, вздохнул, но велел проводнику прочистить систему и нагреть воду для душа в купе-люкс. Уголь был на вес золота, бронепоезда давно *ходили на дровах*, но доктор сейчас был важнее, а куб салон-вагона можно было протапливать только антрацитными брикетами.

Пока в баке кипятилось белье и дезинфицировалась его опасная рабочая одежда, бабка принесла доктору миску пшенной каши с сахарином, и он с аппетитом быстро ее опустошил. Бабка обрадовалась: теперь с мужем можно было перекинуться словом, не боясь нарваться на ледяные односложные ответы.

Новости были в основном неплохими: к Армавиру они прорвались без серьезных происшествий; начохран раздобыл для них керосинку *«Грец»*, и на ее конфорке можно было теперь прогревать и обеззараживать пайковый хлеб.

Доложила она и о досадной случайности: во время короткой перестрелки — за своим микроскопом дед ее попросту не заметил — шальная пуля угодила прямо в бутыль медицинского спирта, и все содержимое ее в момент пролилось сквозь щелястый пол. Предъявляя отбитое горлышко с притертой пробкой, охрана блудливо прятала глаза и старалась не дышать в сторону бабки, но рассказать эти подробности она решила как-нибудь в другой раз.

Дед не обратил на это внимания, так был занят итогами своих наблюдений. Он нумеровал страницы своих выводов: доклад, рассчитанный на сорок пять минут устного сообщения:

«...вероятно, существует какая-то иная форма возбудителя, и она и является причиной эпидемии. И эта форма не распознается имеющимися методами микроскопии, и не может быть выделена и культивирована известными и доступными нам способами».

Первичный возбудитель смертельной болезни никто не видел, и вообще мало кто верил в его существование. Называл его каждый испытатель по-своему — кто *фильтрующимся агентом*, кто *токсической жидкостью*, кто *инфективными белковыми кристаллами*, а чаще всего — мало что объясняющим словом **ВИРУС**.

ОБМЕН ОПЫТОМ ОТКЛАДЫВАЕТСЯ

Теперь предстояло убедить командование разрешить ему поездку в Ростов на встречу эпидемиологов. Там он сможет сделать свое сообщение; там ожидается академик Введенский, он тоже не верит в роковую роль бациллы Пфайффера, предполагает существование неразличимого в микроскоп патогена, возможно, даже и неживого организма... И, может, вместе, обменявшись полевым опытом, медики смогут использовать выводы доктора для борьбы со вспышками новой болезни, кто знает?..

— Что ж, — сказал Белокопытов, — совещание — дело доброе, если надо — отправим. Вот отобьем Ростов у белых — зараз же и пошлем.

Деда это заявление ничуть не обескуражило. Среди других мандатов у него была припрятана розовая бумажка за подписью Деникина — и среди медиков *Доброармии* имя его было хорошо известно.

Для неспециалистов доктором был мастерски приготовлен *«Временный перечень санитарных мер при вспышках эпидемии в армии и для предупреждения их в будущем»*. Ознакомление с ним должно было занять у командиров не более десяти минут, и он понятен был даже малограмотному. Так учили его в Лозанне: чтобы помочь пациенту-простолюдину выбрать лечение, следовало описывать рекомендуемые меры кратко и в доходчивых, общедоступных выражениях.

Верст за пять до Пятигорска простояли два с половиной часа: все подъездные пути были забиты воинскими составами, бронеплатформами и санитарными поездами с умирающими или уже умершими от болезни. Даже ко всему привыкший начохран как-то притих, и только вздыхал, почесывая шрам на виске. Прождали еще мучительные сорок минут, пока он докладывал Главкому о прибытии новобранцев, медиков и бронепоезда.

Зато последующие события стали разворачиваться с нарастающей быстротой, и счет пошел уже не на недели, но на дни и часы.

Принимать доктора с его советами главком Сорокин не стал. Миссия Белокопытова, как выяснилось, безнадежно опоздала, и Одиннадцатой, гнувшейся под ударами деникинцев, не могли помочь уже ни рота ослабленных болезнью необученных новобранцев, ни «холодный» — ни угля, ни воды, ни боезапаса — бронепоезд. Одно, что могло оказаться полезным, это врач-инфекционист, но главкому Сорокину было сейчас и не до медиков.

Одиннадцатая держалась из последних сил, район надо было оборонять любой ценой, а в боевом состоянии находилось меньше половины людей: остальные в жару и в бреду валялись в обозах, в госпиталях, и просто на прелой соломе в теплушках, пораженные болезнью, не в силах взять в руки оружие. Утром только треть пехотинцев сумели поднять в контратаку под Ставрополем, она провалилась, и теперь надежда Сорокина была только на действия Таманской армии. Отношения с ней были сложными, ее командиры неохотно подчинялись решениям Реввоенсовета.

Выступления таманцев в направлении Невинномысской ожидали еще вчера, но они медлили, ставя весь район обороны под угрозу окружения и полного разгрома.

Белокопытову было приказано срочно выяснить причину промедлений и любой ценой убедить командование армии двигаться в указанном направлении.

Вагоны с мертвецами обсыпали известкой и вплоть до погребения отвели подальше на запасной, а в теплушки с уцелевшими Главком приказал в качестве лекарства доставить котел горячих щей.

Медиков Белокопытов решил взять с собой, так как девать их теперь все равно было некуда, а причиной задержки он подозревал все ту же вспышку болезни. Салон-вагон прицепили к другому локомотиву и направили в расположение таманцев.

У ТАМАНЦЕВ

Белокопытов не ошибся. Узнав, что привезли доктора, командующий Таманской армией Матвеев прежде всех иных дел затребовал его к себе.

На станции Курганная два однотипных штабных вагона, темно-синий и черный, поставили параллельно на соседних путях. Доктор перешел в вагон командующего в сопровождении начохрана. Их людей остановили у входа в тамбур, но оставили при оружии, велев только отомкнуть штыки.

Командарм, огромного роста моряк, настоящий морской волк в полосатом тельнике и клешах ожидал их в своем оперативном отсеке. На зеленом сукне его стола лежал непременный маузер в деревянном ящике.

— Не курю, — предупредил моряк, — и другим не даю. — После чего молча пожал руку доктору, а потом — Белокопытову. Сели к столу.

— Подозреваю измену, — сразу перешел к делу командарм. — Планирую боевой поход, а в третьей и второй колонне люди выходят из строя. Один за другим — лица синюшные, будто с петли, пить не просят, а задыхаются. Раньше такого не замечалось: утром — здоровый боец, а к вечеру наганом не поднять, лучше убейте, просит.

— Кто *начсан*? Можно пригласить? — коротко спросил дед.

— Погоди. Тифозные, они в жару мечутся, тронешь — ожжешься; лихорадочных — тех трясет, а этот — вроде и не горячий, думаешь так себе, труса празднует. А середь ночи глядишь, захрипел браток — и нет его, хоронить пора.

— А может все же начсана...

— С начсаном такая история, — снова перебил Матвеев, — за месяц-полтора сменил трех. И каждый валит на прежнего; те бегут, трибунала боятся, дезертируют. А положение хужеет, живой силы на ногах — половина, а и то меньше. Полный доктор — на армию один. Остальные — фельдшера, есть которые и без полевого опыта даже...

— Этот «полный» кто, доктор Аполлонников? Отличный костоправ. Но кто у вас клиникой занимается?

— Чего?

— Кто не раненых осматривает, а заболевших? Пульс им кто щупает, знаете, обслушивает, отсылает в лазарет?

— А, как судовой лекарь? Так бы и говорил. Это *Начглавмед* наш — Неделько Ваня, военфельдшер. У нас на походе он за лазареты отвечал, о нем и речь. Многие бойцы на него пишут: спирт невесть куда пропадает, морфий и кокаин — тоже; жалуются, его и подозреваю. Только то меж нами, молчок! Узнаю, что языки развязали, — худо будет.

Дед поглядел на командарма. Даже когда тот сидел, Белокопытов едва доставал ему до плеча, а одеты оба были одинаково, только что разные надписи на бескозырках. Матвеев, типичный *братан,* горой возвышался над столом, его огромное лицо было открытым, обветренным, грубым — вполне революционным; Белокопытов с лисьей мордочкой был из тех, о ком говорят *морячок,* но и он сидел у стола с важным видом. Он знал себе цену, им восхищались: никто из штабных не владел русским «Смитом» лучше него.

— Вот скажи мне — а может вражеский лекарь сделать такой саботаж, чтобы бойцов губил, а вроде как для лечения? — спросил Матвеев.

Дед усмехнулся.

— В вашем случае — нет. Лучший вред вашему делу — это вообще ничего не делать, а ждать, пока в походных условиях, без прачечных, без бани людей начнёт косить сотнями.

— А вы? Сам ты, чего бы ты делал на походе, доктор?

Дед молча полез в саквояж и вытащил сшитые суровой ниткой плотные листы дорогой *«оперативной для донесений»* бумаги.

— Вот. Рекомендации: требования санитарии и гигиены при вспышках инфекционных заболеваний в армии.

— Годи. Ин-фекционных — это как, заразных что ли?

— Совершенно верно. Если есть минут десять у вас — ознакомьтесь, если угодно.

Морской волк вдруг слегка покраснел, как юная институтка.

— А может лучше... сам прочитай? А я, коли не ясно, спрошу? Полагаю, так быстрее пойдет. Жаль, начштаба моего нету, он-то — грамотей, сухопутный...

Дед надел пенсне, но едва лишь закончил чтение первых пунктов, как Матвеев остановил его.

— Все! — сказал он, — все верно! Дальше не треба. Дальше все будет, что я сколько раз говорил, я знаю! Армия измотана, больна, голодает. Ей *пер-фор-мы-ровыться* надо и уходить на Царицын, а не оборону держать, то и любому без стекол видно.

Он встал и надел через плечо ящик своего маузера. Встреча была окончена. На выходе из вагона он пожал руки обоим посетителям.

— Вы тут, донесли мне, с семьей прибыли? Я на *ЭрВэЭс* иду сейчас в Пятигорск, все им выдам! Дак я велю, чтобы крупы вам пока дали, жиров. И сахару колотого полфунта — от меня лично. Не обессудьте, жировать особенно не приходится.

Вечером, перед тем как командарм Матвеев отбыл в своем вагоне в Пятигорск, с доктором встретился его зам, командующий Первой колонной Ковтюх, и внимательно молча выслушал все его советы. Принесли продукты, угольные брикеты и питьевую воду.

А к полуночи салон-вагон оцепили бойцы охранения таманцев с примкнутыми штыками. Доктору вдруг объявили, что он находится под арестом и, не покидая отсека, должен ожидать решения своей судьбы Реввоенсоветом Северо-Кавказской Республики.

Контрразведка Первой колонны шутить не любила: для доктора Гинзбурга, бывшего барона, она требовала расстрела за политический саботаж, «*под видом врачебных советов внесение расстройства в единые ряды революционной Таманской армии».*

В ОЖИДАНИИ ПРИГОВОРА

Всю ночь, пока дед был заперт в своем купе, по вагону в одном халате, простоволосая бродила бабка, что-то бормотала себе под нос и умоляла каждого, кто попадался ей, раздобыть для нее каких-то перьев.

Санитары и охрана внутри вагона были разоружены, но официально не арестованы. Белокопытову даже оставили его «Смит» под слово революционера, что он в ответе за доктора головой и сам будет его стеречь. Начохран сразу же принял условия: зная вольные нравы таманцев, он опасался самосуда.

Бабке разрешили увидеться с дедом, принести ему питьевой воды и поесть, так как понимали, что время его сочтено. Ей даже позволили разговаривать с мужем через дверь, но ни ему, ни, особенно, бабке было не до разговоров. Она явно помешалась: требовала достать ей настоящую, непременно настоящую восковую свечу, соль и куриные перья. На ее серое застывшее лицо смотреть было жутко, и проводник решил порыться у себя в отделении; он первым узнал, что деда расстреляют, как только вернется с приговором Реввоенсовета командарм Матвеев.

Накануне вечером проводник подключился с коммутатора своей щитовой к полевой линии и подслушал разговор между командармом и его замом. Ковтюх настаивал, что доктора Гинзбурга, барона, подослали враги — ибо тот советовал неслыханное: разоружив всех пленных, отпускать нижних чинов немедленно по домам — в целях предотвращения инфекции! Своих же гражданских беженцев, держать на пять верст, а лучше и на семь от боевых порядков.

Это было покушением на святая святых Таманской армии! Семьи бойцов на марше всегда держались рядом — это поднимало мораль в частях, а самих родичей оберегало от вооруженных мародеров. Гражданских теперь у таманцев набралось тысяч за тридцать, их и так уже требовалось охранять, а в армии оставалось по пятнадцати патронов на бойца. Матвеев, как часто бывает с решительными, но не уверенными в себе людьми, быстро поддался доводам Ковтюха, отказался от прежних намерений и разрешил взять доктора под арест. Моряк, впрочем, и до того не шибко доверял *сухопутным гражданским*, особенно когда они были *с окулярами на носу*.

ВМЕШАТЕЛЬСТВО ПОТУСТОРОННИХ СИЛ

Покидать вагон дозволялось теперь только по нужде и только под конвоем. В подушках вагона нашлись гусиные перья, но они не годились обезумевшей бабке. У себя в щитовой проводник нашел восковой огарок и старую австрийскую охотничью шляпу с петушиным пером. Труднее всего оказалось с солью: ее удалось выменять у таманцев — щепоть на тройное количество черного чаю.

Под утро за вагоном вспыхнули два автомобильных прожектора, по узкому коридору протопали сапоги, дверь купе с визгом отодвинулась, и кто-то хриплым голосом приказал деду: «Выходьте!»

Белокопытов взвел курок — пока жив, он не собирался сдавать медика на расправу без письменного приказа Главкома. Бабка не вышла из своего купе, лишь сдвинула настежь дверь и свечой подожгла перья. Завоняло паленым, будто *шмалили* гуся. Бросив в пламя щепотку соли, безумица громко взвыла: «*Чѐмче! Пàтла!! Лу́пта! Шу́пта!!!*»

Деда подвели к ее купе; он молча снял, спрятал в футляр свое золотое пенсне и протянул бабке. Даже не глянув на него, та принялась ворожить с удвоенной страстью, причитая и вскрикивая. Конвоиры, суеверные мужики, терпеливо ждали, пока она закончит свои заклинания, но она не успокоилась, пока не повторила дважды: «*Одно́та, дво́та, тро́та, чѐмче, пàтла, лу́пта, шу́пта, джѐвер, бàшна, джà!*»

Наступила тяжелая, смертельная тишина.

Старший конвоир откашлялся, обернувшись к Белокопытову с его револьвером, вытащил из-за обшлага листок с печатью и, не торопясь, *со значением*, зачитал текст:

Реввоенсовета СевКавРеспублики чрезвычайным решением, октября одиннадцатого, с. г.:

Матвеев Иван Иванович, командующий Таманской армии, от должности отстраняется и с тем приговаривается к расстрелу как за неподчинение боевому приказу Главнокомандующего каковой и приведен в исполнение.

Решением РВС Республики на том основываясь военмедспец доктор Гинзбург М. Э. от своего аресту освобождается и с благодарностью за службу.

Затем обратился к деду не менее торжественно:

— *Так шо, товаришу дохторе, зараз вам можливо з'єднатиця з вашою законною дружиною, поїсти що вам забезпечено, і продовжувати службу нашої справи світової риволюції.* (*Так что, товарищ доктор, сейчас вам можно воссоединиться с вашей законной супругой, поесть, что полагается вам, и продолжать службу нашему делу мировой революции.*)

Быстрее всех оценил оборот событий начохран. Он служил порученцем Сорокина, когда тот еще командовал отрядом в сто пятьдесят сабель. И он один понимал, как близко сейчас от обитателей салон-вагона ходит еще кругами Костлявая: ждет, сволочь, после осечки другого шанса. Поэтому, возвратив конвою оружие и приказав всем лечь на пол и оставаться внутри, Белокопытов помчался на дрезине в депо.

Верный «Смит» и на этот раз не подвел его, и через час «Овечка», конфискованная у таманцев, оттаскивала их, пыхтя, подальше от Курганной — подальше от смерти, под защиту Сорокина и его казаков.

ПОД ЗАЩИТОЙ ГЛАВКОМА СОРОКИНА

Сорокина и его людей в Таманской армии ненавидели тяжелой крестьянской ненавистью. О расправе с ним мечтали давно, долго и терпеливо.

Пропасть взаимного недоверия между красными командирами была чудовищной, каждый подозревал в измене каждого. Странно, но тон этому задавали не столько сами военные, сколько их новорожденные гражданские правительства. Военные, впрочем, гражданским тоже не доверяли. Больно уж много среди них было инородцев: латышей, евреев, финнов, *чехо-словаков*...

Воспитанные в подполье в условиях строгой конспирации, ожидавшие предательства в любой момент, все эти штатские *эс-эры, эс-деки и анархо-синдикалисты* были патологически неспособны к совместным действиям во имя общей цели.

Их ставленники — командиры, избранные криками на солдатских митингах, ревниво следили за чужими успехами, вечно спорили, кому командовать, обижались до слез, если чувствовали, что их заслуги не оценены *соввластью* по достоинству. Всех вместе, скопом их объединяло лишь одно общее чувство: неприязнь к тем, кому улыбнулась удача, кому *пофартило*, чей талант расцвел, попав на благодатную почву. Это было не просто завистью, просто ревностью: любой успех товарища по оружию воспринимался как личная обида, как удар по самолюбию, как грубое присвоение законно принадлежавшей им доли счастья. Именно тогда, в первые же дни Советов, и родилась известная паранойя, объяснявшая любую неудачу изменой и кознями врагов. Так же, как и успехи соперника — сговором его дружков и ловкими интригами *при верхушке*.

Главкому Сорокину недавно исполнилось тридцать четыре года. Настоящий самородок, он был создан для военной карьеры. Наскоро, за три месяца прошедший школу прапорщиков, он при этом обладал уникальным талантом тактика:

сочетанием осторожности, дерзости, расчета и — что немало — предчувствия военной удачи. Он знал меру возможностей своих бойцов и никогда не требовал от них ничего сверх нее. Но главное — он знал цену маневру. На его глазах рождалась доктрина новой войны, без сплошных линий фронта, без тяжелых укреплений — непрерывно движущейся войны *на колесах*, войны охватов, концентрированных ударов и рейдов по тылам. Возможности такой войны одним из первых оценил генерал Людендорф и дал ей название: *блицкриг*.

Одиннадцать месяцев назад никто не слышал о Сорокине — мало ли отрядов носилось по степям Северного Кавказа среди возникавших, как грибы, республик: Черноморская Советская, Советская Кубанская, Терская... В статье о силах Северного Кавказа *Наркомвоенмор* Троцкий даже не упомянул его имени, но четвертого августа 1918 года ВЦИК РСФСР утвердил решение местного правительства: кубанский хорунжий Сорокин Иван Лукич был назначен главнокомандующим всеми войсками Сев-Кав района; под его началом оказалось более 125-ти тысяч бойцов и командиров.

Можно только представить вызванную этим назначением бурю темных страстей среди многих, кто знал его, и тем более, среди тех, кто никогда не слышал о нем прежде.

Удивительно, но именно это обстоятельство помогло доктору быстро найти общий язык с главкомом. Чем-то неуловимым тот напомнил доктору любимого им Наполеона, во всяком случае, такого, каким он изображался в пьесе «Маленький капрал».

Доктор и сам со студенческих лет привык к ревнивой враждебности своих однокашников. Его не любили за равнодушие к спорту, за аккуратность в занятиях, даже за интерес к нему слабого пола. Девушкам, по понятиям студенческого братства *Гамма Тэта Ипсилон*, должны были нравиться мускулистые гребцы, боксеры и теннисисты, а не долговязые близорукие педанты: таковым *полагалось* стесняться дам и быть робкими... Так, любой успешный роман, любая удавшаяся работа, любая похвала профессора Ру приносила доктору все новых недоброжелателей.

БЛАГОДАРНОСТЬ И ВОЗНАГРАЖДЕНИЕ ЗА РАБОТУ

Получив долгожданный вызов к командующему, доктор слегка разволновался.

Приходилось ему прежде *пользовать* и Махно, и Муравьева-*»Бешеного»*, но главком, одним махом отправивший на тот свет Таманского командарма — *Merde!* это было нечто иное… и у доктора слегка подрагивали пальцы, он ронял на пол нужные для доклада бумаги.

Разговаривать, однако, оказалось легко, и Сорокин вскоре попросил начохрана оставить их вдвоем и прислать чаю и сухарей, что было явным признаком доверия.

Беседа затянулась на целый час, хотя планировалось не более двадцати минут: Сорокин возвращался в Пятигорск с фронта и назначил встречу на глухом разъезде на полпути к Армавиру: туда, к его бронепоезду и подогнали салон-вагон с доктором. Резонно предположив, что молния дважды в один пень не ударит, доктор решил отбросить обычную осторожность.

Прямота и темперамент его подкупили Сорокина сразу же, и тот стал подробно расспрашивать о шансах обуздать эпидемию. Всё еще разгоряченный недавней близостью смерти, доктор выложил свои тяжелые дорожные впечатления, не смягчая выражений, и в заключение вытащил «Перечень мер». Быстро пролистав его, Сорокин вызвал вестового и коротко приказал:

— К барышням в *пишмаш*, восемь копий, немедленно.

Отдав вестовому брошюру, Сорокин перегнулся через стол, чтобы пожать врачу руку:

— Благодарствую, доктор, полезная работа: честно и коротко без трепа. Принимаю к исполнению — не зря, выходит, мы за вами штаб-вагон высылали. Мне охрана доложила уже: вы весь путь опыты делали, говорят, даже с мертвецов брали пробы.

Потом он откинулся на спинку кресла, отбросив полы черкески, заложил ногу на ногу и уже совершенно другим, доверительным тоном сказал:

— Я ведь, знаете, тоже медиком был. Год военфельдшером, это кой-чего значит! Совет ваш держать беженцев *овшивевших* подале от боевых частей — я еще когда, ну вот в точь теми словами оформил приказом от Военревкома. И оправляться чтобы не в обочину, а в стороне от дороги. Да разве эти с гражданки послушают… Вот и дождались: не белые теперь приканчивают нас, а голод и вши!

Неожиданно он достал из стола бутылку с иностранной этикеткой:

— Да, к слову, вы как, обедали уже сегодня иль нет?

Доктор жестом отказался от спиртного.

— Ну, глядите, мне нельзя, всю ночь над картами спину гнуть — а вам вот… Это Гедройчиха, мужик-баба, мне по секрету донесла: любимое, говорит, его питье *Мартель*, за него душу отдаст. А тут военпреда француза запас подвернулся, ну, заприходовали — и вот вам презент!

Рука с бутылкой повисла над столом и доктору ничего не оставалось, кроме как взять ее.

— А курить — курите? Папироской могу угостить, настоящей турецкой, если хотите?

— Нет, спасибо. Курю только для аромата сигару иногда, и не вдыхаю…

— Этого нету. Попадалась одна, так начштаба ее себе в трубку скрошил. Я и не попробовал…

КТО РЕКОМЕНДОВАЛ ДОКТОРА

— Если не секрет, откуда вы знаете Веру Гедройц? — спросил доктор.

— Ее-то? Так она ж *СанВоенИнспектором* сюда прикатила, с мандатом от Семашки. Она и посоветовала вас: эпидемия, говорит, идет — найдите доктора Гинзбурга в Киеве, можст, он подскажет, что делать. И сигару ту оставила: сама курит одну за одной, прямо буржуй… — он усмехнулся. — Говорит басом — чудно́, прям Шаляпин, ботинки на ней армейские, обмотки, галифе. Я ей: а правда, говорю, доктор, что вы — княгиня? А она мне: «Ну и что ж, ну княгиня? Кака́ барыня ни будь, все равно ее...» — и пальцем кажет грубо так, смеется, мне аж стыдно стало — ну мужик, прямо — мужик...

Раздался стук в дверь, их беседу прервали. Принесли копии «Перечня мер», вестовой что-то зашептал Сорокину на ухо. Лицо Главковерха потускнело, и он стал заканчивать беседу.

— Что ж, спасибо, доктор. Хотите — оставайтесь: приказ пришел, мы вот-вот Ставрополь будем брать, а?

Доктор молча покачал головой.

— Ну, так пусть Белокопытов и доставит вас, откуда привез, в целости-сохранности. Вы ему счет предоставьте за труды — а уж мы постараемся не обидеть, хорошо? Рад был знакомству.

Сорокин вышел из-за стола и протянул руку.

Доктор кашлянул и спросил:

— Скажите... А нельзя ли вместо Киева к Ростову нас подвезти? А оттуда мы уж сами доберемся — там на Киев поезда еще ходят...

— К Ростову? Вам чего, жизнь надоела? Там же кадеты, белые сейчас!

— Я — гражданское лицо, — доктору захотелось съязвить насчет надоевшей жизни, но сдержался. — И при мне мандат, выдан в Женеве: полномочия швейцарского Красного креста.

Сорокин пожал плечами:

— Ну, как знаете, на ваш страх и риск... У вас там что, родня что ль осталась?

— Там съезд медиков по борьбе с эпидемией собирают, академик Введенский обещал быть. Это важно.

— А-а, понял... Знаете что, езжайте-ка со мной пока в Пятигорск, нехай прицепят вагон. А там решим, как вас побыстрей в Ростов переправить, лады? У меня всё.

Узнав, что разговор закончился к общему удовлетворению, Белокопытов был счастлив. Он проникся к деду глубокой симпатией: его восхитило дерзкое поведение доктора при аресте; сварливый его характер он принял за храбрость, и главковерху дал о докторе самые лестные отзывы.

ВНЕЗАПНЫЙ ПРИСТУП ПАРАНОЙИ

Минуй нас пуще всех печалей
И барский гнев, и барская любовь.
А. Грибоедов, *«Горе от ума»*

Через день по прибытии в Пятигорск деда еще раз вызвали в вагон главкома. Там в приемной ожидал его сияющий Белокопытов, чтобы объявить решение командующего: начохран доставляет доктора в Ростов на мотодрезине, с конвоем. Там через своих людей его тайно селят в номерах «Эльдорадо» на время работы и обеспечивают питанием. По закрытии съезда его ночью на автомобиле забирает обратно в Пятигорск тот же Белокопытов — а уже оттуда, в своем салон-вагоне доставляет вместе со всеми спутниками домой в Киев. Выехать в Ростов можно было — да хоть через полчаса!

Это был царски щедрый план, и Белокопытов ожидал от доктора изъявлений радости и признания. Но тот только коротко поблагодарил и сообщил, что без жены не поедет. Пришлось снова проситься к Сорокину. Теперь ждать пришлось часа полтора.

Командующий стоял ссутулившись, спиной ко входу и, не оборачиваясь, дал знак вошедшим садиться. Он хрипло отдавал какие-то команды в полевой телефон, затем обернулся к ним и устало спросил:

— Что теперь?

Дед опешил. Главкома было не узнать, это был другой человек. Глаза, обведенные синими кругами, глубоко запали в глазницы и болезненно блестели, волосы прилипли к мокрому лбу; ему было душно, белую черкеску он сбросил на пол и стоял теперь на ней грязными сапогами.

— Не хочет без жены ехать, — коротко ответил начохран.

— Ты объяснил ему?

— Не всё. Просит выслушать.

На столе запищал один из полевых телефонов, над его желтой кожаной сумкой вспыхнула лампочка. Сорокин снова отвернулся, взял трубку, стал слушать. Потом спросил только:

— Кто еще сумел скрыться? — и, получив односложный ответ, медленно дал отбой. Все еще держа мертвую трубку в руке, он начал говорить тихо, с трудом, не глядя на доктора.

— В Ростов вам прибыть нужно завтра и всего на два дня, мне доложили. Я отдам распоряжения… — Он замолчал, набирая воздух, и паузой воспользовался дед:

— Простите, но жену я оставить не смогу. Состояние не то…

— А под мою личную ответственность? Или того лучше, Екатерины, моей супруги? Меня на съезд в ЦИК вызывают, так что могу пока поселить ее у себя — или на попечении Екатерины Исидоровны в «Бристоле», номер люкс.

— Простите, никак невозможно, за женой требуется уход…

Снова вспыхнула лампочка телефона.

— Список! Мне нужен их полный список, — загремел Сорокин в ожившую трубку, — с указанием псевдо́нимов. Чтоб знали все какого они роду-племени. И должности их чтоб без сокращений — никаких «предком-нарком» — полностью, понял? Отбой.

Потом, не мигая, больными глазами уперся в деда:

— Значится, с концами решили — никак?

— Сожалею.

Главковерх с шумом вобрал в легкие воздух и словно просверлил лицо доктора расширенными зрачками. Огонек безумия проскочил под веками в больных глазах.

— А может есть у вас какая тайная на то причина? — тихо и с преувеличенным сочувствием спросил он.

Дед разозлился.

— Если и есть, — резко ответил он, — и если тайная — к чему вообще этого касаться?

— О-о, вон оно как… — главковерх уселся на стол и позади себя оперся ладонями о заляпанную чернилами поверхность:

— Тогда я еще хотел бы спросить вас... хотел бы спросить, ...отчего это *вашим* кажется, что вы можете всех обвести вокруг пальца? Отчего ваш брат вечно думает, что он самый умный, умней всех других?

— У меня нет братьев, — не совсем впопад усмехнулся дед. — Результат второго киевского погрома.

Низкорослый Сорокин сполз со стола, ближе подошел к деду и, глядя снизу вверх, стал говорить совсем уже шепотом, свистя шипящими, и переходя на «ты».

— А-а, из пострадавших? Погромами на жалость бьешь? Но я ваше племя насквозь вижу, насквозь — и еще на аршин под ногами!

Сорокина затрясло, бешено побелели глаза, голова стала запрокидываться назад.

— Объехал расположения, разнюхал обстановку, гад, а теперь жену боишься оставить в залог? Продать нас готовишься, контра? А? А? А?!

— У вас нервы ни к черту, главком, вам нужен нормальный сон, отдых. Ни морфий, ни тем паче, кокаин, вам сейчас совсем ни к чему!

— Задурил Матвееву башку, думал и со мной так выйдет? Дудки! Козак — эт-т те не матросня! Я справки навел: ты — барон Гинзбург!! От козака... сволочь... не скроешься, а ты с козаком, гад, шутить вздумал?... — Сорокину стало совсем нехорошо, его зашатало. Белокопытов подскочил, усадил на стул, и главком перевел дыхание.

— А тебе, начохран, приказываю: врача — под арест, и чтобы мне живым был и при сознании! Штаб-вагон не отцеплять, нехай едут в Невинку со мной, на съезд. Там уж я и материал предоставлю на всю их шайку. И как съезд решит...

— А может сами разберемся, главковерх? Что он, съезд, умнее нас что-ль? — робко спросил Белокопытов.

— Тихо! Как съезд решит, так и будет, бо он — медик. Кого следует, я уже того... разобрался. *Козаки Ерусалимские,* с гражданки, они вишь, Гинзбурги эти... на Кубань тута командовать нами прибыли! К исполнению, начохран!

В наступившей тишине дед внятно и нагло ухмыльнулся:
— *Merde*! Юдофобия vulgaris... Вот тебе, бабушка, и Наполеон.

Не глянув в его сторону, Сорокин, чуть пошатываясь, ушел к себе в купе и задвинул дверцу.

ПЕРВОПРИЧИНЫ ПРИПАДКОВ НЕНАВИСТИ

Ни дед, ни начохран еще не знали о том, чтó произошло сразу по прибытии Сорокина в Пятигорск.

Не успел поезд главкома остановиться, как тот в приступе ярости, вызвал авто и ворвался прямо на совещание Реввоенсовета. На фронте царили хаос, паника, а ему зачитали два глупых приказа от РВС, отправленные прямо в войска через его голову. Его, главковерха, даже не сочли нужным об этом известить, и кто?! Инородцы гражданские, пархатые *штафирьки,* сроду не державшие винтовки в руках!

Он швырнул на стол председателя ЦИК извещение об отставке. Председатель тов. Рубин, девятнадцати лет от роду, разозлился, смял бумагу и бросив ее назад, попал главкому в лицо.

Ни уговоры, ни объяснения больше не помогли — Сорокин в бешенстве покинул совещание, хлопнув дверью.

Наутро по его приказу было арестовано четверо членов Реввоенсовета по обвинению в измене и заговоре. Конвоиры расстреляли их по дороге в тюрьму. Все четверо оказались евреями, занимавшими высшие посты в правительстве:

председатель ЦИК А. И. Рубин,
секретарь крайкома РКП(б) М. И. Крайний (Шнейдерман),
председатель Фронтовой ЧК Б. Рожанский,
уполномоченный ЦИК по продовольствию С. А. Дунаевский.

Пятого, главу Республиканской ЧК М. Ф. Власова, бежавшего в Минводы, обнаружили там и пристрелили на месте.

Прокламации-обращения главковерха к населению тоном своим и стилем оставляли мало сомнений в намерениях Сорокина: он твердо решил убрать инородцев вон из совдепов СевКавРеспублики.

Современный читатель легко узнает здесь знакомые нотки: этот стиль с тех пор верой и правдой служил советской власти в течение многих лет:

К товарищам красноармейцам и гражданам Северо-Кавказской Социалистической Республики

21 октября раскрыт заговор против Советской власти, армии и трудового народа, устроенный членами Центрального Исполнительного Комитета: *(следовало перечисление изменников с полным указанием их еврейских отчеств и псевдонимов),* **Участники заговора расстреляны мною как предатели.**

Обращение завершалось так:

...В то время как доблестные солдаты революции проливали свою драгоценную кровь за лучшую участь трудящихся, боролись с капиталистами, буржуями и врагами трудовых масс, эти шкурники запасались материалами на костюмы, пальто, из помещенной ниже описи вещей, найденных в комнатах заговорщиков, читатели увидят, до какой предусмотрительности дошли эти шкурники. Чего только нет у них про запас, вплоть до керосина и манильских веревок!

Пятнадцатилетнего брата председателя Рубина Мишу *взяли* после ареста *в оборот* на допросе, и через четверть часа он подписал, не глядя, внушительный список добра, якобы награбленного изменниками.

Остальные члены правительства из евреев успели скрыться и избежали расправы. Ими в подполье решено было созвать экстренный съезд ЦИК подальше от Пятигорска, где свирепствовал сорокинский военный террор.

В станице Невинномысской на 27-е октября был назначен 2-й Чрезвычайный съезд ЦИК Советов, высший орган власти СевКавРеспублики.

Сорокин согласился прибыть на него с доказательствами вины казненных.

ОСТАЕТСЯ ТОЛЬКО ВОРОЖИТЬ

Перед рассветом бронепоезд Главкома, притушив огни, остановился у Курсавки, на полпути к станице Невинномысской. Дальше путь был разобран. Охрана спрыгнула с подножек паровоза, взяла оружие наизготовку, бойцы подбежали к телеграфной будке. Телеграфист донес, что ночью внезапной атакой деникинцы вклинились между станицей и Армавиром, и съезд закрылся ввиду опасности для жизни делегатов.

Для доктора это означало — конец!

Жизнь его теперь полностью перешла в руки Сорокина. И Белокопытов, его морячок, действительно хорошо знал бешеную натуру начальника. Дело пахло керосином. Дело было — табак. Дело было — швах. Начохран прошел вдоль тускло освещенного коридора, постучался в купе жены арестованного — там было темно, но она даже и не ложилась — и глухо сказал:

— *Ворожи, докторка. Нема бильш чёго робыты. Тепер — тильки воро́жить.*

И расплакался.

ПРЕЖДЕВРЕМЕННОЕ ОТЧАЯНИЕ НАЧОХРАНА

Его отчаяние оказалось преждевременным. Белокопытов спал крепко, и не знал, что еще раньше, глубокой ночью, состав на минуту задержался перед семафором, и Сорокину передали телеграмму:

Военная срочная. Из Невинки. Всем, всем, всем Революционным войскам, Совдепам и гражданам.

ПРИКАЗ: 2-й Чрезвычайный съезд Советов Северного Кавказа и представителей революционной Красной Армии объявляет бывшего командующего Сорокина вне закона, как изменника и предателя Советской власти и революции, и приказывает: немедленно его арестовать и доставить в Невинномысскую для гласного народного суда.

Почте и телеграфу: не выполнять никаких приказов Сорокина. Исполнять и проводить в жизнь только приказы за подписью следующих членов: Председателя Реввоенсовета тов. Полуяна и нового Главкома тов. Федько.

Второй Чрезвычайный съезд Советов Северного Кавказа

Узнав о решении съезда, Сорокин, ни минуты не теряя, сошел с поезда и в сопровождении конной охраны, весь путь следовавшей за ним в теплушках, верхами направился прямо в Ставрополь, только что с налету отбитый таманцами у белых. Он надеялся там на встречу с оркестром, рапо́рт нового командующего Таманской армии, подчиненного ему Ковтюха — и чествование его как Главкома-победителя: ведь победителей, как известно, не судят.

Вместо этого Сорокина прямо на месте попытались арестовать: приказ Съезда пришел в Ставрополь на час раньше. Сперва упустили было и главкома и конвой, однако вскоре догнали на пятнадцатой версте от города и окружили всю группу. Бывший главком при аресте сопротивления не оказал, и его отвезли в ставропольскую тюрьму. Там, во время оформления бумаг в тюремной канцелярии, Сорокина пристрелил боец одного из таманских полков, желая отомстить за смерть любимого революционного командарма Матвеева.

ЭФФЕКТЫ ЗАКЛИНАНИЙ
И КОНЕЦ ДОКТОРА ГИНЗБУРГА

Весть об аресте главкома принес в опустевший поезд все тот же телеграфист как раз к завершению бабкиной ворожбы. Путь назад был открыт, машинисты принялись разводить пары, но в салон-вагоне бабка не спешила заканчивать свои заклинания, напротив, стала бормотать еще энергичнее. Теперь в чашке Петри, взятой из лаборатории деда, перед ней дрожало синее пламя подожженного спирта. На дне чашки лежала обшитая белой тканью цинковая пуговица; несмотря на громкие протесты, начохран по бабкиному требованию срезал ее у деда с подштанников. В коридоре возле купе наблюдали за ее действиями сочувствующие обитатели вагона.

Неожиданно бабка замолчала, задула пламя и встала, резко выпрямившись.

— Все. Его больше нет. Сорокина среди живых нету... Можете привести доктора сюда, — властно сказала она, прижав пальцем горячую пуговицу — и это прозвучало почти как приказ.

Деда держали в отделении проводника, и тот привел его к бабкиному купе. Без очков, в черном тулупе, с головы до ног вымазанный сажей, он напоминал не то оперного черта, не то гигантского трубочиста. Проводник признался, что сразу при остановке поезда он упрятал деда в мешок и скрыл в угольном ящике: там хотя и было холодно, зато люк сброса открывался прямо на пути, и можно было уйти — *в случáе чего.*

— Не подходить ко мне! Не прикасаться! — вскричал дед. — Чаю, горячего! Потом — горячей воды и мыла, зеленого мыла, в тулупе сплошные вши! Но прежде всего — горшок! Слышишь, Ида? Быстрей, в купе ко мне — *le vase de nuit,* неси ночной горшок!

Когда дед, облегчившись, снова появился в открытой двери своего купе, первое, о чем он решил объявить присутствующим — это то, что никакого доктора Гинзбурга более не существует, а барона — и подавно. Оба расстреляны новой властью — дважды, и теперь обращаться к деду следует только так: доктор Гольдберг. И не иначе!

— Все слышали? — кричал дед. — Доктора Гинзбурга в живых больше нет! Прошу запомнить!

Белокопытов, видавший виды морячок-начохран, не удержался и закричал:

— От же ж человек — кремень! — и обернулся, чтобы разделить свой восторг с окружающими:

— Вить с того свету, мож-сказать, за семь дней вернумшись два раза́ — и ничто его не берет, як с гу́ся ему вода! Креме́нь мужик, одно слово — креме́нь! Эй, доктор, на службу возьмешь? Бери — я вить тож никак мертвяков не боюся, *кадаверов* этих, а?

ВЗГЛЯД ИЗДАЛЕКА:
КАК ВПОСЛЕДСТВИИ ВЫЯСНИЛОСЬ…

Если кому-либо из читателей покажется, что автор этого мемуара заврался, перехватил или перенюхал лишка какой-нибудь субстанции, отсылаю его к рассекреченным архивам Таманской армии. Все эти «железные потоки» и «стальные отряды» Деникин разгромил и разметал по Голодной Степи вместе с Одиннадцатой Северо-Кавказской Красной армией два месяца спустя после описываемых событий.

Из дезертиров и остатков командования Первой колонны позже кое-как сформировали одну дивизию, назвали Таманской, и придумали ей славную историю, слегка исказив имя ее легендарного Комдива. Реальный командир **Ковтюх** был впоследствии, в 1938-м году забит насмерть на допросах в НКВД.

На самом же деле — части красных просто не смогли долго сопротивляться, скошенные эпидемиями испанки и тифа, ибо доктор так и не сумел попасть на съезд эпидемиологов, и вакцинациями его никто не заинтересовался.

Поход Доброармии на Москву провалился по той же причине: за месяц Врангель потерял половину боевого состава заболевшими, после чего свалился и сам без сознания. Чудом ему удалось побороть болезнь и вернуться к жизни через три месяца. К этому времени все, что оставалось белым, — это с остатками частей пробиваться в Крым, в надежде обрести там хоть какую-то передышку.

До признания вируса как первичного возбудителя испанского гриппа оставалось еще добрых пятнадцать лет.

Имя доктора Гинзбурга ни в каких публикациях более не упоминалось.

Все имена реальных участников военных действий здесь сохранены, оставлены без изменений, как есть.

Единственное, что можно было бы добавить к этой истории, это разве что раскрыть секрет доктора, чуть не стоивший ему жизни. Он состоял в том, что жена его, восемнадцати лет, в те дни была на шестом месяце сложной беременности, ожидая второго ребенка. Она вскоре его родила, успешно, но на два месяца прежде положенного срока.

Вопреки тревогам, мальчик Яша оказался крепким; он прожил благополучно до девяноста семи лет и в самом конце жизни даже завел роман с сиделкой, бывшей моложе его на двадцать четыре года.

За первым же их ребенком, девочкой, рожденной докторшей годом раньше в возрасте семнадцати лет, присматривала в тот роковой месяц добрейшая старушка, соседка по лестничной площадке. Девочку звали Женькой — позднее Евгенией Михайловной Гольдберг, и автору этих строк она приходится матерью.

Часть вторая

НЕЗАБУДКА... ИЛИ КАК ЭТО ПО-РУССКИ?

ВЫЗОВ ПО ВСЕМ ТЕЛЕФОНАМ

Больше всего дед не любил, когда на работе начинали одновременно звонить телефоны — именно это и случилось сейчас.

Он только закончил осмотр, и пока пациентка одевалась за ширмой, выписывал ей рецепт, едва не стирая его носом — катаракта, чтоб её... Тут-то и раздалось знакомое дребезжанье.

Из аппаратов наиболее неприятным звуком обладал «Эрикссон», допотопное чудище, бог весть у кого реквизированное, коричневый ящик с трубкой, болтавшейся на бронзовом крюке. Это устройство звонило настолько пронзительно, что один из его колокольчиков доктор попросил заложить ватой, и теперь оно *звоно-трещало*, что было тоже противно, но хотя бы не так громко.

От «Эрикссона» еще можно было как-то избавиться: изменив голос, рявкнуть, например, басом: «Доктор занят с больным, звоните позже!» и крутануть отбой.

С другим аппаратом, *«Сименс и Гальске»*, так поступать было нельзя: по нему могли звонить от начальства из *Лечсанупра*, а потом через доносчика проверить, вправду ли сейчас на приеме доктор или, по вздорности характера, не в настроении выслушивать директивы. Черный «Сименс» выглядел более современно, вместо трубки у него был наушник-рожок, и можно было, отвернувшись от микрофона, сослаться на плохую слышимость. Но это лишь в крайнем случае и при особо назойливых требованиях. А звонок все равно был гадким, и потом еще долго отдавался в ушах.

Дед был не *завотделением*, а только *И.О.*, и ему не положены были ни секретарша, ни отдельная комната для осмотра пациентов. Они раздевались тут же за ширмой и садились на холодный металлический табурет, а дед выходил из-за стола, доставал дешевые карманные часы и начинал осмотр с измерения пульса и давления. Потом брал стетоскоп.

Если в это время звонил телефон, он, не отрывая уха от стетоскопа, прикладывал к другому уху телефонный наушник и накрывал его своей огромной ладонью. Выглядело это комично, но у пациентов вызывало не насмешки, а, напротив, боязливое уважение: вот, доктору срочно звонит кто-то, *кому надо* и *откуда надо* — а значит он лицо не простое, а доверенное, и на его лечение можно положиться.

Но когда звонки раздавались одновременно, дед терялся, не мог решить, на который прежде ответить, и от растерянности ронял с носа пенсне — ему приходилось тогда чуть не на ощупь снимать с крючка трубку или хватать наушник, чтобы поскорее ответить на настойчивый звонок.

Был у него и еще один телефон, настоящий *«Белл»* с замечательной слышимостью, но тот стоял в углу на особом столике и никогда не звонил. Это была линия *ВуЧК* и Москвы. По нему деду пришлось говорить лишь однажды, когда не могли найти завклиникой и потребовали никому об этом не рассказывать. Так что этот аппарат, прозванный за торчащий микрофон *подсвечником*, в мучениях деда не участвовал.

Но на этот раз звонили все три телефона!

Доктор оторвался от чернильницы, уронил пенсне. Бормоча:

— Шоб вам повылазыло! — он двинулся прежде всего к главному, к Подсвечнику. Стоило однако лишь снять его слуховую трубку с рычага, как все звонки тут же прекратились!

По всем трем линиям звонила княжна Гедройц с требованием тотчас же выехать к ней на помощь.

— У меня больная здесь одевается за ширмой! Дайте выписать ей показания, и я перезвоню вам… — начал доктор, но на другом конце провода Гедройц перебила его своим оглушительным басом:

— Не давайте отбой, подите к окну и гляньте вниз, доктор! Там, у главного входа — это за вами! Глянули? Вам достаточно того, что видите, или нужны разъяснения?

Дед нащупал на столе и снова напялил пенсне.

Загораживая дорогу, прямо под навесом приема срочных больных стоял огромный светло-серый «Паккард» с шофером, затянутым в черную кожу и с авиаторскими очками поверх кожаного картуза.

— *Мерд!* — воскликнул доктор, перейдя от украинских проклятий к французским. Известный на весь город серый авто возил Манцева, председателя Всеукраинского ЧК.

— Лиза, — позвал доктор медсестру, все еще тиская в руке слуховой рожок, — выпишите больной аспирину и постель дня на три. И извинитесь: к ней пришлют врача на дом — а меня сейчас нет, я уехал по экстренному вызову.

Снова затрезвонил телефон, на сей раз это был другой аппарат; доктор еле дотянулся до трубки. Опять звонила взбешенная Гедройц: «Куда вы, к чертям, пропали, *доктор Моса*, я вам ору в телефон, а вы в ответ какую-то Лизу зовете! Что у вас там со связью? Ладно, не забудьте свой саквояж, желтый тот, потертый. Да! и запасные очки — как бы оперировать не пришлось прямо на месте…» — ее речь грубо оборвали два мужских голоса, хором зарычавших «Отбой!», и доктор, даже не сняв халат, поспешил вниз к главному подъезду.

СДАН ПОД РАСПИСКУ

Не произнеся ни слова, кожаный шофер вышел из авто и, *приняв* у него саквояж, тут же его раскрыл.

— А здесь шо у вас, в банке? — спросил он.

— Карболовая кислота, — ответил доктор, — дезинфектор. Осторожнее с ней!

— Не положено, — отрубил шофер и начал вытаскивать банку из саквояжа.

— Это не вам решать! — вспыхнул доктор. — Что положено, буду решать здесь я, или к чертям собачьим...

Кожаный неожиданно улыбнулся во весь щербатый рот и сказал, забавно коверкая русские и украинские слова: «Та не кип'ятыться, *Мусию Мануйилучу*, у в цилости довызу и ув руки передам на месте».

Дед не ожидал, что к нему обратятся по отчеству, и молча отдал банку. Шофер бережно поставил ее рядом с собой и, нажав рычажок, завел мотор — роскошная машина не требовала возни с заводной ручкой. Рявкнул клаксон и авто мягко тронул с места.

— Куда? — коротко спросил дед.

— Недалечко тута, скоро прыйидьмо, увидите.

Доктор снова разозлился и решил не продолжать бессмысленное общение; за последние годы он привык к хамской привычке *совдепов* прямо не отвечать на вопросы, особенно когда совдепы одеты в кожу.

Когда подкатили к Липкам, тихому зеленому району города, доктор понял, что нужно срочно связаться по телефону с женой. В Липках — весь Киев об этом знал — чекисты расстреливали в подвалах заложников. Но машина миновала здание ВуЧК и остановилась в переулке напротив, возле небольшого, хорошо сохранившегося особняка. Доктора поразили начисто вымытые зеркальные стекла больших окон, нечто неслыханное в полуразрушенном грязном городе; дом явно был *освоен* большим начальством.

Два красноармейца в новых шинелях с синими клапанами сбежали с высокого крыльца к машине, вежливо помогли врачу выйти и тоже предложили *принять* саквояж. Он позволил, но потребовал у шофера свою банку с притертой пробкой и сам осторожно понес ее в руках ко входу. Красноармеец открыл тяжелую дверь, но, прежде, чем войти, врач обернулся и успел заметить, как шофер протянул второму бойцу зеленую папку, и тот подписал какую-то бумагу. Теперь у врача не осталось сомнений, что его *сдали под рас-*

писку, и все последующие действия надо начинать с требования звонить домой.

ЗВОНОК ДОМОЙ

Еще в коридоре он услышал протяжный вой, доносящийся из-за закрытой двери, и, едва войдя, сразу обнаружил, что источником его был здоровенный парняга, очевидно, пациент, сидевший со спущенными на сапоги штанами у окна, в дальнем углу комнаты заседаний. Низ живота парень прикрывал полой рубахи, но стонал при этом с такой силой, что доктор сразу понял: воет он больше от страха, чем от боли.

По другую сторону стола, напротив, сидела в кресле приват-доцент Гедройц под охраной двух чекистов-китайцев. Их непроницаемые лица и примкнутые к винтовкам штыки не оставляли сомнения, что Гедройц находилась под арестом. Для охраны арестованных был куда удобней простой наган, но совдепы обожали штыки, наглядные символы власти. Доктор поставил свою банку на стол подальше от края, дал знак своему конвойному с саквояжем следовать за ним и направился прямо к Гедройц.

— Мне срочно нужно позвонить, где здесь телефон? — обратился он к коллеге, подчеркнуто игнорируя охрану. — Но сперва скажите, Гедройц, на что я так внезапно понадобился? И вообще, что здесь происходит?

— Я не хозяйка здесь, доктор, — злобно ухмыльнулась она. — Мне рот затыкают. Забрали пепельницу. Курить, вон, позволили, и на том спасибо. — Она стряхнула пепел от своей сигары прямо на пол и растерла его своим грубым армейским башмаком.

— Можете ответить доктору на его вопросы. Но прошу здесь соблюдать чистоту, княжна, вы не у себя в родовом замке, — раздался тихий голос за спиной доктора.

Доктор обернулся и только сейчас заметил в комнате еще одного человека. Невысокого роста, в тщательно выглаженной гимнастерке, тот сидел за столом машинистки в темном углу длинной комнаты, но доктор узнал его сразу. Это был заместитель Дзержинского, председатель ВуЧК Манцев. То есть, строго говоря, заместителем он был бывшим: ЧК недавно переименовали в *ГПУ*, и теперь Манцев был назначен его главою на Украине.

— Все, что здесь увидите и услышите, доктор, — сказал он, — вы должны забыть, выйдя из этого помещения. Для вашего же блага и спокойствия, это, надеюсь, понятно?

— Меня не требуется учить соблюдению врачебной тайны, — сухо отрезал дед. — Но прежде мне нужно сделать звонок к себе на квартиру и поручить несколько дел жене.

— Это можно, но при условии, доктор: там не должны знать откуда вы звоните, где вы, с кем и по какой причине. Вас свяжут с домом прямо сейчас.

Председатель кивнул одному из охранников, чтобы тот подошел к телефонному аппарату.

— Номер мой... — начал дед, но Манцев прервал его.

— Этого не нужно. У нас есть ваши номера, — а потом, обращаясь к арестованной Гедройц, заметил: — А касательно пепельницы, княжна: она тяжелая, а нам известно, что вы способны и в голову предмет запустить сотруднику при исполнении... Вот и отодвинули — от соблазна. — он накрыл ладонью огромную хрустальную пепельницу у себя на столике.

— Струсили, одним словом, — съязвила арестованная.

— Не думаю, трусом не считаюсь. Но и самоубийцей тоже...

— Ясно. А родовым моим замком, кстати, была одиночка в Орловском централе за агитацию в окопах. Вы, Манцев, тогда еще только думали, куда бы примкнуть: к оборонцам, пораженцам или отзовистам.

— С этим разберутся, — ответил чекист — кто к кому примкнул и в какой одиночке содержался. Или будет еще... Уже разбираются.

— Номер ответил, — сообщил охранник.

Начальник взглядом приказал ему передать слуховой рожок доктору.

— Что, Мося, что? Ты что-то забыл? — раздался в наушнике голос жены.

— Слушай внимательно, Ида, все вопросы потом, срочно нужно твое участие… — доктор прикрыл микрофон ладонью и вдруг, без капли сочувствия, повелительно крикнул вглубь комнаты:

— Больной, потрудитесь умерить стоны, сейчас вам окажут помощь — я ничего не слышу в телефоне!

— Внимание, — продолжил он в микрофон, — ты должна сейчас зажечь спиртовку и опалить перья, помнишь, как тогда, в санитарном вагоне, — и сразу сообщить мне о результате. Мои пуговицы от кальсон у тебя есть, а под чернильницей — очень важно! — найдешь рецепт от Гедройц, и присоедини к пуговице. Трубку не вешай, я жду на проводе. Барышня, не разъединяйте, экстренный звонок, помощь пациенту! — И услышав ответ телефонистки, доктор положил наушник на стол и обернулся к коллеге.

— Что за вой, Гедройц? Что его напугало? Боли? Кровотечение?

— Подозреваю *inguen hernia*, правостороннюю, но он не хочет отвечать на мои вопросы. Показал вздутие издали — и сразу накрыл ладонью. Жаловался, что не может мочиться и все повторял какое-то слово. Убедившись, что я не понимаю его, отказался разговаривать, и требует только врача-мужчину. Температура, пульс, давление в норме…

Звякнул телефон, доктор снова приложил черный рожок к уху:

— Главное, записка от Гедройц — нашла ее? Сделано? И посчитать не забыла, как там — *однота, двота, трота*? Точно, как в санпоезде? Добре, отбой!

НЕМЕДЛЕННЫЙ РЕЗУЛЬТАТ

Дед не успел еще крутануть ручку отбоя, как на столике Манцева вспыхнула лампочка и затрещал второй аппарат. Тот снял наушник и встал. Около минуты он, стоя смирно, слушал голос в рожке, потом коротко сказал:

— Секунду.

Затем обернулся к охране и приказал удалиться. Китайцы вскинули винтовки на плечо и молча ушли. Манцев тут же тихо сказал в микрофон:

— Уже. Сделано, Феликс Эдмундович, охрана снята… Понял. — и повесил слуховой рожок на крюк. Потом поднял со стола тяжелую пепельницу и с ней в руках твердым, почти строевым шагом направился к Гедройц.

— Что ж, товарищ, вот и разобрались, — сказал Манцев без улыбки. — Вот, прошу, пользуйтесь, о сигарах и спичках сейчас распоряжусь. А может водички попить хотите? В одиннадцать горячего принесут покушать, уже готовят. А пока — продолжайте работать: я, как видите, не мешал и не мешаю…

— Молодцом, Ида, все сделала, как по рецепту! — доктор счастливо хмыкнул, дернул ручку отбоя, и довольным голосом пропел себе под нос первые такты менуэта Боккерини: — *Ти́-та-ти́-та-ти́-тта,   коллега, — сра-бота-ло, merde!*

Присутствующие замолчали и недоуменно переглянулись. Впрочем, привыкшая к странностям доктора, Гедройц первой нарушила паузу.

— Так вот, доктор Моса, пациент приподнял рубаху только на секунду… — обратилась она к коллеге, но Манцев снова прервал ее, на сей раз самым почтительным образом:

— Только минутку еще, товарищ, я извиняюсь, гм,… хотел спросить вас: это правда, что вам того… *Старик* наш сам, это… денег остался должен? И вернуть предлагал — а вы не взяли?

— Должен? Какой еще старик? — фыркнула Гедройц. — Мне полкафедры деньги должны — и без всякой надежды получить, вы же всех обобрали в городе… Лучше сигары верните мне сейчас прямо, пока ваши люди их на козьи ножки не растащили.

— Щас принесут, у нас не пропадает, — на что Гедройц саркастически усмехнулась, но Манцева было не пронять:

— Нет, но скажите, вы вправду деньги посылали *Старику* нашему в Швейцарии?

— Ах, вот вы о чем? а то говорите загадками! Ну да, — перевела разок Ульяновым в Берн, франков пятьсот-шестьсот, не то б их из квартиры выкинули. У меня-то в Лозанне жалованье было приличное, а у них что? — две бабы на шее, обе и пуговицы не умели пришить, куда уж вести хозяйство — *рэволюссионэрки* его, подруги по борьбе… Да, так что там — сигары мои?

— Щас будут. С кем дело имею, с ума сойти…

— С ума не с ума, а впредь думайте прежде, кого под стражу брать. Медики вам еще пригодятся, — и она снова повернулась к доктору.

ОБСТОЯТЕЛЬСТВА ОБОСТРЕНИЯ НЕДУГА

— Итак, доктор, все что успела заметить, сильно напоминает ущемленную грыжу. Он в панике, жалуется, что у него начались рези в паху, пока я измеряла давление, и вот, нате вам, обвинил меня в умышленном причинении вреда, — продолжала Гедройц. — А начальство только и ждёт, чтоб кого-нибудь обвинить и разоблачить. Титул мой, вишь, им покоя не дает.

Доктор попросил Манцева распорядиться, чтоб принесли кипяченой воды вымыть руки и двинулся вдоль длинного стола совещаний к пациенту в дальний угол к окну. Парень продолжал выть, с опаской поглядывая на врача, но теперь уже заметно тише.

— Ну-ка, — сказал доктор тоном, не терпящим возражений, — повернитесь к свету и задерите рубаху. Сами, сами, у меня руки так и не вымыты.

Парень замолчал и, охая, повернул было кресло к окну, но тут снова вмешался Манцев:

— Погодите, товарищ, я думаю, нам будет полезен еще свидетель. А может — и виновник случившегося. — Он загремел председательским колокольчиком, и доктор по привычке зажал уши ладонями. Появился охранник, на сей раз белобрысый латыш, и без винтовки.

— Кипяченой воды, — приказал ему Манцев, — и чистое полотенце, быстро. Да, и Любочку сюда, допрежь всего, под своей же охраной.

— Теперь говори, — разрешил Манцев парню. Тот начал, заикаясь, что-то бормотать: *ото-ж, воно-ж, ото-ж...*; доктор прервал его, потребовав прежде поднять рубаху и показать ему, наконец, предмет всеобщего интереса.

Но тут опять раздался стук в дверь: принесли графин с водой, стеклянный таз-полоскательницу и полотенце. Вслед за тем тот же охранник ввел в комнату худенькую девушку с грязноватыми льняными волосами, свисающими по обе стороны заплаканного лица.

Парень, увидев ее, начал снова громко жаловаться на чудовищной смеси русского и украинского, так и не подняв рубаху:

— От же-ж, йийи́ спросыть, пусть расскажить, то усэ из-за нейи́! *(Вот же её спросите, пусть расскажет, это все из-за неё!)*

Девушка начала, всхлипывая, оправдываться. Из ее слов доктору стало ясно, что они с парнем договорились на одно половое сношение за четверть фунта сахару и набор кожи на туфли, но в последний момент ей стало дурно, она не смогла и отказалась от условленного совокупления. В свое оправдание она уверяла, что полностью вернула парню его подношения, не считая двух уже выпитых ими вместе стаканов чаю с сахаром, и умоляла ее простить, а тот устроил ей целый скандал с рукоприкладством.

Парень прервал ее:

— Та я вже ж сам ничо́го не хо́тил, брешет вона, докторе, я только хо́тил, шоб вона зробыла як то було рани́ше, шоб уставыла то назад, а вона кажить, не можу, тошнэнько! *(Да я и сам уже ничего не хотел, врет она, доктор, я хотел только, чтоб она сделала, как то было у меня раньше, чтоб вставила то назад, а она говорит, не могу, дурно мне!)*

Девушка зарыдала.

— Я ничего ему не сделала, доктор, верьте мне! Я и не прикасалась к нему, доктор,... а он жалится, что я его спортила, и из-за меня он теперь — калека! Кричит, у него было все как надо, пока одемшись была, а как юбку сняла и в панталонах на колена села, оно и случись: кричит, чтоб я вернула назад ему это... его... — она снова расплакалась, — а я — что я могу? — я и скажи, может врача позвать, а он — драться!...

— Погодите, — сухо прервал доктор, — а зачем врача? Что вас так удивило, что такого необычного увидели? Вчера родились, хотите сказать?

— Ни-ни, разве я строю из себя, честно, доктор? Всякого навидались, война ведь. Но такого ничего похожего не было, честно ...с кулак целый! я и предло́жила доктора, а он драться полез...

— И полиз! Бо сама спортила, сама и чыни. Я йий вже и цукеру давав за так, за ныч́ого, а вона каже — не мо́жу, тошнэхонько: бо в нос шибаеть, та й боюся, не можу... (*И полез! Сама напортила, сама и чини. Я уж ей и сахару давал за так, задаром, а она говорит — не могу, тошненько, потому в нос шибает, да и боюсь, не могу...*)

— Хорошо, — прервал доктор, — покажи теперь, что она тебе там наделала...

— Ничего, доктор, честное слово!!! — во весь голос завопила девушка, — пальцем не коснулася, верьте мне!

— Показывай давай! — доктор обернулся к Гедройц, — хотите тоже глянуть, коллега?

Та встала со стула и надела очки, но парень закричал: — Ни, ни, нэ трэба! Кажи, доктор, ликарке, хай выдве́рныться, тильки чоловик хай баче. Бо сра́мно — нэ мо́жу бо... (*Нет, нет, не надо! Скажи, доктор, врачихе, пусть отвернется, только мужчина пусть смотрит. Потому стыдно — не могу, потому что...*)

— Подымай рубаху! — доктор окончательно потерял терпение. — Считаю, раз, два...

— Три, — раздался тихий голос Манцева. — Будешь мешать работать медслужбе — в карцере заставим, сядешь на сухарь в день и воду!

Отвернувшись от всех, кроме доктора, парень начал осторожно приподнимать край рубахи.

ТЕРАПИЯ — ДЕДОВСКИМ СПОСОБОМ

— Повернитесь к свету, — скомандовал врач. Любочка деликатно прикрыла лицо ладонями, а Гедройц обошла вокруг стола и протерла свои стекла.

— Ось, — сказал парень и снова завыл, — дывы-ы! *(гляди-и!)*

Иссиня-багровая опухоль была величиной с добрую луковицу. Выглядела она зловеще, напоминая грозовую тучу, вот-вот готовую разрядиться страшной молнией.

— Смотрите, коллега, смотрится необычно, но кажется я не ошиблась... — начала было Гедройц, но доктор вдруг оглушительно захохотал: — Необычно? *Merde!* — и с криком: — А, *шоб тэбэ,* а ну!.. — он полез парню в штаны и захватил его опухоль снизу обеими невымытыми руками.

— Ой, докторэньку, ой шо ж вы ро́быте, не тро́гтэ! — завопил парень. *(Ой, доктор милый, ой что же вы делаете, не троньте!)*

— Роблю шо трэба! — заорал в ответ доктор на украинском, — молчать и терпеть, герой революции!

С этими словами он по-кошачьи ловким вывертом в разные стороны обеих кистей, начал, не глядя, загонять синюю луковицу куда-то внутрь, вглубь подштанников и спущенных галифе парня. Тот заверещал еще громче.

— Молчать, я сказал! — рявкнул доктор. — Гедройц, вазелин американский там в саквояже найдите, если не трудно... —

Принесли банку желтой мази — и через минуту все было кончено.

— Ой, докторе, ре́зе... — застонал парень. — Але ж наче́бто лёгше... *(Но вроде полегче...)* — всхлипнул он еще через минуту, заметно тише.

— Карболку мне, — и где там у вас умывальник? — держа кверху растопыренные пальцы, обратился доктор к Манцеву.

Тот слегка засмущался:

— С водой у нас неполадки, товарищ, только ржавая течет. Вы лучше, того, здесь вымойтесь кипяченой — а я вам солью с графина... Полотенце чистое, только с прожарки.

— Хорошо, но карболки сначала пусть туда плеснут, четверть стакана на таз, и полотенце на весу держите. Да, если можно, поправьте мне пенсне, вот-вот слетит — тогда худо будет…

— Разрешите мне, коллега, — воскликнула, сияющая Гедройц. — у меня и замша есть — протереть.

— Разрешаю, — согласился доктор, — только держитесь подальше от моих ладоней, от них, пардон, несет, и далеко не фиалками…

«МЭНИ ПО-РУСЬКОМУ ЛЁГШЕ»

Парень, почти успокоившись, жалобно попросился *«до нужды»*, ему кивком головы разрешили, и он, скрючившись и придерживая свои галифе, выполз в коридор.

— Дорошко Павел, *Компродотряда* наш, — глядя вслед ему, пояснил доктору Манцев.

— Под Харьковом при *изъятии излишков* отличился, ранен был — премировали сахаром кусковым и кожей-хром — на сапоги.

И не без скромной гордости добавил: — Племянником мне, меж прочим, приходится, хоть и дикий, село…

— Дикарь, — согласился врач, — попусту в панику ударился… Всех взбудоражил.

— Зато крови не боится, — возразил ему чекист. — Два ранения за ним, последнее — сабельное, едва руку не отхватило.

— Да я уж заметил, — хмыкнул доктор, — там и шов еще не зажил, сочится, а едва я в руки добро его взял, заорал от страха, как резаный…

— Это другое, доктор, поймите, пах — совсем другое. Пах — это вам не рука! Ему ведь только семнадцать стукнуло… Вот и Любочку решили ему позвать, вроде пора уже… Она ведь своя у нас, проверенная, не какая-нибудь там с улицы. Верно я говорю, Любочка?

— Вам лучше знать, товарищ председатель, — сказала Любочка, вздохнула и вытерла нос маленьким платочком.

— Ее наше чековское *машпишбюро* рекомендовало, мы им доверяем. Голод, знаете... Девушкам и на неделю жалованья не хватает, так мы, того, не возражаем... Да ты, Люба, сама доктору скажи, что молчишь?

— А чего говорить, товарищ председатель? Я Ольге Леонардовне так и сказала: на бульвар нипочем не пойду: я обручена, у меня жених в армии, а ну вернется — зачем мне сплетни? А она мне — хорошо, говорит, но тебе туфли ж нужны: в худых галошах в Чека на службу ходишь. Ну и обещала — меня устраивать только своим по рекомендации, а на бульвар пускай незамужние девушки ходют. Одно плохо: опыту у меня не хватает, дичуся я и стесняюсь при свете...

— Ольга Леонардовна, — пояснил Манцев, — это *начпишмаш* наша, интеллигентнейшая особа, меж прочим: и скоропись может, и печатать на четырех языках; в генштабе служила, оттуда и мобилизовали. Но что делать? — на *совденьзнаки* ничего не купишь, паек — смех один, вот она и предло́жила — пусть ее девушки малость помогут сами себе, а мы на это — чтоб сквозь пальцы снисхождение проявили.

— Она б и сама пошла, товарищ председатель, — вдруг горячо вмешалась Любочка, — да, говорит, кто ж польстится, стара я. Как жалованье задержали, кольцо с себя продала, чтоб нас подкормить — золотой она человек...

Дверь отворилась, в комнату вошел парень и уже с самого порога весело объявил:

— Ну, доктор, масть хороша твоя: *постямши*!

Вид у него теперь был совершенно иной, подтянутый. Аккуратно сидящие галифе, гимнастерка, плотно загнанная под ремень, спереди расправлена без складок, орден на красном банте — все было, как напоказ, хоть фотографируй для армейской газеты.

— Масть хороша? Чья масть? — не сразу сообразил доктор. — Позывы на мочеиспускание были? Рези? болит меньше?

— Трохи ще ное, а масть — дак твоя ж масть, мазелина американьская, чи як её?

— Хорошо, хорошо, но это,... облегчиться удалось?

— Та я ж войшедши, казав тебе вже, *постямши*! Цилый самовар майже *выстямши*.

— Выс-темши? Аа,… а, понял. Хорошо!

— О! Ото ж я и кажу докторке: кажу, в ме́ни с дытынства воно таке — а вона мэни́ — не понимаю, кажи ще раз. Я ще раз, а вона не розуми́е, громче, каже. А як то громче? Со́ромно. В мене, бачь, докторе…, — парень наклонился к уху врача и зашептал что-то, — розуми́ешь? *(О, так я и говорю доктор-ше, у меня оно с детства так, а она мне — не понимаю, еще раз скажи. Я еще раз, а она не понимает, громче, говорит. А как же громче? Стыдно. Видишь доктор, у меня… понимаешь?)*

— Ах, вон оно что, розуми́ю, — засмеялся тот.

— Ну? А вона нычёго не розуми́е! *(А она ничего не понимает!)*

— Скажи, и на каком же языке дома у вас говорят?

— Та на каком? Як же ж я гово́рю, тако́ ж и они. Пыв сила. А докторка не понымае… *(Да как я ж говорю, так же и они. Полсела́…)*

— А по-украински говорить не пробовал? Было бы всем понятней, даже и докторше.

— На вкраиньском? Не-е, — пробормотал парень. — Мэни по-руському *ЛЁГШЕ*.

СТАРЫЕ ДРУЗЬЯ УДИВЛЯЮТ ДРУГ ДРУГА

Через полчаса оба медика уже сидели на мраморных ступенях особняка ГПУ в ожидании автомобиля. Им дали подписать сохранение тайны (при нарушении, разумеется, расстрел), после чего обещали развезти по домам *по первому классу*, с охраной и гонораром: по три фунта рису каждому, плюс банка сливового повидла на двоих.

— Нн-да, посрамили вы меня, доктор Моса, нечего сказать. — сказала Гедройц и засмеялась, — Вот уж впрямь — на старуху проруха…

— О чем вы?

— Как о чем? Простой *парафимозис* за ущемленную грыжу принять — мне-то! Скандал. В мусор меня теперь, со всех кафедр.

— Ах, бросьте, Гедройц. Вы не имели шанса ни осмотреть, ни расспросить пациента. Это нормально: всю жизнь грыжами занимались, а парень скорчился и воет. Вот первое, что и пришло вам на ум — это ущемление.

— Так в том-то и дело, что не первое! Первое — я Манцеву так и сказала, если не грыжа, то вообще пустяк: можно потом и обрезать и избавить парня навсегда от мучений. А бедняге послышалось — *«отрезать»*, и он — ну орать! обеими руками за рубаху держится, не дается. И кричал, так и не поняла — какое-то проклятье в мой адрес, и требовал только мужчину-врача. Или, может, то было название недуга, по-украински что ли...

— Да нет, по-украински это как раз знакомо звучит: *фимоз*. Я на народные названия экзамен сдавал — голову сломишь, а без него земской лицензии не видать. Парень сказал, полсела говорит у них по-украински, а другая половина — непонятно на чём, но он-то уверен, что на русском. Так и сказал, «мэни по-руському лёгше». *Саперлипопет*, лёгше ему! — доктор захохотал.

— Да, коллега, а сами-то вы? Что за спектакль устроили: тоже кричали какие-то слова, хохотали, даже имя мое пропели в трубку?

— А-а! — засмеялся доктор, — это я обеспечивал запасной путь спасения наших душ. С товарищами не шутят — сами знаете. Любят они очкастых к стенке ставить — хлебом не корми.

— Да по-олно вам! Ничего нам не грозило, просто пугнули, чтоб держать язык за зубами.

— А это уже грубая ошибка, приват-доцент, ложный диагноз! Ноль вам за это! К вам в караул китайских товарищей приставили со штыками. Значит ваша участь была на волоске, ждали только от Москвы позволения.

— Да ладно! От меня — всего и делов, только пепельницу убрали подальше...

— Много вы знаете! — разозлился дед. — Со штыками китайцев ставят к заложникам, и вы знаете, что делают с заложниками. В любом случае, я позвонил домой, сказал Иде, чтоб поколдовала во спасение: однота, двота, трота... Манцев подумал, что это я так дозировку проверяю. Рецепт с вашей подписью очень пригодился: Ида подожгла его и тем включила вас в заклинания.

— Вы... шутите так, доктор Моса?...

— И не думал.

— Да будет вам, какие заклинания? А то я не знаю вас: вы ж вольтерьянец, вам очки разбили в Лозанне за шутки над утренней мессой?

— И, тем не менее... Главное, что сработало, как часы, и с вас тотчас же сняли охрану!

— Какая чушь, доктор, это от Дзержинского, *ПредВэЧеКа*, звонили; его я еще на пересылке от грудной жабы пользовала, даже родственников общих нашли...

— А не окажись он у телефона? Слушайте, Гедройц, вы там на кафедре у себя — теоретики, а я клиницист, практик: верю во все, что оказывает действие. Хоть жженые перья, хоть чертовщина, мне все равно. Это прежде меня спасало — дважды; сработало и сейчас, точка!

Поняв, наконец, что коллега не шутит, Гедройц протерла очки и уставилась на него с нескрываемым интересом

— Да-а, доктор, убили вы меня; выходит все годы я по-настоящему вас и не знала.

— Нет уж, если кто кого и убил, так это вы. Не поняли, что кричал вам парень — а ведь с народом всю войну провели в окопах?

— Только в окопах? — я и в тюрьмах сиживала, я и каторжников сифилисных пользовала, а слова такого не помню. «Незабудка!», орал или что-то такое. Хотя, кажется я... возможно, меня надзиратель так обзывал...

— М-мм... Скажите, насколько отчетливо вы себе представляете устройство мужского члена?

— А это уже хамство, доктор, если только не шутка! Мы у доктора Ру вместе экзамен держали, на кадаврах, и мои результаты были лучше ваших, забыли?

— Я не это спросил. Вы не поняли, о чем кричал парень? Еще раз — не в атласе и не у трупа, а живой член в возбуждении наблюдать не случалось? Скажите, вам что, никогда в голову не приходило оттянуть крайнюю плоть и обнажить *glans penis*? Если не в практике, то в быту хотя бы, из любопытства, *merde*?

— А вам не приходило в голову, доктор, что границы приличия вы давно уже перешли? Хотя... — Гедройц резко оборвала себя. — Хотя — что я плету, что я — гимназистка, что ли, что за ханжество? Да и скажу: нате!

Она набрала побольше воздуха в легкие, на волевых, вырубленных, словно топором плотника, щеках ее вдруг зарделся румянец. И понизив голос, слегка заикаясь, как школьница на экзамене, приват-доцент объяснила:

— Видите ли, доктор, в быту пенис никогда не входил в сферу моих... э... если угодно, романтических интересов... — тут она снова прервала себя и перешла на свой оглушительный бас: — Да ну вас на хер к едреной бабушке, доктор Моса, садист вы и хамло — засмущали совсем... Будто не знали, не прикидывайтесь — ну не по этому делу я!..

После чего она влепила коллеге дружеский, но довольно увесистый подзатыльник, и оба медика во весь голос захохотали, напугав охрану у входа.

МЕСТНОЕ НАРОДНОЕ НАЗВАНИЕ

В серый «Паккард» уже были загружены и вещи врачей, и их гонорар: мешочки с рисом и бидон с жидким повидлом, когда на крыльцо вышел Манцев со знакомой зеленой папкой в руках.

— Эй, граждане! Прошу прощения, задержу вас, небольшая формальность осталась, — крикнул он сверху.

Холодок прокатился от шеи доктора к пяткам и заставил его на секунду усомниться в магической силе. Что, если в заклинаниях жены была допущена какая-нибудь неточность, подумал он, как при неверной дозировке лекарства: события могут тогда принять нежелательный оборот. Заклинания доктор воспринимал как форму терапии, не более. Терапии судьбы...

Чекист обратился к ним, назвав не товарищами, а гражданами; это могло означать вызов китайской охраны, и… но Манцев не дал созреть мрачным предчувствиям. Он сбежал вниз по ступенькам, и положив папку на теплый капот авто, вытащил из нагрудного кармана *вечное перо*.

— Тут Москва рапóрт с меня требует о происшедшем, уже кто-то успел, донес. Так что ваши подписи требуются, товарищи, расчеркнитесь.

«Товарищи» — отлегло от сердца у доктора.

— Ничего особенного, — пояснил Манцев, — секунду займет. Вот, прошу, ознакомьтесь, — он раскрыл папку и приказал кожаному шоферу повернуться к ней спиной, а бойцам охраны, стоявшим поодаль — глядеть в небо, как он выразился, *«ворон считать»*. Потом подозвал врачей. Прикрывая ладонью ненужное, он дал прочесть заключительную часть рапорта:

> *«…получаю письма от сотрудниц ЧК, что принуждены заниматься проституцией, чтобы не умереть с голода. Бегство из ЧК повальное, …живут на реквизированные средства…»*

— Вот, — сказал Манцев, — *совсекретно*, как понимаете. От вас медзаключение требуется. Подтвердить, то есть, что именно случилось с героем, не то из них одному несдобровать, а то и обоим. Жаль ведь, молодые оба…

Приват-доцент расписалась, не глядя, даже не надев очки. Доктор же, напротив, поправил пенсне, и внимательно изучил форму медзаключения. От врача требовалось указать диагноз арестованных, как по-латыни, так и непременно — на местном языке или наречии.

«Народный подход… *чтоб им всем!..»* — выругался про себя доктор. Более всего на свете он, клиницист, ненавидел начальство, этих недоучившихся студентов, совдепов от медицины.

В декретах требовали от врачей называть болезни *по-народному*, якобы с тем, чтоб их понимали *простые люди*, на самом же деле совдепы первыми презирали всех этих хуторян и селян. Они безжалостно обирали их под дулами револьверов, кормились изъятыми у них *«излишками»* — с первых же дней своего правления.

Певучая речь украинского села совдепов смешила; она казалась им *«ненаучной»* и *«простонародной»*. Для себя они выдумали другой способ общения, замешанный на декретах, воззваниях и резолюциях. Они калечили слова, втискивали их в царапающие гортань сокращения: **Хархарчогорторгтрест; Укрнарпродраспредком; Азчерниро...** И чем нелепей звучали слова-уроды, тем *научнее* они казались начальствующим невеждам. На таком языке выдавал свои декреты и Семашко, их нарком; все, что он мог предложить *научного* голодному населению — это лозунг **«Не пейте сырой воды!»**

Нет, эти жестокие люди не заслуживали никакого сочувствия — только молчаливого презрения и насмешки. И это тоже было смертельно опасным: совслужащие были ранимы, злопамятны и самолюбивы, как дети; им подхалимаж необходим был, как воздух. Доктор уцелел оттого только, что слыл среди них полоумным чудаком — иначе ему никогда не простили бы ни его едких реплик, ни авторитетного, уверенного тона профессионала.

Гадко хихикнув, доктор вписал в нужную графу: Диагноз: — *парафимоз*, а чуть ниже, в графе «Народное местное название» вывел: **УЩЕМЛЕННАЯ НЕЗАЛУПА.**

И для пущей научности записал его и латынью: ***NIEZALUPPA VULGARIS.***

**ВЗГЛЯД ИЗДАЛЕКА:
КАК ВПОСЛЕДСТВИИ ОБНАРУЖИЛОСЬ…** *(ПОДЛИННИК)*

15 июня 1922 г.

«О ТРУДНОМ МАТЕРИАЛЬНОМ ПОЛОЖЕНИИ СОТРУДНИКОВ ГПУ УКРАИНЫ»:

Уважаемый товарищ Дзержинский!

Обращаюсь к Вам с письмом, в котором хочу обратить Ваше внимание на тяжелое положение органов ГПУ и сотрудников по Украине. Я думаю, что это общий вопрос, и в России положение их едва ли лучше.

Денежное вознаграждение, которое уплачивается сотруднику, мизерное так же, как продовольственный паек. Сотрудник, особенно семейный, может существовать, только продавая на рынке все, что имеет. А имеет он очень мало. И потому он находится в состоянии перманентного голодания. На этой почве происходит общее понижение работоспособности, настроение сотрудников озлобленное, дисциплина падает, и нужны исключительные условия, чтобы в нужный момент заставить их работать хотя бы вполовину против прежнего.

Дальше зарегистрирован ряд случаев самоубийства на почве голода и крайнего истощения. Я лично получаю письма от сотрудниц, в которых они пишут, что принуждены заниматься проституцией, чтобы не умереть с голода. Арестованы и расстреляны за налеты и грабежи десятки, если не сотни, сотрудников, и во всех случаях установлено, что идут на разбой из-за систематической голодовки.

Бегство из ЧК повальное. Особенно угрожающе стоит дело с уменьшением числа коммунистов среди сотрудников. Если раньше мы имели 60% коммунистов, то теперь с трудом насчитываем 15%. Очень часты, если не повседневны, случаи выхода из партии на почве голода и необеспеченности материального существования. И уходят не худшие, а в большинстве пролетарии.

Я думаю, мне незачем делать здесь выводов из всего вышесказанного. Они ясны. Тут я должен сказать следующее. Мы принимали все меры и по партийной, и по советской линии. Кое-чего добились. Но все это гроши. Кстати сказать, что большую помощь оказывают места. ЧК скорей живут на их средства, чем на отпускаемые из центра. Последние так мизерны, что не могут приниматься всерьез.

С коммунистическим приветом!
В. Манцев

УЦЕЛЕЛ И НА ЭТОТ РАЗ

Еще студентом-медиком в Швейцарии дед прочитал «Жизнь Наполеона» Стендаля и стал страстным поклонником великого императора. Это спасло его в конце двадцатых, когда по республикам началась волна арестов и расстрелов: Москва уничтожала местных специалистов, обвиняя всех и каждого в контрреволюции и участии в подпольных *«союзах»* и *«партиях»*.

Дед обучался за границей, происходил из состоятельной семьи, а потому даже просто его имя звучало для сексотов как сигнал к атаке.

При обыске по подозрению в связи с вредителями чекисты обнаружили в его кабинете 4 (четыре!) различных бюста какого-то военного с треугольной шляпой на голове, не считая бронзовой чернильницы с головой в такой же шляпе.

Стали допытываться, что за бюсты — не белого офицера ли? — на что дед с негодованием заявил: пора знать — одного из самых великих людей в истории! И начал цитировать по-французски его *Кодекс*. Записали: *Боно-партист*, по собственному добровольному заявлению. Дед даже сам исправлял орфографию, топая на агентов ногами за невежество. — БонА-партист, — кричал он: — Запомните, Бон-А, игнорамусы!..

На допросе спросили без лишних слов и по делу: что за партия, какова платформа, из кого состоит? Хлопнув по столу кулаком, дед заявил следователю, что каждый школьник должен знать, что она состоит из одного, и только одного человека: великого Наполеона Бонапарта!

Зачеркнули *«Бона-партист»*, записали: *«Сумасшедший. Считает себя Наполеоном»*.

Трудно поверить, но деду дали отпуск *ввиду нервного истощения*, направили в санаторий «Пуща-Водица» — и оставили на работе! На его папке сам Вышинский, *карающий меч партии*, раздраженно черкнул: «Дело закрыть! Вы реальных врагов должны выявлять, а не городских умалишенных».

ПОГРЕБЕН ЗАЖИВО

If suddenly by will of fate
You surprisingly get lucky
Travel far, far away
Where the tram can't take you!

But don't raise your head:
There is a tram too!

О если вдруг судьба удачу
Тебе нежданно принесет,
Уедешь далеко-далёко,
Куда трамвай не довезёт,

Но головы не поднимай,
Не то снесет ее трамвай!

In the tram

ЗАВТРАК НА ПРИРОДЕ

Ранним утром раздался звонок. Дед еще лежал в постели, но бабка уже готовила ему первый стакан чая. Звонила Гедройц. Он дотянулся до телефона, приподнявшись на кровати. В это редкое свободное утро дед подумал, что срочный вызов опять лишит его шанса нормально позавтракать — но ошибся. Княжна звонила из дома и сразу же принялась греметь в трубку своим оглушительным басом:

— Доктор Моса, вы когда-нибудь оставите свои домашние опыты в покое? Что вам неймется? У вас служба, оклад, дети наконец, а вам непременно надо призывать беду? Уберите свой микроскоп в ящик и заприте на замок.

— Какой микроскоп? Вы хоть знаете, который час, Гедройц? — пробасил доктор в ответ.

— Ах, какая разница? Хорошо, вы близоруки, но ведь не слепы? Чем вы занимаетесь на досуге? Не понимаете, что происходит вокруг? Какое пенсне вам надеть, чтобы видеть дальше собственного носа?

— Во-первых, доброе утро, коллега. Во-вторых, кончайте грубить: мы не в траншеях, и я не ваш пациент. В чем дело? У меня первый выходной за месяц...

— Нет, Моса, с вами стало трудно общаться, вы одичали... Вот что: я вам назначаю свидание. Давайте позавтракаем на природе у *академика*, в парке Богомольца. Я все равно должна передать вам подарок от кафедры, два месяца уже собираюсь.

— Какой завтрак, какой подарок? Когда?

— О Боже мой, да сегодня же, сейчас! Ваш юбилейный подарок, с прошлого года еще. Скажу Маше, чтоб завернула пирожки — у меня кофе горячий в термосе. Я могу там быть через полчаса, вход в парк прямо напротив вашего дома, так ведь?

— Даже и не думайте, безумица... *мерд*, у меня выходной!

— Хорошо, через час! Скажите Иде пусть не суетится, все, что нужно, я возьму с собой. Метров двадцать от входа направо, там ящик садовой утвари стоит, а рядом — скамейка и столик. Очень удобно, буду ждать вас там. А через час снова будете дома — всего и делов-то...

— Да в чем же дело, в конце концов, что за паника, Гедройц?

— Сейчас восемь тридцать. Парк открывается в девять, буду ждать вас там, на скамейке. Все объясню. Прямо за ящиком...

Она повесила трубку. Перезванивать, возражать, значило бы лишь вызывать новые проклятья: он ее хорошо знал.

— Ида, — позвал дед, — оставь чай, приготовь-ка мне лучше тазик для бритья и свежую рубашку.

И выругался на своей смеси украинского и французского-го: — От скаженна, *саперлипопет*! Щоб ей повылазило...

Едва выйдя из дома, дед заметил, что стальная калитка — служебный вход в парк — заперта на висячий замок. Он хотел уже повернуть назад, когда уловил за оградой какое-то движение. Подойдя ближе, близорукий дед разглядел руку с платком, машущую из-за ограды. И только у самой калитки, поправив пенсне, он, наконец понял, что это Гедройц, чертыхаясь басом, пытается передать ему ключ от замка. С высоты своего роста дед протянул руку поверх каменной кладки, схватил ключ, и отпер калитку. Красная от злости Гедройц вместо приветствия буркнула: *«Мазл тов!»*

— Пардон? — переспросил дед. Кроме слова *«мишигене»*, выученного от бабки, он не понимал *по-еврейски*.

— Наконец-то! — ответила княжна. — Какой идиот запер снаружи вход, пока я вас ждала? Для посетителей парк закрыт. Привезли редкие деревья, будут сажать. Новый глава академии личный ботанический сад себе делает.

Она жестом пригласила его следовать за собой и пошла вдоль ограды. В зарослях возле недавно разрытых ям и завернутых в рогожу саженцев дед увидел деревянный ларь для лопат, а за ним — врытый в землю стол и зеленую скамейку. На ней стоял большой плоский фанерный ящик.

— Это вам, — сказала Гедройц. — Подарок от кафедры.

— Что это? Зачем мне? — спросил дед.

— Он только кажется тяжелым. Это Павлов — гордость науки. Нашей, советской конечно: нигде кроме… как в Моссельпроме! Портрет вам к юбилею. К нему еще вернемся, а пока что налью вам кофейку: горячий вот, только сварен.

Она раскрыла свой мешок-*ридикюль*, достала термос и ловко разлила питье в эбонитовые стаканчики. Не успел дед сделать глоток, как Гедройц снова полезла в сумку и вытащила плотный пакет из пергамента, а за ним — кулек бисквитов.

— Вот, — сказала она, — только надкусите, воздушные. Из монастыря прислали, Маша их обожает. Велела мне позабыть про пирожки. Ну как?

— Послушайте, вам не кажется, что вытащить человека из постели в выходной, чтобы оценить вкус бисквитов…

— Ладно, ладно, будет вам. — она воровато огляделась по сторонам и размотала суровую нитку, скреплявшую пакет. — Вы лучше гляньте сюда: это вам не бисквиты. Пальцы у вас сухие? Нет, сначала поставьте кофе вниз, на скамейку. Это ваши письма, вы отправляли через секретаря главврача: три ко мне на кафедру, одно в Академию и одно в Москву, в Наркомздрав к Семашко — едва успела перехватить! И каждое — это приговор себе. Вам и теперь не ясно?

Кровь бросилась деду в лицо.

— Вы хотите сказать, коллега, что перехватили и остановили мою корреспонденцию?

— Я хочу сказать, что в который раз спасла вашу башку — и что такой возможности приходит конец. И гораздо скорее, чем кажется...

— Вы перехватили мои письма, княжна, не вам адресованные?!..

— Вы не поняли еще, что делают с теми, кто высовывается дальше других?

Водя по бумаге носом, дед стал проверять адреса на вскрытых конвертах.

— И *баста!* — я не княжна вам больше, Моса, и не *коллега* — нервно продолжала Гедройц. — Мы достаточно проработали вместе, чтобы оставить этот квази-академический стиль... У меня есть имя.

ПЛОХОЕ ВРЕМЯ ДЛЯ ШУТОК

Дед начинал понемногу понимать причину неожиданного свидания, гнев утихал, и он решил пошутить.

— Но кто может запомнить ваше имя? О себе вы говорите только в третьем лице мужского рода: *он...* «Приват-доцент» будет звучать для вас приятней, чем «княжна»?

— Оставьте остроты, Моса. Времена наступают — говно. А вы продолжаете играть в благородство. Ай, какой скандал, письма ваши вскрыли! А что ваш телефон прослушивается двадцать четыре часа в сутки — это вам не мешает?

— Ну прослушивается. Мы правительственная клиника, у всех так.

— Да, но «*все*» знают там свое место: прописывают аспирин и отправляют *ответработников* на курорты, а не выискивают назло всем ошибки Нобелевских лауреатов!

— Ах, так вы о моих письмах в Академию? Ну и что в этом криминального? Я обнаружил просчеты в награжденных работах, *довел до сведения и сообщил по инстанциям...*

— Вы шею высунули, чудовище! Знаете, что делают с длинными шеями?

— Ну хвалят, в газетах иногда объявляют, э-эмм, героями...

Это было уже чересчур для Гедройц. Она схватила деда за плечи железными пальцами, сильно встряхнула и взвизгнула неожиданным фальцетом.

— Это вас-то — героем? Вы что, сговорились меня сегодня злить? Вас? Еврея в пенсне, с заграничной степенью — сына барона, купца первой гильдии? Не вы ли уверяли меня, что за любую ошибку в диагнозе *товарищи* ставят к стенке?

— То было в гражданскую войну. Я нашел ошибки в выводах Нобелевского лауреата. Они будут рады промахам *буржуазного* Комитета...

— Но не на вас же ссылаясь! Вы кто, потомственный революционер? Богомолец? Кто вы вообще для них? — попутчик, *медспец*! Хоть представляете, сколько раз мне приходилось отводить занесенный над вами топор? С вашим несносным характером, вы же просто нарываетесь на расправу.

— Мне говорили, что на ученых советах вы защищаете меня, за что я искренне благода...

— Ах, бросьте, Моса! У вас репутация колдуна; ваши пациенты — суеверные невежды, они боятся вас, ваш талант кажется им черной магией, шаманством. Я всего лишь напоминаю об этом на коллегии. Но помните: главный ваш пациент Пятаков — в опале, он вот-вот полетит со всех постов, что тогда? В Москве защиты у вас нет; здесь я еще могу оказаться полезной, но и это вот-вот кончится!

Дед посерьезнел:

— Да что, вас так конкретно, тревожит? Я не вижу пока повода для паники.

ПАГУБНАЯ ПРИВЫЧКА ВЫСОВЫВАТЬСЯ

Гедройц вздохнула. Дед, старый ее друг и коллега, явно выживал из ума, неадекватно воспринимал окружающее...

— Протрите глаза, доктор Моса, — тихо сказала Гедройц. — В Харькове готовят показательный процесс, приговоров на десять — и кому! Списки имен читать жутко. У нас академик Ефремов арестован, его ничто уже не спасет. Дело Черняховского, соседа вашего, вы тоже не заметили?

— Так вы ж теперь на его месте? Ну Черняховского, профессора, заменили доктором Гедройц, княжной. У него, кстати, тоже бывали ошибки...

— Да замолчите же, Боже мой, уши вянут! — зашипела Гедройц. Дед заткнулся. Несколько секунд она глядела на него молча, печально, безнадежно. Потом встала и тяжелыми шагами направилась к ящику с садовыми инструментами.

— Чтоб вы знали, я больше не оперирую. — Она выудила из ящика лопату. — Отказалась дать на него *материал*, сказала, ничего не могу припомнить. Дали подумать до окончания следствия, после этого, если не *припомню*, — с кафедры вон, без учета стажа.

Поплевав по-мужицки на ладони, княжна вонзила лезвие лопаты в мягкую землю рядом с одной из ям.

— Вас, Моса, заботит еще *соцпроисхождение*. А на это всем давно наплевать: кто *анус* лижет *Хозяину*, тот и на коне, хоть граф, хоть белый генерал. А вы все прячете свое баронство, сменили имя на Гольдберг с Гинзбурга, думаете в этом дело...

Не переставая копать, она резюмировала в своей грубоватой манере, словно с кафедры обращалась к первокурсникам:

— Москва выводит новый вид, великорусскую посредственность! Кому, на хрен, нужны местные гении? Тех кто шагает не в ногу, корчуют под корень… так то…

Дед слушал молча, не перебивая, а думал совсем о другом. О своей пагубной привычке *высовываться дальше других*.

Он не верил в самозарождение заболеваний. Патогены всегда были частью живого существа. Здоровье означало лишь способность организма держать их в узде. Но где пределы этой способности? Ответа не было.

*— Это Дарвин не дает вам ответа? — орал на него старик-экзаменатор в Казани, — Дарвина вам мало?! У вас **маниа грандиоса**, любезный! —*

*А он не принимал на веру закон эволюции: от простого к сложному. Что, если эпидемия — это завихрение, энтропия? Что, если на заре зарождения живой материи существовали **две эволюции**, параллельные, и **одна из них зашла в тупик**? Он допускал возможность извращений естественного отбора — святая святых тогдашней биологии; его инстинкт вообще был — подвергать сомнению всё общепринятое.*

СХОВАТЬ ДО ЛУЧШИХ ВРЕМЕН

Не прошло и получаса, как в земле была готова глубокая узкая щель.

— Я подготовлю ящик, а вы пока сделайте пошире края — попросила Гедройц, но увидев, как дед нерешительно взялся за черенок лопаты, остановила его: — Ясно, *самоокапываться* под огнем вам не приходилось. Садитесь тогда и постарайтесь точно запомнить. Слушайте внимательно.

Она начала один за другим пальцами выдирать длинные гвозди из крышки ящика, сперва поддевая их шляпки пилочкой для ногтей. Дед невольно следил за ней с восхищением: хирург божьей милостью, подумалось ему. Он вдруг вспомнил, как в Альпах, совсем еще юным интерном, сидя прямо на снегу, она вцепившись стальной хваткой в ногу, вправляла вывих какому-то бедолаге-лыжнику.

— Вот, — сказала Гедройц, сняв, наконец, крышку и вытаскивая содержимое. — Глядите, что я делаю. Это портрет, завернут в байку, обмотан бечевкой: осторожнее, здесь верх, это стекло. Его заберете отсюда с собой. Теперь... — Пустой ящик она поставила вертикально на землю.

— Теперь: там внутри обложено парусиной — она просмолена, а в нее вставлен пакет из вощёного хлопка. Туда я кладу ваши письма и пару своих. Понятно?

— Мм... теперь, кажется, понятно...

— Ничего вам еще не понятно, — она схватила лопату и чуть расширила края ямы. Потом одним движением приподняла и опустила тяжелый ящик вниз — он плотно вошел в землю до самого открытого верха.

— Завтра утром, сразу после десяти, вам отворит калитку садовник, представится — Григорий, и проводит сюда, на это самое место. В руках у вас будет ваш обычный портфель, и ничего больше. Садовник уйдет, но будет неподалеку. Когда он махнет вам рукой дважды — но не раньше! — вы из портфеля вытащите его содержимое и осторожно, но не мешкая, опустите это в ящик. После этого вы его просто накроете снова крышкой — гвозди не трогать, Григорий запечатает ящик сам. Запомнили? Сразу после десяти, но не раньше, чтобы как можно меньше ждать.

— О каком содержимом вы говорите? Что еще я должен сюда принести?

— Сейчас, сейчас, не все сразу. Я даю вам с собой пергамент, монахи в нем старые книги хранят. Четырех листов вам должно хватить...

— На что хватить? Что вы затеяли?

— Да дайте же сказать, не сбивайте меня. Я все продумала. У вас еще будет сегодня время привести в порядок свои бумаги, отобрать, запоминайте:

А: вашу диссертацию по микробиологии «Существо или вещество?»;

Бэ: швейцарские отзывы о ней: Хавкина, Эмиля Ру, Мечникова;

Це: ваш доклад по этиологии «испанки»;

Дэ: Вашу рукопись «Ошибка Комитета».

Ошибка комитета...
«1926 год, Йоханнес Фибигер. За открытие карциномы *Spiroptera*»: Нобелевская премия.

Абсурд! Какое к чертям открытие, Фибигеру нужны были еще годы и годы работы...

А нам, думал доктор, открыли глаза так на многое те несколько недель, проведенных в поезде мертвых!

*Уникальный опыт, недоступный ни одному исследователю, ни прежде, ни в последствии. В отчаянных попытках найти возбудитель болезни, они сделали в поезде **двести с лишним проб за две первые недели прямо на месте, в идентичных условиях** у умирающих или только что умерших солдат!*

Случайная ошибка лаборанта привела к невероятным результатам вакцинации. Чтобы стать открытием, эта случайность, конечно же, требовала тщательной проверки в клинических условиях и научного объяснения ее эффектов.

*Доктор не решился, получив данные, самостоятельно их обобщать: ему было тогда вполне достаточно доказать **фильтруемую, вирусную природу первичного возбудителя испанки.***

Разумеется, стало бы мировой сенсацией, если б удалось выделить патоген. Но в походной лаборатории, в тряском вагоне под обстрелами об этом и не мечталось.

Чужие ошибки однако доктору с тех пор сразу бросались в глаза, и он выявлял их, не считаясь с авторитетами.

А сейчас вот настала пора измениться, обуздать эту жажду потрясения основ, несвоевременную и опасную, запереть ее на ключ и о ней забыть.

Доктор вздохнул. Настроение резко пошло вниз. Ясно было, что княжна шутить не собиралась: следовало упрятать подальше свидетельства его вызывающе самоуверенной дерзкой юности... Гедройц знала явно больше, чем рассказывала, и куда яснее моего понимала ситуацию, подумал дед.

— Я гляжу, Вера, вы лучше меня разбираетесь в моем архиве, — тихо сказал он.

— Я просто менее рассеяна и беспечна, чем вы, доктор. Когда речь идет о спасении шкуры, моя голова работает быстрее и хватче вашей. Я, многое зная о вас, рекомендовала вас командованию армии — это чуть не стоило обоим нам жизни, а мне стало уроком на будущее... За битого двух небитых дают.

— Это я-то — не битый?

— Не будем терять времени, Моса. Вы собираете оригиналы — от А до Дэ. Нумеруете их по списку, заворачиваете в пергамент. Его надо прессовать теплым утюгом, чтобы пакет вошел в плоский ящик. Ида пусть помогает, не скрывайте от нее, но чтобы вслух об этом — ни-ни, у стен есть уши. Кладете все в свой старый портфель — должно войти. Остальное я уже сказала: после десяти на следующий день!

— И надолго нужно будет это *сховать*, Вера? — глухо спросил дед.

— До лучших времен, Моса, до лучших времен. Да! Тем же вечером, не тяните, сжигаете малыми порциями в комнате в печке — но ни в коем случае не на балконе и не в кухне! — все копии этих документов, и только затем открываете дымоход...

— Все копии тоже?! Но позвольте...

— Не позволю. Все остальное потом, не здесь. Сейчас нам пора обоим идти. Не то завтрак может показаться необычно затянувшимся.

Гедройц разровняла присыпанную яму, потом отнесла инструменты, бросила их в ящик и вернулась к столу с небольшой железной табличкой, прикрученной к стальному пруту.

— Чуть не забыла, — сказала она и воткнула прут в землю возле ямы. На табличке было начертано красной краской: **«ТИСС ЯГОДНЫЙ»**, ниже, трафаретом: **«Ядовитое растение. Без разрешения дирекции не копать!»**

Перед тем, как выйти из сада и распрощаться, Гедройц вспомнила еще о детали:

— Да, завтра, когда захороните пакет, садовник отдаст вам мой пустой термос. Положите его в портфель: забыли, мол, вчера на столе, а утром вот решил за ним зайти — так скажете в случае чего...

— В случае чего именно?

— Потом, потом, Моса, время не ждет. Все узнаете. А завтра сделайте как я сказала, как можно точнее, память у вас хорошая. Верьте мне, я знаю, что делаю — не зря же пять лет на нелегальном провела. До завтра. Осторожнее там с портретом: стекло!

СЛЕДУЮЩИМ УТРОМ, ПОЗЖЕ ВЕЧЕРОМ И ЕЩЕ ЧЕРЕЗ НЕДЕЛЮ...

На следующее утро, в десять без двух минут дед появился у калитки парка. Скрупулезно, до мелочей он следовал указаниям княжны. Бумаги уместились в два больших, но плоских пакета; удалось даже прибавить и аннотацию докторской по-латыни; все вошло в портфель.

Одноглазый садовник открыл изнутри замок ровно в десять, произнеся лишь одно слово: Григорий, и молча пошел сквозь заросли по едва заметной тропинке. Вся процедура захоронения не заняла и десяти мнут. Садовник зажег две свечи, залил крышку ящика расплавленным парафином. Пока он рыхлил и разравнивал землю под железной табличкой, напомнившей могильный крест, деду на ум пришли слова из песни: *«Заживо погребён»*... Порожний термос из-под кофе, возвращенный напоследок Григорием, походил на урну с прахом покойного.

Прощайте, доктор Гинзбург, несбывшийся микробиолог, — думал дед, уходя из сада, — *прощайте его положения-догадки, которые, разумеется, легко опровергнут новые поколения изыскателей. Впрочем, кто знает, а может как раз подтвердят и разовьют... и даже получат награды. Но когда? Через десять ли, двадцать ли лет? Через сорок?..*

Тем же вечером к ним с бабкой пришли трое штатских из УГПУ с обыском, но при этом почему-то без понятых и без ордера. Формальности, впрочем, деда не интересовали; не задавая вопросов, он отдал агентам ключи от стола и шкафа и отправился с бабкой спать в соседнюю комнату. Их не тревожили. Работали всю ночь: вежливо, осторожно переставляя вещи с места на место. Соседей по квартире попросили не выходить ночью в кухню. Проверили ванную и уборную, дымоход, шарили в баках с бельем. Завернутый в одеяло портрет даже не развязали, просто отодвинули, чтоб не мешал. Зато старую просевшую тахту зачем-то искромсали в клочки, после чего начисто подмели пол; ничего не найдя, пообещали *обеспечить* такую же новую, и удалились под утро, извинившись за беспокойство: сами понимаете — служба.

А еще через неделю вышел циркуляр по Всеукраинской Академии наук. Общим собранием Медицинской секции было принято решение об исключении и лишении права врачебной деятельности завкафедрой полостной хирургии Гедройц Веры Игнатьевны. В соответствии с решением, приват-доцент Гедройц увольнялась за политическую близорукость, без начисления пенсии. Ее ведомственная квартира по ул. Кругло-Университетской, 7 подлежала возврату в распоряжение Академии.

Узнав о приказе, дед отправился в институт, чтобы предложить ей временное пристанище: у них с бабкой были тогда две смежные комнатки в общей квартире. Он разыскал Гедройц на кафедре; та собирала в свой мешок-ридикюль личные вещи под наблюдением вахтера и факультетского стукача доцента Алтухова.

С помощью деда они управились быстро, и когда вышли на улицу и поймали таксомотор, она велела деду запомнить: кроме нее самой о месте захоронения архива будет знать ее сожительница Мария Нирод; если та не сможет связаться с ним — тогда сосед, художник Поволоцкий, он позвонит если надо и представится; а если и с ним возникнут сложности, тогда уж свяжется Авдиева, его жена, тоже художница.

— Возникнут какие сложности? — переспросил дед.

Вместо ответа Гедройц прямо в такси развернула листок из блокнота и дала ему прочесть — из своих рук только! — короткий текст, несколько строк, написанных ее крупным небрежным почерком.

— Это не целиком, но то, что переписано, — слово в слово, — сказала она. И отвечая на недоуменный, поверх пенсне, взгляд доктора, одними губами беззвучно произнесла имя всесильного работника госбезопасности, своего давнего пациента: *Ба-лиц-кий*...

От предложения жилья она, к удивлению деда, отказалась, сообщив, что купила домик рядом с Покровским монастырем:

— Приходите с Идой чай пить под липами — зелень кругом, тишина. Мы с Машей всегда вам рады.

— Но на какие, пардон, шиши, Вера, вы вдруг стали домовладелицей? Вам же все: и ординатура, и студенты деньги должны, и без всякой надежды получить назад... Вы что там, золотые рубли упрятали с моим архивом? Или у Марии обнаружился богатый покровитель?

Гедройц рассмеялась. Она столько лет жила одним домом со скромной женщиной, своей операционной сестрой по фамилии Нирод, что об этом давно уже всем надоело сплетничать.

— Маша нищая, еще хуже меня, Моса: отдает последнее голодающим... Мне отделил участок монастырь, дважды в неделю буду консультировать в их больнице, в экстренных случаях оперировать... А я ведь еще и рассказы пишу для детей — и их охотно публикуют. Не пропаду!

**ВЗГЛЯД ИЗДАЛЕКА:
КАК ОБНАРУЖИЛОСЬ ВПОСЛЕДСТВИИ...**

Много лет спустя мне в архивах удалось разыскать документ, который во время медосмотра увидела на столе Балицкого Вера Гедройц, тайно от него (а скорее всего, с его молчаливого согласия) скопировала и показала потом деду. Шифрограмма была адресована двум пациентам доктора, наивысшим чинам в правительстве Украины: обоих он спас в свое время от брюшного тифа. Вот, что ей удалось скопировать:

Шифром. Секретно.
Харьков — Косиору, Чубарю.

Когда предполагается суд над Ефремовым и другими?
...На суде надо развернуть... врачебные фокусы, имевшие своей целью убийство ответственных работников. Нечего скрывать перед рабочими грехи своих врагов. Пусть знает так называемая «Европа», что репрессии против контрреволюционной части медицинских спецов, пытающихся отравить и зарезать коммунистов-пациентов, имеют полное «оправдание» и по сути дела бледнеют перед преступной деятельностью этих контрреволюционных мерзавцев-докторов...

И. Сталин 2.1.30 г. 16–45

Как следует из документа, Сталину уже очень давно не давала покоя опасность возможного заговора врачей с целью отравления правительства. Но лишь через двадцать три года, под конец жизни, он позволил, наконец, дать волю своей паранойе и уже во всю мощь размахнулся кампанией против подлых *убийц в белых халатах*.

Терпению и целеустремленности вождя можно только удивляться.

ЧЕРЕЗ ДЕСЯТЬ ЛЕТ, ТАМ ЖЕ

Без малого десять лет спустя доктор снова оказался в укромном уголке парка, в месте захоронения его архива. Деревянный стол давно сгнил, жестяная табличка исчезла, но скамейка с чугунными ножками в форме лошадиных копыт хорошо сохранилась. Они сидели на ней и молчали: доктор Гольдберг в своем неизменном парусиновом *кителе* и Мария Нирод, маленькая седая женщина в сером платье послушницы Покровского монастыря.

Многое, очень многое изменилось за эти годы.

Парк разросся и назывался уже *«Дендрарием — парком имени академика Богомольца»*. Сам академик, потомственный революционер, жил и работал теперь, окруженный диковинными растениями в парке своего имени.

Вера Гедройц умерла в тридцать втором: рак. Операция не помогла — метастазы оказались сильнее.

Последний в ее жизни звонок был доктору Гольдбергу: она рада была узнать, что тот оказался прав — научные журналы наперебой отмечали заблуждения в работах *Фибигера* и критиковали присуждение ему Нобелевской премии.

Вскоре, однако, грянули события, заставившие киевских медиков позабыть об ошибках зарубежных коллег.

Сперва голод убил несколько миллионов жителей Украины — и ходили упорные слухи, что власти не помешали массовой гибели населения, а то и намеренно ее организовали. А чуть позже прокатился уже открытый террор — и Украина оказалась на гребне этой волны.

Разоблачили вице-президента Всеукраинской Академии наук Ефремова. С помощью *спецметодов* следствия академик признал заговор националистов. В Харькове показательный процесс, сфабрикованный ОГПУ, обвинял интеллигенцию в организации вражеской сети «Союз вызволения Украины». Публичные приговоры звучали мягко, лет по пять-семь, но потом дела пересматривались, и многие уже без шума получали *высшую меру социальной защиты* — расстрел.

В 1936-м один за другим ушли из жизни Иван Павлов и Максим Горький. Оба пытались спасать ученых, врачей и артистов; иногда это удавалось. После их смерти на Украине началась вакханалия арестов, покаяний и самоубийств *разоблаченных* интеллигентов.

К концу тридцатых за решеткой оказались не только обвиняемые, но уже и обвинявшие — да и те, кто потом обвинял самих обвинявших. Одного за другим в течение двух лет в Москве расстреляли двух наркомов безопасности. Всесильный Балицкий, *наркомвнудел* Украины тоже разделил судьбу своих жертв. А репрессии все росли, и доктору стало уже казаться, что Вере Гедройц может еще повезло: она конечно была в списках на арест — но вот успела же умереть своей смертью дома, рядом с близким ей человеком — Машей Нирод.

Эта маленькая женщина молча, серой мышкой сидела сейчас рядом с ним на скамейке, оба думали об одном. О нелегком пути ее блестящей подруги; о мужестве, с которым та несла свой крест — свой талант, так щедро дарованный ей волею судьбы. Гедройц была автором книг и десятков статей, провела сотни сложных операций, но оба они помнили, что за любое, самое скромное приложение своих способностей ей приходилось драться, не щадя ни своих кулаков, ни самолюбий ее завистников и хулителей. Сражаться за право быть собой, не стесняясь своей исключительности. За право быть, как прозвал ее доктор, эхом Ренессанса, *Леонардо* Гедройц: оба они любили давать смешные прозвища...

Вот и сейчас — ждали садовника, одноглазого Григория, когда-то прозванного Гедройц *Потемкин-Таврическим*. Тот должен был принести два пакета, чудом спасенных им при вскрытии тайника чекистами.

Доктор уже знал от Нирод, что художник, их друг и сосед, был арестован. Видимо он не смог вынести *побоев и выдал НКВД место захоронения*. Монашка разыскала адрес доктора и бросила ему в почтовый ящик записку, прося о срочной тайной встрече; так оба оказались в парке. Следуя указаниям покойной княжны, малоречивый садовник соглашался отдать спасенные документы только в руки самому их владельцу.

Пока в республиках боролись с вредителями в науке и стравливали ученых друг с другом, в другом мире изыскания шли своим чередом. Они интересовали доктора куда больше, чем кипящие злобной ненавистью газеты. Благодаря своему французскому он держался в курсе событий: иноязычные медицинские журналы из библиотек цензурой не изымались.

В 1933-м англичанам удалось изолировать вирус инфлюэнцы!

В 1939-м в Германии получили первые полноценные изображения вируса! Гипотезы, когда–то принесшие доктору репутацию фантазера, подтвердились: размерами вирусы были короче волны видимого света, оттого их было не различить с помощью обычных оптических линз, но *электронный микроскоп* обеспечил разрешение, достаточное для четких микрографий.

Задолго до этого доктор предсказал **ультрамикроскопию**. Он предвидел появление новых устройств и методов наблюдения микромира, без которых понимание его было бы невозможно — но коллегами это воспринималось с иронией, как фантастика Жюля Верна.

Но сейчас, кто решился бы поднять чудаковатого врача на смех, кто посмел бы настаивать, что «*невидимого мира доктора Гинзбурга нет и никогда не существовало в природе*»?

Присутствие в микромире инфицирующего агента, обладающего признаками и живой, и неживой материи, никем более не подвергалось сомнению!

АЛОЭ ВЕРА

...Григорий появился из-за кустов неожиданно и беззвучно: правильнее было бы сказать — возник. В руках у него были два небольших деревянных ящика с рассадой; он поставил их на скамейку рядом с сидящими.

— Вот, — произнес он. — Алоэ... И прибавил с подчеркнутым русским акцентом: *Вера*, как бы упомянув по имени умершую княжну.

Один из ящиков садовник подвинул ближе к Нирод:

— Это — вам. Ваше.

— Благодарю, — негромко ответила женщина.

— Здесь можете сидеть, хоть до закрытия, — после паузы, еще тише прибавил садовник. — Но уходить следует порознь, через разные выходы.

— Поняла, — почти прошептала Нирод.

— Доктору лучше первым — служебный вход не заперт. И чтоб прямо домой, не торопясь, но и не мешкая.

— Учтем. Еще раз — спасибо, князь...

Едва кивнув на прощанье, садовник повернул к кустам, шагнул в них — и исчез, растворился в зелени.

Поглядев ему вслед, послушница вздохнула и задумчиво повторила:

— Вот и все. Алоэ... Вера.

— Да... Вера. То, что осталось. — угадав ее мысли, сказал доктор. — Но зачем вы так с садовником — князь? Она в шутку звала его так, за глаза, но вы-то... Он ведь жизнью для нас рисковал. Нехорошо.

— Я и не думала шутить, доктор, это его действительный титул.

— Да, как же,.. — доктор невесело усмехнулся: — как тогда прикажете величать вас? Графиней может?

Женщина медленно повернулась и глянула доктору в лицо:

— А вы не знали? Вы вон новую фамилию Гольдберг взяли, но я-то знала, что вы — Гинзбург, барон.

— Какая чушь! — сердито перебил ее доктор. — Титулы не передаются евреями. Да и будь иначе, я бы тут же отказался. Сроду не признавал титулы: на то существует гильотина!..

Он вдруг резко оборвал себя:

— ...Постойте, э-это вы что, о себе — графиня? Э-то вы... в самом деле?..

— А куда денешься? — женщина вздохнула. — Я, конечно, вовсе не сиятельство, а так... старуха из «Пиковой дамы»... побитый молью персонаж.

— Саперлипопет! Я думал — шутка, ан нет! кругом одни князья и графини. Пардон.

— Бог с вами, доктор, — улыбнулась послушница. — Просто все мы в Царском Селе начинали, в Дворцовом госпитале, я — сестрой, Григорий — санитаром, а Вера всё шутила над нами. Фрейлиной меня дразнила, а ведь я — бестужевка, мне и теперь чудно́ на себя в зеркало глядеть в этом... наряде. Да я и вообще атеист! После того, что народ со своим *царь-батюшкой* сделал, не верю больше я ни в какие его Чудотворные...

— Да, но как же, как вы... можете там жить?..

— Да так вот. Никого не хотела видеть после смерти Веры, не могла больше выносить вида *товарищей*. Четырнадцать лет были мы вместе — четырнадцать раз её арестовывали, потом отпускали, по звонку из Москвы... Ну и при первой же оказии я — в монастырь, на любую работу за стол и кров. Я ведь даже и не послушница там, а так, *трудница*, светский волонтер. Но теперь за это сажают, так меня из милости в послушницах держат. Пока, впрочем, и их тоже не прикроют. Она еще раз повторила:

— Алоэ Вера... Здесь в пакете ей приглашение в Лозанну главой отделения хирургии. Пожизненная позиция... А она его спрятала и вот — здесь осталась, со мной... — Нимрод не то всхлипнула, не то глубоко вздохнула.

— Она любила вас, доктор, звала городским сумасшедшим: высший её комплимент. Считала, что вы провидец, а мы с ней так —мясница с ножом, да её ученица. Вы уж... берегите себя. Она боялась за вас, а сама вот — и до шестидесяти двух не дотянула. Эх...

Она резко прервала себя:

— Ладно, будет рыдать, к делу. Там в пакете ваш доклад по этиологии испанки, полностью сохранен. Придете домой — уничтожьте только титульный лист, не бойтесь — *товарищи* все равно ни шиша не поймут — а Вера это считала вехой в медицине!.. Теперь давайте разбегаться: вам рядом, а мне еще идти и идти. Да, ежели вдруг спросят — скажете по объявлению в «Вечернем Киеве» зашли в парк, рассаду столетника купить, благо рядом.

— Э-э, рассаду — чего, простите?

— Как чего, столетника — так алоэ здесь называют, не знали? Нет... не зря за вас Вера боялась.

— Да уж, не зря, — вздохнул доктор. — И ведь экзамен держал, идиот, на русские названия. Что ж, запомним: сто-летник. Алоэ Вера... сто лет памяти. А вам — обязан: чем смогу — только скажите...

— Бросьте, доктор. При чем тут «обязан»? Идите. Ей-ей, пора.

ХОРОШО СОХРАНИВШИЕСЯ СТРАНИЦЫ

Придя домой, доктор прежде всего попросил жену заправить обе керосинки *Грец* и вставить новые фитили. В доме, где они жили, газ ремонтировался уже несколько лет; не было и горячей воды. К счастью, садовник спрятал в ящике только бумажный пакет и не нужно было избавляться от внешней упаковки. Сам же текст сохранился внутри прекрасно.

В квартире у них с утра работали монтеры, подвешивали на стены черные тарелки репродукторов, *«радиоточек»* — гордость советской всеобщей радиофикации.

Дождавшись, пока рабочие уйдут, доктор разрезал титульный лист на полоски, свернул каждую вдоль пополам и поджёг над огнем керосинок. Бумага сгорала быстро, оставляя лишь хрупкий пепел. Последним в огонь пошел отсыревший в земле пакет; этот горел хуже, доктор поддерживал его над огнем пинцетом. Когда ослаб запах гари, открыли балконную дверь, а пепел докторша собрала в совок и бросила на дно помойного ведра.

Покончив, как он говорил, с *конспиративными акциями*, доктор растянулся на диване и пробежал первую страницу — краткое изложение, *абстракт* своего доклада. Потом прочел еще раз, внимательнее, медленно водя близоруко носом по строчкам. После чего он опустил ноги на пол, сунул ступни в домашние шлепанцы и попросил жену не беспокоить, не звать его к телефону — но самой позвонить в клинику и сообщить, что он болен.

Сняв жилетку и расстегнув пуговицы ворота рубашки, доктор снова улегся на диван и тщательно протер пенсне. Впервые за двадцать пять лет практики он решил сослаться на нездоровье. Впрочем, грех его был не так уж велик: у него действительно шумело в ушах, сильно ныли виски, и пульс подскочил до ста одиннадцати.

Почти двое суток он изучал, лежа на диване, свой старый доклад для ростовского съезда, прежде всего адресованный академику Введенскому. Адресованный — но так им и не полученный… Год был девятнадцатый, Введенского свалил с ног сыпняк; полуживого его отвезли в госпиталь, в занятый Врангелем Симферополь. Доктор же с женой были тогда под охраной *доставлены* на мотодрезине прямо в Киев — и на следующий день туда вступили части 12-й армии красных.

Все, что успел доктор — это отдать французский перевод доклада представителю Красного Креста с просьбой переслать его в институт Пастера; дальнейшая судьба этих шестидесяти с лишним страниц была неизвестна.

На третий день доктор сел за стол, взял красно-синий *сталинский* карандаш и начал резко отчеркивать некоторые пункты, а потом медленно, ровным убористым почерком полуслепого выписывать тезисы, поминутно ворча себе под нос то *merde!,* то *саперлипопет!*

Рассчитанные на сорок пять минут устного сообщения четыре части... Страницу за страницей он придирчиво, *глазом недоброжелателя*, сравнивал свои основательно подзабытые, двадцатилетней давности гипотезы с представлениями, принятыми нынче, — и сам удивлялся актуальности своих догадок, близости их попаданий в цель.

*Много лет назад он предположил **паразитизм вирусов**, их **потребность в клетке-хозяине** и, как главное условие воспроизведения—их способность проникать, внедряться в чужую клетку.*

Доктор твердо решил не держать более под замком свои *положения* и дать им дальнейший ход, чем бы это ни грозило. Унесшие десятки миллионов людей вирусы испанки...

— Если только их приручить, — думал он, — они могли оказаться бы убийцами бактерий, мощным оружием терапии заболеваний. Они спасли бы те самые миллионы жизней, случись еще раз такая пандемия; а ведь рано или поздно она должна случиться, уж лет через сто — точно! Но уж к тому времени, доктор был уверен, подобные средства борьбы с инфекцией прочно займут свое место в практике.

...Оставалось озаглавить титульный лист тезисов и приложить адресацию.

Куда адресовать? Доктор задумался, поглаживая правый бок: долгие часы, проведенные на прокрустовом ложе жесткого дивана, давали себя знать.

Отправить тезисы во Всеукраинскую Академию, к Богомольцу? О нет! Украина не подходит: ее лучшие таланты-биологи уничтожены; личности их растоптаны, кто-то лишен голоса, а кто — и вовсе рассудка...

В Москве его бывший ментор Введенский неожиданно замкнулся на идеях *космизма*: его утопия, *ноосфера*—к восторгу Кремля — «*научно*» предрекает победу справедливости и разума на земле. Больше ничто академика не интересует.

В Академии ВАСХНИЛ царит малограмотный агроном, герой Великого Перелома; любимец Вождя, он обязался к концу пятилетки *утроить* урожаи пшеницы, а пока что отправляет под топор любого оппонента.

В цитологии свирепствует Лепешинская: недоучка, еле дотянувшая до второго триместра в Лозанне. Её статья *«Развитие человеческой кости как диалектический процесс»* — просто абсурд, бред сумасшедшего! Но по ее *сигналам* изгоняют из науки известных генетиков, многих арестовывают.

Кто остался?

Обращаться надо на самый верх, к Вавилову, решил доктор. Несмотря на нападки, тот все еще оставался вице-президентом Сельхозакадемии. Это Вавилов когда-то посоветовал начинающему инфекционисту доктору Гинзбургу обратиться к работам полузабытого ботаника Ивановского. Тот обнаружил *фильтруемый возбудитель* болезни табака: слово *вирус* еще не существовало. Найденные им *«живые» патогенные кристаллы* привели к рождению вирологии: через сорок пять лет первые микрографии вирусов были сделаны в Германии именно с *Ти-Эм-Ви*, этой *мозаичной* болезни табачных листьев.

А доктору тогда, в 1919-м, новые власти приказали прекратить исследования, сдать все оборудование и *по мобилизации* принять обязанности диагноста местной клиники для *партверхушки.*

ОБРАЩАТЬСЯ НА САМЫЙ ВЕРХ

Для Вавилова нужно было сочинить объяснительную записку: просто так, ни с того, ни с сего, известному ученому тезисы не пошлешь. Следовало обосновать причину, достойную внимания, и сделать это как можно короче, одной страницей максимум. Чем короче записка, тем больше шансов, что прочтет ее сам академик, а не кто-либо из помощников. Но как, как объяснить в двух словах, что какому-то врачу поликлиники удалось найти комбинацию факторов, при которой вирус репродуцируется с неслыханной быстротой? И что в этом процессе его бактерии-хозяева и сами мутируют, становятся агрессивной инфекцией, и доводят до уровня смертельной опасности симптомы обычной простуды!

Объяснительную записку оказалось труднее составить, чем сами тезисы.

Лишь под утро доктор вывел вверху листа большими печатными буквами три коротких латинских слова. ***SUB SPECIE AETERNITATIS!***

*В Институте Рокфеллера патолог **Пейтон Роус** ближе всех подошел к открытию. Но под градом насмешек и обвинений в беспочвенных домыслах он прекратил работу, так и не объяснив главного: причин вспышек репликации вируса внутри клетки-хозяина. Где искать детонатор этого процесса?*

А доктору уже тогда отчетливо виделось направление поисков.

Он повторял, как мантру, одни и те же слова, повторял, как заклинание—пока даже его Ида не выучила их наизусть: **С ТОЧКИ ЗРЕНИЯ ВЕЧНОСТИ... Если допустить, что в самом начале зарождения жизни на планете первичный белок остановился на полпути к превращению в живую материю, но потом смог («научился»?) проникать в клетки более развитых существ, использовать их механизм передачи наследственных признаков—и так становиться живым организмом? С точки зрения вечности это могло случиться совсем недавно...**

...Но до единого описания природы такого существа-вещества оставалось еще много, много лет.

—Ида, — позвал доктор жену, — перепиши мне, будь другом, этот текст набело разборчивыми крупными буквами, но так, чтоб все уместилось на одной странице — и с лихвой: двойной пробел после обращения. Возьми обычное перо, лиловые чернила. Не забудь только: вместо «*у нея*» теперь пишут «*у неё*» — и повнимательнее с латынью, прошу.

Увидав фамилию адресата, докторша побледнела, у нее опустились уголки рта. И пока она, вздыхая, по всем правилам каллиграфии выводила строчки документа, доктор достал черный пакет от рентгеновских пластинок и суровой ниткой надежно сшил пятнадцать листов своих тезисов. Он не доверял скрепкам: их в секунду могли бы раскрыть, подменить страницы и превратить их в *неопровержимые улики*. Приемы своих могущественных пациентов доктор хорошо изучил.

— Перестань психовать, — попросил доктор, когда все было готово, — ничего необычного. Он, как-никак, вице-президент Академии, а дискуссия открытая, широко освещается. Кроме того, я отсылаю ему это в частном порядке, на домашний адрес.

На стене щелкнула и гнусавым голосом заговорила *радио-точка* — черная тарелка репродуктора. Начались «Последние известия», значит, был уже полдень. Через час почтовое отделение закроется на перерыв, надо успеть отправить бандероль. Да и болтать в комнате больше не следовало бы: ходили слухи, что радио подслушивает разговоры своих слушателей.

На почту отправились вместе, но, прежде чем выйти из дому, доктор обнял свою притихшую жену и с необычной теплотой поцеловал в щеку:

— Ну, оставь же свои предчувствия, прошу тебя, — он старался пригасить свой бас и говорить как можно мягче. — Ну уволят в худшем случае, ну открепят от *Горторга, уплотнят*, что еще, *merde?*.. Дети встали на ноги, не пропадут. А речь может идти о миллионах жизней.

— Давай уже, пошли, — вздохнула жена и взяла доктора под руку. — Мишигене...

Черный пакет на почте обернули серой почтовой бумагой и обляпали штампами. Москва, Земляной вал, 21/23, кв. 54.

Никаких титулов и званий — только имя и отчество: *Вавилову Николаю Ивановичу*.

По настоянию неожиданно заупрямившейся жены доктор отослал бандероль не заказной, а обычной почтой, лишь с уведомлением о вручении. Два тридцать пять за почтовые марки.

*Напрочь лишенный тщеславия, он ясно осознавал, что стоит опубликовать доклад, как его тут же растащат на куски. Его идеи будут вырывать из контекста, искажать, а то и присваивать менее щепетильные исследователи, но ему было все равно. Если их хоть как-нибудь используют в борьбе со вспышками эпидемий — все остальное неважно. Жаль только, что до практического применения его **методов фаготерапии** уйдут еще годы — на борьбу мнений, мелочные дискуссии и околонаучные интриги.*

ОБ АДРЕСАТЕ ДАЛЬНЕЙШИХ СВЕДЕНИЙ НЕТ

Через две недели пришло почтовое уведомление, серая бумажонка. Сообщалось, что по указанному адресу Вавилов Н. И. более не проживает, и дальнейших сведений об адресате не имеется. Отправителю предлагалось оплатить дополнительные услуги в сумме 1 (один) рубль и, по предъявлении квитанции в местном почтовом отделении, получить бандероль назад.

За ней на почту пошла докторша. Перед тем муж накричал на нее за отказ отправить пакет заказным; он топал ногами и обвинял ее в постоянных попытках помешать ему в любых его начинаниях, ставить палки в колеса. Плача, жена уверяла, что она лишь *на всякий случай* хотела, чтобы все выглядело пообыденнее, понезаметней; чтоб не так привлекать внимание к его эксцентричной особе.

В любом случае, доктор получил назад свой, так никогда и не сделанный им доклад. Его изыскания опередили научные идеи лет на двадцать, но об этом никто не узнает...

Это не удивляло доктора. По всем десяти пунктам его *Санитарно-эпидемических Рекомендаций* вот уже четверть века разрабатывало свои уставы Главное Военно-санитарное управление Красной армии. Имя его при этом не упоминалось. Среди авторов фигурировали лишь чины Наркомздрава и высшие командиры всех трех родов войск.

Еще через неделю на закрытом собрании медперсонал клиники известили, что органами НКВД разоблачена и арестована группа вредителей, срывавших передовые методы сельского хозяйства. Медиков призывали к усилению бдительности и борьбе с учеными–врагами в биологии. Никто не называл Вавилова по имени, но всем было ясно: борьба шла между прогрессивными мичуринцами-селекционерами и *консерваторами*-генетиками, она широко освещалась в газетах, обвинения сыпались градом.

Вечером в тот день доктор поздно пришел с собрания и, не притронувшись к ужину, неподвижно просидел на своем твердом диване четверть часа, не меньше.

— Ида, — наконец сказал он, — надо быть готовыми ко всему. Судя по всему, *его* расстреляют. Мы, вероятно, тоже попали на заметку...

— Ну,.. зачем же огорчаться раньше времени? — философски заметила Ида, пожав плечами, — на-ка вот, глотни лучше, я уже третий раз завариваю.

Она налила мужу стакан обжигающе горячего чаю и придвинула молочник.

Доктор переменил, наконец, позу и тут же почувствовал, как затек и окаменел у него зад. Он вдруг вспомнил, откуда появился у них этот чудовищный казенный предмет мебели: диван-скамья с буквами *НКПС*, вырезанными на деревянной спинке. Его когда-то *обеспечили* и *предоставили* чекисты взамен старой тахты, истерзанной ими в клочья при обыске.

— Да, да, не стоит... прежде времени не стоит отчаиваться, — задумчиво повторила жена, и в глазах ее вспыхнули знакомые адские рыжие огоньки. — Пока в исполнение не приведен, ведь можно было и того... отложить... даже и отменить можно.

— Что? Что? — встрепенулся доктор. — Нагадала уже? Наворожила?

— Пей, — ушла жена от ответа, — ты же любишь, чтоб очень горячий и без сахара был, но с молоком. И как можно такое любить? Мишигене...

На стене вдруг проснулась и захрипела *радиоточка*.

— Да, попробовала сделать, что могла, — пробормотала докторша, — но много ли можно было тут сделать...

Черная тарелка разразилась *Маршем Черномора* из «Руслана и Людмилы».

— ...Ста́-ру́шка, ста́-ра́я, бьет по жопе ста́-ри-ка... — мрачным басом пропел себе под нос доктор, вторя мелодии из репродуктора.

ВЗГЛЯД ИЗДАЛЕКА: КАК ВЫЯСНИЛОСЬ ВПОСЛЕДСТВИИ...

Читатель, вероятно, заметил, что в этой новелле я ни разу не назвал доктора дедом, а жену его — бабкой. Этому есть причина. История эта не была услышана мною непосредственно от деда. Я просто попытался восстановить события по рассказам людей, знавших его хорошо или работавших с ним. А также, получив доступ к некоторым документам. Наиболее интересными из них оказались анналы, сохранившиеся в архиве Международного Красного креста во Франции.

Вот что, к своему немалому удивлению, я узнал.

В середине 60-х годов Институт Пастера опубликовал **«Un Certain Regard...»**, (*«Список исследователей, чьи работы явились вехами в физиологии/ медицине, но, в силу обстоятельств, не были представлены ни к Нобелевской премии, ни к иным научным наградам»*).

В списке трижды упоминался некий русский доктор М. Э. Гинзбург.

Первым отметил его в своей статье Нобелевский лауреат *Уэндэлл Стэнли* в 1946 году. Он упомнил, что занялся табачной мозаикой, обнаружив уникальные выводы доктора Гинзбурга относительно инфективности *«живых»* кристаллов Ивановского.

Против фамилии М. Гинзбург в статье стоит сноска: «Нет сведений после 1919 года».

Двумя годами позже французский микробиолог *Эжен Л'Эрбье* опубликовал мемуары, в которых открыто признавал, что его монография 1926 года *«Бактериофаг и его поведение»* целиком базировалась на исследованиях патогена испанского гриппа, проведенных доктором М. Гинзбургом в 1919 году. Эти записи Л'Эрбье, по его словам, случайно обнаружил в архивах Красного креста.

Он утверждал, что не раз пытался разыскать русского доктора, но без успеха.

Наконец, в 30-е годы, приглашенный на временную работу в Грузию, Л'Эрбье в ответ на свой запрос получил справку НКВД о том, что доктор Гинзбург М. Э., барон, был расстрелян в 1919 году в Пятигорске по обвинению в контрреволюционном саботаже. Органы также интересовало, не родственником ли биологу приходился расстрелянный барон.

Насмерть перепуганный Л'Эрбье спешно покинул СССР и никогда больше не упоминал ни имени, ни исследований казненного доктора.

В 1954 году на работу киевского врача М. Гинзбурга и его объяснение вспышек репликации вирусов инфлюэнцы сослался американский патолог *Франсис Пэйтон Роус* при получении им *Медали Джесси Стивенсон-Коваленко*. Он выразил сожаление, что в течение ряда лет как ни пробовал, не сумел связаться с доктором Гинзбургом, чтобы пригласить его для совместной работы в Институт Рокфеллера — но увы, этот талантливый изыскатель, к сожалению, без следа затерялся в вихре войны.

О странном случае отложенного, а потом и отмененного смертного приговора академику Вавилову я узнал от известного генетика, доктора биологии Владимира Павловича Эфроимсона.

После года в ожидании расстрела академику решением Президиума Верховного совета СССР заменили *высшую меру наказания* на двадцать лет исправительно-трудовых лагерей. Основания: возможность использования академика Вавилова на работах *серьезного оборонного значения*. Власти при этом месяцы тянули с переводом академика из тюрьмы в лагерь, и он скончался в Саратовской тюремной больнице от пеллагры в результате крайнего истощения — так власти «отменили» смертный приговор великому ученому, с негодованием заключил доктор Эфроимсон, сам проведший более десяти лет в лагерях.

Свидетельства сына Вавилова и ряд документов подтверждают упомянутый факт.

АРАХНОФОБИЯ

Каракурт.
Все выбежали из учреждения.
И в опустевшем доме жил паук.
Поймали его только на второй день.
Илья Ильф

РАСКОПКИ В САМАРКАНДЕ

Новость передавалась из уст в уста: «Они собираются открыть могилу Великого Тимура! На наши головы падёт проклятье!» — такие разговоры носились по базарам и улицам Самарканда, когда московская экспедиция начала раскопки в мавзолее Гур-Эмир.

Местные жители и мусульманское духовенство пытались помешать раскопкам, но археологи, несмотря ни на что, приступили к работе.

Помимо археологов и химиков, членом группы был и известный скульптор-антрополог Михаил Герасимов. Задачей его было изучить захоронения в гробницах и убедиться, что они принадлежат непосредственно Тимуру и его потомкам, Темуридам.

Раскопки начались 16 июня. Из-за волнений в городе вскрытие гробницы Тимура откладывалось; сначала были открыты могилы его правнуков, затем усыпальницы его сыновей. 18 июня были извлечены останки Улугбека, внука Тимура. Невзирая на протесты, вечером 20 июня все же вскрыли гробницу Тимура, и мавзолей наполнился удушающим запахом смеси каких-то едких смол, розы, ладана и камфоры...

ВОТ ТАК ФЕЙЕРВЕРК…

Доктор оказался в Самарканде совершенно неожиданно.

В случае войны он точно знал, что ему предстоит. Еще перед *Финской Стратегической* его прикрепили к *СанэпидЛетучке*. Так назывался легкий поезд-лаборатория, созданный для санитарной профилактики среди младшего командного состава. Доктора Гольдберга известили, что он назначается главврачом такого поезда — в военное время.

Он давно вышел из призывных лет, но врачи киевской правительственной клиники числились военнообязанными вне возрастных ограничений.

В выходной, в восьмом часу утра под окнами затарахтела мотоциклетка, в квартиру позвонил егерь и вручил деду повестку и запечатанный сургучом пакет-предписание.

Сквозь раскрытые окна доносились едва слышные звуки надвигавшейся грозы.

Бабка сразу же тихо завыла без слез, и пока дед, ворча от недосыпа, брился и одевался, начала причитать: это война! Дед попытался ее образумить — какая к черту война: воскресенье, пробуют фейерверк к открытию нового стадиона. Но та не слушала, шепча монотонно: война, это война…

К удивлению, повесткой доктора вызывали не в военкомат, а в НКВД, и там его принял мелкий чиновник — самодовольный малый, высокомерно, сквозь зубы отвечавший на любой самый невинный вопрос. Он объявил, что в отмену прежних предписаний, доктор направляется в Ташкент, куда должен выехать завтра утром в десять ноль-ноль литерным поездом, вместе с женой. Взять с собой следовало только теплую одежду и самое необходимое: постельное белье и продуктов на три дня, а там *встретят и обеспечат…*

Вдалеке все еще слышались глухие удары грома. На вопрос о причине изменения планов, — уж не к войне ли готовятся часом? — юный бюрократ со снисходительной усмешкой разъяснил, что войны никакой не будет: козни англичан провалились, им не удалось вбить клин между СССР и другими дружественными народами. Но вот когда настанет час действительно воевать, тут уж будет не до эпидемий: при могучих ударах малой кровью на территории врага, все эти старики-инфекционисты будут только мешать и путаться под ногами со своими нормами.

Старику-инфекционисту было пятьдесят шесть лет. Он слушал молча, наливаясь малиновым румянцем от злости. Отдаленные раскаты прекратились, все стихло. Чекист тоже, наконец, замолчал и занялся своим прямым делом: стал заполнять проездные документы, литеры на двоих, продуктовые талоны, новое предписание, — время от времени переспрашивая имя-отчество и дату рождения докторши. Потом протянул доктору листок — подписку о неразглашении.

— Неразглашении чего? — переспросил доктор.

— Всего! — последовал ответ. Конторская бумажка была составлена настолько бессмысленно, что доктор невольно усмехнулся: если предписание требуется предъявлять в воинской кассе, как прикажете хранить в тайне конечный пункт? Хамоватый чиновник на это вдруг решил пошутить. Ответа на вопрос доктора он не знал, не желал знать и доктору спрашивать тоже не советовал.

— Меньше знаешь, лучше спишь! — сказал он и сам оглушительно засмеялся своей канцелярской остро́те.

— Ну что, успокоилась? — спросил дед вернувшись домой. Вместо ответа жена только шмыгнула носом и высморкалась.

— Давай собираться. Не будет никакой войны, обычная командировка в Ташкент: *санлетучки* в мирное время не требуются. Только не кисни, едем вместе, завтра утром! — сообщил дед.

— Пойду тогда. Пока дают, надо купить яиц, сварить на дорогу вкрутую. — ответила докторша, — И сахару кило тоже. Спичек возьму: кто знает, что ещё может понадобиться.

Дед пожал плечами. Он давно привык к мелочному упрямству своей жены.

— Делай, как знаешь, но чтоб к вечеру вещи были готовы. Укладываем и берем только самое необходимое. И микроскоп, разумеется.

Она еще не вернулась с рынка, когда на стене ожила радиоточка и заиграли колокольчики станции Коминтерн: *«Широка страна моя родная...»* Позывные играли долго, она успела к началу выступления *ЗампредСовнаркома* Молотова. Тот начал речь с киевскими ударениями, обратившись не к гражда́нкам, а к *гра́жданкам*. Потом сообщил о *разбойничьем* нападении Германии, упомянул об утренней бомбежке городов, и среди них — Киева.

Когда Молотов закончил: «Наше дело правое, враг будет разбит!» — дед снял свое пенсне и озадаченно почесал им макушку:

— Вот тебе и фейерверк... са́перлипопет!

Докторша молча разгружала корзинку с продуктами.

— Ну что тут скажешь, одно слово — ведьма. Ведьма с Лысой горы! — вздохнул, глядя на нее, доктор. — *Merde!*

Так, с признания дедом магической интуиции жены для них началась война.

НЕОБХОДИМОСТЬ СРОЧНЫХ МЕР

Их небольшой, в девять вагонов, курьерский литерный меньше, чем через двое суток прибыл в Ташкент. Еще прежде, чем поезд остановился, в купе доктора постучали и попросили *освободить помещение*. Когда дверь отодвинулась, вошли двое в чекистской форме. Они предложили помочь собрать вещи и перенести их через платформу напротив. На соседнем пути стоял местный пассажирский с раздолбанными пыльными вагонами.

Старший чекист — сержант, сделав какие-то пометки в проездных документах доктора, объяснил, что его назначение меняется, и сейчас все вместе они проследуют далее. По прибытии, доктор получит дальнейшие указания, а они двое помогут им с женой добраться и устроиться на новом месте. Оба чекиста держали себя так, словно никакой войны и в помине не было, хотя только о ней говорили и в Киеве на вокзале, и всю дорогу в поезде.

Прежде чем доктор раскрыл рот, чтобы задать вопросы, сержант протянул ему на подпись обязательство о неразглашении. Эта новая бумажка была составлена грамотнее: она запрещала лишь упоминать географические пункты, даты прибытия-отбытия и цели приезда. Подписывая ее, доктор привычно ухмыльнулся:

— Езжай туда, не зная куда, лечи то, не знамо что.

— Простите? — без тени улыбки с преувеличенной учтивостью переспросил чекист.

— То, что слышали, — бесстрашно сгрубил доктор. — Отдаю должное бдительности и охране государственной тайны...

Ехать предстояло еще несколько часов. Тряский вагон был общим, без питьевой воды. Впрочем, местный поезд останавливался часто, и младший чекист на первом же полустанке сбегал за кипятком. Сержант предложил докторше угоститься черствым раскрошенным печеньем из своего неприкосновенного запаса.

К вечеру они оказались в Самарканде.

Утром, едва лишь добравшись до городской санэпидстанции, дед обнаружил, что ревностно оберегаемые гостайны были секретом Полишинеля. Его встретил там верный Порхунов, прибывший еще неделей раньше. В городе только и разговоров было, что о свирепствовавшей в соседнем Афганистане эпидемии холеры. Более того, с узбекских приграничных районов *лекпомы* сообщали о случаях заболеваний, захвативших два кишлака и даже погранзаставу.

Это не на шутку встревожило местные власти.

Первые сообщения о холере появились сразу после начала раскопок в древнем мавзолее Гур-Эмир. Это сочли плохим предзнаменованием, по городу поползли мрачные слухи. Связались с Москвой — оттуда велели продолжать работы: экспедиция прибыла с ведома и благословения Сталина. Но когда вскрыли саркофаг самого Тимура, в городе стало по-настоящему неспокойно, началась паника.

Утром 22 июня московские газеты вышли с радостным сообщением об успешных вскрытиях могилы Эмира Тимура и его старшей жены — в соседнем мавзолее Биби-Ханым.

А днем экстренные выпуски тех же газет известили население о внезапном начале войны с Германией!

По приказу Москвы экспедицию срочно свернули, и останки Тимура и его потомков увезли с собой *для исследований.*

Волнения в городе однако не прекратились; ожидали все новых кар от потревоженных священных могил.

Необычное нашествие ядовитых пауков этим летом лишь усиливало панику.

Власти были заняты одним: требовалось не допустить распространение холеры, остановить эпидемию во что бы то ни стало, задействовать для этого все имевшиеся ресурсы — и как можно скорее. Афганская граница с республикой была небольшой, менее ста сорока километров, но главный очаг свирепой эпидемии находился в порту Харатон по ту сторону Аму-Дарьи, всего в пятнадцати километрах от узбекского приграничного города Термеза.

Разумеется, истинная причина опасений эпидемии держалась от населения в строжайшей тайне. По секретному договору с англичанами в случае войны через Иран должен был проходить жизненно важный маршрут снабжения СССР стратегическими материалами. Стоило траектории заражения достичь **санитарно-незащищенной** *границы Киргизии и, пройдя вдоль нее, захватить север Ирана — и вся тщательно подготовленная союзниками система снабжения оказалась бы парализованной.*

С началом войны, рассказали деду, были вскрыты пакеты эвакуационных планов: ожидалось увеличение населения за счет новоприбывших — чуть ли не вдвое к концу года, а городские службы едва справлялись даже с нынешней нагрузкой. Ни водоснабжение, ни древняя канализация, ни энергоресурсы не были готовы к приему такого количества новых жителей. В подобной ситуации желудочно-кишечные заболевания могли принять масштабы национальной катастрофы. Необходимы были срочные меры профилактики.

ПОИСКИ ПРОНИКНОВЕНИЯ ИНФЕКЦИИ

Доктор выехал вечером по прибытии в приграничный район Аму-Дарьи вместе со своим лаборантом Порхуновым и ассистенткой с местной эпидстанции. Ехали в тряском фордике всю ночь. Под брезентовой крышей старого кабриолета днем было бы не выдержать летней жары. Ранним утром они были уже в Термезе, и там узнали о первых случаях болезни.

В крошечном грязноватом медпункте погранзаставы лежали тесно, плечом к плечу, девять бойцов с предварительным диагнозом холеры. Десятому сразу же по приезде медики ввели физраствор и отправили на санитарной машине в городской госпиталь. Он бредил, состояние было тяжелым. На беду, этот десятый и был тем самым *лекпомом*, первым сообщившим в штаб о заболеваниях, но он уже был не в силах толком что-либо объяснить.

Помещение было рассчитано на восемь коек; с отправкой лекпома стало чуть попросторней. Остальные пограничники чувствовали себя немного лучше, сами вставали за надобностью, а у двоих из них уже почти прекратились рвота и диарея.

Пока помощники брали анализы и готовили для доктора препараты, он выяснил у командира заставы, что хотя заболевших и держат отдельно от остальных служащих, пользуются они общей уборной — и через полчаса целое отделение пограничников уже рыло новый *септик-тенк,* обширную, но мелкую выгребную яму в сорока метрах от медпункта и в ста — от артезианской скважины.

К концу следующего дня анализы показали, что вода быстрого рукава Аму-Дарьи, служившего естественной границей с Афганистаном, опасности заражения не представляет. Артезианские скважины тоже были чисты.

Это лишь усложнило проблему. Требовалось как можно быстрее найти источники проникновения инфекции и определить траекторию ее распространения. Дело было не в питьевой воде, но доктор на всякий случай распорядился выдать пограничникам по тридцать таблеток *пантацида* и объяснить, как растворять его во фляжках.

На дорогах и железнодорожной ветке между заставой и предместьями Термеза установили санитарные кордоны — пропускные пункты; толку от них, конечно, было мало, но старший лейтенант — командир заставы, выполнял все распоряжения быстро и беспрекословно. Впервые за свою практику доктор нашел весьма полезным, что с началом войны он и его клиника перешли в ведение НКВД.

Это последнее обстоятельство неожиданно помогло выявить и источник вспышки.

Пока медики занимались *регидратацией* больных, Особый отдел выяснил, что в начале месяца в приграничном районе перегоняли заблудившееся стадо овец. По словам пастухов, во время водопоя животные, попав в болотистую низину, запаниковали, разбрелись и едва не погибли в липкой грязи. Их удалось собрать, выгнать на сухой участок берега и так спасти. Пастухи оказались жителями местного кишлака, пропуска их были в порядке, не просрочены, и на другой день пограничники отпустили их с миром по домам.

Особистам показалось, однако, странным, что похожая история повторилась в течение месяца дважды, и они нагрянули в кишлак без предупреждения с требованием осмотреть спасенных овец. На месте оказалась лишь малая часть животных — остальных отправили в соседний колхоз на стрижку. Не теряя времени, повернули к соседям и убедились, что стрижку еще и не начинали: все овцы по самое брюхо были вымазаны темной липкой грязью. На поверку эта «грязь» оказалась не чем иным,.. как опиумом–сырцом!

Последовали аресты и допросы; обнаружилось, что по ночам вымазанные опиумом овцы переправлялись в кузовах-плоскодонках с афганского берега — в труднодоступные заболоченные поймы реки, а оттуда, уже по узбекской территории их перегоняли утром в соседний колхоз; там овец отмывали и собирали дорогой продукт в кувшины для дальнейшей обработки.

Но самое главное — пастухи на том берегу подхватили холеру! Их рвало и мучил понос уже вторую неделю; позже заболела и ухаживавшая за ними старуха-санитарка, а потом и весь ее кишлак. А во время проверки документов от пастухов заразились и пограничники.

Источник прониковения инфекции был, наконец, установлен!

Так, с началом Отечественной войны началась и война доктора против холеры.

МЕРЫ, НЕСЛЫХАННЫЕ В МИРНОЕ ВРЕМЯ

Ничто не обещало ему легкой победы. С афганской стороны каждый день сообщали о новых случаях заболевания и новых смертях; угроза эпидемии не ослабевала в течение всего первого военного года.

Первой по плану в Самарканде должна была разместиться Артиллерийская академия из Москвы. Число эвакуированных, вместе с курсантами и членами их семей приближалось к шестиста; сразу возникала проблема питьевой воды и сброса нечистот. А должны были еще прибыть:

Академия Военно-химической защиты,
и Рентгено-Радиологический ЦНИИ,
и Военно-Морская академия,
и Высшие спецкурсы комсостава ВМФ,
и Военно-Ветеринарная академия,
и Харьковское 2-е Танковое училище, завод КИНАП, Всероссийская Академия художеств, и еще целый ряд менее крупных учреждений.

Не говоря уже о детских домах, эвакогоспиталях, и санаториях для выздоравливающих!

Чтобы избежать неминуемой катастрофы, в Ставке решили прежде всего направить в Самарканд Военно-Медицинскую академию из Ленинграда. Ей поручили создать санитарные условия для новых прибывающих. Через час после первых выстрелов на границе, в пять утра, Москва связалась с академией. Поднятый с постели ее начальник Николай Аничков, узнав о новых планах, тут же затребовал в помощь эпидемиологов, и среди них — киевского врача Гольдберга: еще по Финской войне он знал его как опытного инфекциониста.

Военный академик не привык повторять требования дважды; киевская клиника с началом военных действий сразу перешла в подчинение НКВД. Поэтому через три часа курьер прибыл к доктору с назначением, и на другое утро тот вместе с женой был уже по пути в Среднюю Азию.

...Доктор вышел из этой войны победителем. Его неожиданным союзником оказалось солнце. Он убедился, что возбудитель азиатской холеры не переносит даже слабое ультрафиолетовое излучение. К счастью, на июль приходился безоблачный период сухой жары — *чилля*. Уже через час под беспощадным солнцем смрад от открытых *тенков* ослабевал, а к концу дня на поверхности образовывалась пленка из погибших вибрионов.

Доктор выбрал вакцину, базировавшуюся не на ослабленном, а убитом возбудителе: ее готовили к употреблению в виде таблеток, так что при вакцинации нужна была лишь минимальная помощь сандружинниц.

Иммунизированы были все приграничные кишлаки, затем Термез; начиналась профилактика Самарканда. Действие вакцины было ограничено одним годом, но доктору важно было выиграть время.

За этот год с начала массовой эвакуации был зарегистрирован всего один случай смерти от холеры. Всесильная рука НКВД, солнце, и первые успешные исцеления позволили доктору предпринимать меры, неслыханные в прежние, мирные времена.

Он закрыл на два дня *Мазар*, главный приводящий арык Самарканда и очистил его дно.

Заменил около ста пятидесяти метров древних керамических труб канализации новыми, изготовленными из дефицитного серого чугуна.

Зацементировал разрушенные русла двух сбросовых каналов.

Из стратегических запасов в его распоряжение доставили шестьдесят тонн хлорной извести в бочках и обещали еще...

На реке Зеравшан по его настоянию удвоили мощность фильтрационной станции; пока ее перестраивали, доктор добился поставки питьевой воды в цистернах, прежде всего, в госпитали и детские больницы.

ПРЕПЯТСТВИЯ НА ПУТИ К СЛАВЕ

Он стал местной знаменитостью. Сам академик Гамалея поздравил доктора телеграммой; его ученица Лида Якобсон начала в Самарканде производство нового противохолерного бактериофага. Деда преставили к медали и наградили талонами на сухофрукты сверх карточек — докторша начала варить компот и баловать им детей эвакуированных!

Но главное — его премировали ордером на парусиновые туфли: белые, на желтой кожаной подошве, полагавшиеся только высшему медицинскому персоналу РККА. На базаре старый узбек, талантливый сапожник, растянул их на колодке точно по ноге деда, и радость их приобретения трудно было описать словами!

Старые его плетеные летние башмаки можно было вполне еще носить, но не это заботило деда. На базаре ему посоветовали тщательно проверять плетеную обувь, чтобы не заполз паук или скорпион: Самарканд был известен своими ядовитыми тварями.

Докторша начистила новые туфли мелом, и дед отправился в президиум Военно-Медицинской академии получать обещанную медаль. Если будет банкет, он обещал жене стащить и принести ей настоящие пирожные.

Перед входом в здание президиума Военно-Медицинской академии нужно было пересечь маленькую площадь с крошечным сквером посередине. В центре была клумба с цветами табака и анютиными глазками; посыпанные песком дорожки вели к парадным ступеням входа. Старик-узбек с лейкой и веником в руках слегка увлажнял песок, чтобы при ходьбе не подымалась пыль. Полусонный от жары милиционер в белой гимнастерке охранял вход, млея под своим зонтиком-грибком.

На единственной скамейке под палящим солнцем сидел мальчишка лет десяти — явно из местных — и кричал нараспев пронзительным голосом:

— Есь п'пиро́сы, кум нада? Пичичо́к пачка, руп штучка!

Дед пересек площадь и присел на скамью, чтобы проверить напоследок детали одежды. Он был при полном параде: вместо обычного кителя на нем был надет дорогой, чесучовый; дважды проглаженные белые брюки ниспадали на ослепительные парусиновые туфли. Завершали туалет золотые очки вместо обычного пенсне и умело заштопанный бабкой небесно-голубой французский галстук; дед купил его когда-то во время *угара НЭПа*, и упорно продолжал называть по-киевски: «*самовяз*».

Мальчишка вытащил из открытой пачки «*Норда*» вялую папиросу и протянул деду:

— На́да? Руп. Зажгу сам, моя спичка!

Надо было бы исправить смешную арифметику малыша, но дед просто отмахнулся: не надо, не хочу. Мальчишка вздохнул, смял по-взрослому мундштук полупустой папиросы и сунул себе в рот. Этого уже дед так оставить не мог.

— Брось сейчас же, — приказал он, назидательно подняв палец. — С ума сошел? Капля никотина убивает лошадь! —

И видя, что малыш не понимает медицинскую пропаганду, прибавил более популярную угрозу:

— Начнешь курить — уши вырастут, как у осла! Мальчишка встал, и с презрением поглядел на деда:

— Теньги жалка? Я осла́? Пичичо́к давай — ла́дна, новую дам, нет? — И, уже отойдя на приличное расстояние, крикнул:

— Ты — осла́! — и убежал.

Старик-дворник подошел и, побрызгав из лейки, стал разравнивать метелкой песок, истоптанный малышом. Дед замешкался, брызги попали на левый башмак, и он в ярости вскочил на ноги с криком:

— Эй, что вы делаете?

Старик не реагировал и продолжал свои садовые занятия. Рыжеватые пятнышки расползлись по белой парусине и стали заметны даже близорукому деду с высоты его роста.

— Вы что, ослепли? — заорал дед.

Увидев, что старик, как ни в чем не бывало, перешел к поливке клумбы, дед шагнул за ним и пустил в ход проклятия на всех известных ему языках. — *Merde*! — шипел он, — шоб вам повылазило! —

Сев на корточки спиной к нему, старик принялся разрыхлять совком землю клумбы, явно игнорируя деда и его драму.

— Осла́! — в отчаянии крикнул дед, ломая язык, как папиросник — мальчишка.

Садовник не реагировал. Дед злобно пробормотал: — *espéce d'imbecile*, ишак…, — и направился вон из скверика. Старик неожиданно распрямился как стальная пружина, одним прыжком догнал деда и с криком: — Чо сказал?! — встал на его пути.

— Чо сказал? — тяжело дыша, повторил он.

— Что слышал! — отрезал дед, несколько, впрочем, заробев, и двинулся дальше. Но старик снова обогнал его и выставил перед его животом остро заточенный совок.

— Милиция! На помощь! — в страхе закричал дед. Под грибком очнулся разомлевший милиционер и лениво окликнул старика по-узбекски, но тот вместо ответа приставил совок к шее деда со словами: — Ма́му твоя ишак!

Дед отпихнул старика тростью, уже ничего не слыша от страха — и дал деру, но тут же был чуть не сбит с ног толпой выбегавших из здания служащих Академии. Ему что-то кричали бегущие навстречу, но дед, никого не слушая, пробивался против течения ко входу, сильно работая локтями. Сначала у него вышибли из рук палку, потом полетели на пол очки. Дед пришел в себя только оказавшись один посреди темноватого просторного вестибюля. Последней пробежала мимо, стуча, как лошадь по полу своими деревянными танкетками, какая-то полная дама. Она вопила, не переставая: — Уходим все! быстро все уходим! уже ушли!...

Тяжелые двери за ней закрылись, наступила гулкая тишина.

Дед попытался разглядеть на полу свои стекла, но желтые и черные керамические плитки сливались в мутные пятна; на одно из них наступив, он почувствовал слабый хруст, выругался — *merde*!, наклонился — и тут же заметил поодаль очки, уцелевшие чудом. Напялив их, он вернул себе, наконец, способность видеть и посмотрел, куда он наступил. Потом оглянулся, увидел у входа свободное кресло вахтера, пошел к нему на негнущихся ногах, оперся ладонями о подлокотники. И упал, вернее, мягко *осел* — в обморок.

Своей толстой желтой подошвой он случайно наступил на здоровенного паука-каракурта. Это из-за него в ужасе бежали из здания все служащие президиума Военно-Медицинской академии.

Уже умирая, мужественное создание попыталось отомстить за свою гибель и кольнуло доктора в кончик указательного, не проткнув, впрочем, даже и надкожницы...

На этом происшествии, собственно, можно было бы и закончить историю о вспышке холеры, побежденной героем-доктором с помощью железной руки НКВД и ультрафиолетового излучения, если б не любопытная цепь событий, развернувшаяся непосредственно вслед за тем — и позже.

ПОСЛЕДОВАВШАЯ ЦЕПЬ СОБЫТИЙ

А произошло вот что.

Едва получив награду «За трудовую доблесть», доктор стал проситься на фронт, в действующую армию. С доблестью это имело мало общего, напротив. Дед стал мрачным, начал каждые полчаса проверять свой белый китель, выворачивать карманы брюк, требовал, чтобы его рабочий халат меняли дважды в день. Ему все больше хотелось любым способом убраться подальше от ядовитых гадов, загрязненных арыков и жары Средней Азии. Он регулярно подавал заявления *по инстанциям*, но их не принимали всерьез.

Никто не мог представить, что признанный всеми успешный инфекционист, разменявши шестой десяток, мог в здравом уме желать перевода из глубокого тыла в район боевых действий. Понимала это одна только докторша, но сочувствуя деду, она лишь молча вздыхала; зная его, помощь при этом не предлагала, боясь нарваться на резкость.

В городе, между тем, настроение ничуть не улучшалось, несмотря на то что опасность эпидемии миновала. Виной тому были скверные известия о положении на фронтах.

Летнее наступление немцев набирало силу, и на улицах все чаще слышались горестные вопли женщин. Стали бояться получения писем. Почта могла принести извещение о гибели близкого человека — мужа или любимого сына.

Докторшу в эти дни часто видели в необычной компании, распивающей по утрам чай под тощим ореховым деревом у входа в их дом. Полуприкрыв глаза, она о чем-то перешептывалась с двумя почтенного вида старцами, из которых один носил чалму, другой — тюбетейку, но зато не расставался с книгой в толстом кожаном переплете.

Когда ей переводили записанные арабской вязью строчки из книги, бабка сосредоточенно слушала; иногда отмечала что-то в своём маленьком блокноте. Старинные тексты читал вслух нараспев Акбар-ходжа, седобородый имам местной мечети, а переводил его друг, краевед Каюмов, хранитель рукописей Исторического музея.

К десяти часам жара обычно становилась невыносимой, но от предложений подняться наверх в квартиру мужчины решительно отказывались. И как ни приглашал их вечно спешивший куда-то доктор, ему вежливо, но твердо объясняли, что традиция не допускает посещение дома замужней женщины в отсутствие главы семьи. К докторше же её гости обращались не иначе как Докторша-*хонум*.

Дед поощрял эти чаепития, подозревая, что колдунья затевает какие-то магические действия ему в помощь, хотя она клялась, что к подавлению вспышек холеры ни малейшего отношения не имела. Он, однако, знал, что жена участвовала в составлении письма на имя какого-то высокого московского начальства, в котором предлагались меры против зловещих слухов, пересудов и волнений жителей Самарканда.

Однажды она попросила доктора принести ей с работы в пузырьке немного чистой камфоры.

Прошение передали в Москву в июле через племянника Каюмова, кинооператора, но перед тем вся компания посетила раскопки мавзолея и там, на месте, официальную бумагу окурили особым зельем — камфорой, смолами и розовым маслом — подожженным бабкой в старинном блюдце китайского фарфора. Доктор знал, что весь жаркий период *саратон* отправители терпеливо ожидали ответа из Москвы.

Пришел ли ответ, ему известно не было, но в октябре докторшу вместе с обоими стариками вызвали в крайком, и там в их присутствии состоялся разговор по прямому проводу с членами ГКО — Государственного комитета обороны. За ее деятельность докторшу благодарили, представили к ордену «Знак почета», домой привезли вечером на крайкомовской автомашине, и лишь войдя, она с порога сообщила деду, что страданиям его виден конец. Ей пообещали вернуть доктору прежнее назначение в санитарный поезд и разрешить выехать в прифронтовую полосу.

Деду такие новости пришлись как нельзя более по душе: он уже окончательно потерял сон. Каждую ночь ему везде виделись сколопендры, каракурты и всякие иные ядовитые существа. Он даже не стал расспрашивать жену о подробностях, боясь обнаружить в них нестыковки и убедиться в беспочвенности этих *полетов фантазии.*

Она и сама не спешила с объяснениями, ибо никакой фантазии не хватило бы, чтобы поверить в вызванные ею готовящиеся перемены.

С ВЫСОТЫ ПОЛЕТА ФАНТАЗИИ: ФАКТЫ

9 ноября, ровно через год и пять месяцев после вскрытия саркофага Тимура, в Самарканд прибыла правительственная делегация с останками всех эксгумированных Темуридов. Днем 20 ноября состоялось перезахоронение мощей самого Эмира Тимура с соблюдением всех почестей и древних мусульманских обычаев!

По городу немедленно понеслись слухи о том, что это могло быть сделано только с санкции Сталина; назывались и фантастические суммы затрат на церемонию, требовавшие утверждения на высшем всесоюзном уровне.

Тем же вечером, 20 ноября, сводка Совинформбюро известила слушателей о начале наступательных операций Красной армии в районах Ростова и Сталинграда. И уже на следующее утро радио сообщило, что двумя армиями Сталинградского фронта оборона противника была прорвана!

Докторша не переставала ворожить, поджигая какие-то местные ароматические травы, смолы и камфору.

Настроение в городе пошло вверх: новости с фронта стали приходить сначала обнадеживающие, а потом — и торжествующие. В тоне сводок все более и более ощущался перелом в военных действиях.

Почтальонов перестали пугаться и проклинать.

А доктор выехал в декабре с новым назначением в район междуречья Волги и Дона, и его *летучка* начала курсировать вдоль линий фронтов. Еще зимой в окруженных немецких частях вспыхнули желудочно-кишечные заболевания; тела убитых санитары не успевали убирать, и важно было до начала оттепели не допустить распространения болезней среди наступающих частей Красной армии.

В тряском холодном вагоне под непрерывными обстрелами дед по необъяснимой причине работал уверенно и спокойно, чувствуя себя более на месте, чем в Самарканде. Возможно ему казалось, что питавшиеся трупами фронтовые крысы, тифозные вши и госпитальные клопы представляли для человека меньшую опасность, чем НКВД и ядовитые насекомые Средней Азии. По рекомендации доктора даже в подвалах разрушенного Сталинграда продолжалось производство противохолерной вакцины.

Такой период спокойной и продуктивной работы доктора длился недолго. В январе его поезд, шедший с питательным раствором в Сталинград, был разнесен в щепы тремя прямыми попаданиями. Бо́льшая часть персонала, укрывавшаяся от налета под вагонами, погибла. Дед же замешкался, и его выбросило ударной волной со ступенек вагона прямо в сугробы вдоль полотна; он отделался переломами двух ребер, ключицы и временной потерей слуха и зрения.

Так, по иронии судьбы, он снова попал в Узбекистан, в ташкентский эвакогоспиталь.

Деду повезло вдвойне: в Ташкент был тогда эвакуирован Институт Глазных болезней во главе с самим Филатовым. К концу 1944-го под наблюдением знаменитого окулиста деду полностью восстановили зрение. А его ученики вдобавок удалили еще и катаракту на обоих глазах; он стал видеть не хуже прежнего — и такой, относительно легкой ценою для него и закончилась страшная война!

РЕЦИДИВЫ ФОБИИ

Уже вернувшись в Киев из эвакуации, восстановив полностью и слух, дед все еще несколько лет испытывал приступы арахнофобии; он требовал от жены каждый день проверять балкон, не раскинул ли там, часом, свою сеть невиннейший местный *крестовик*, и даже упрекал ее, что она не хочет заговорами избавить их подоконник от крошечных паучков-мухоловов.

Однажды ей это надоело, и она посоветовала деду оставить ее в покое и самому успокоиться.

— Не ты ли меня учил, — спросила докторша: — кому суждено быть повешенным, тот не утонет. Пока у тебя есть я, с чего бы тебе бояться *черной вдовы*?

Что мог на это возразить мой дед, убежденный вольтерьянец, агностик и детерминист? Он рассмеялся и обнял свою рыжую ведьму, одобрительно выкрикнув:

— *Toucher!*

Часть третья

ВОЙНА МЫШЕЙ И ЛЯГУШЕК

(БАТРАХОМЕОМАХИЯ)

ДВА ЛЕГКИХ ГОДА ПОСЛЕ ВОЙНЫ

Послевоенные годы оказались легкими, почти счастливыми для доктора и его жены. Словно сама удача улыбнулась им по возвращении домой в Киев. Прежде всего, удалось получить назад свое довоенное жилье — что было почти невероятно в обескровленном разрушенном городе. Разумеется, получили они его не целиком, но жаловаться не приходилось: многим вернувшимся из эвакуации вообще негде было головы преклонить.

В результате двух уплотнений и фанерной перегородки семье досталась длинная и узкая, как кишка, часть большой комнаты с высоченным лепным потолком и крюком от бесследно исчезнувшей люстры. Зато в конце комнаты вместо окна были двери на балкон, а у самого входа висел давно замолкший телефон, еще до войны поставленный деду как врачу правительственной клиники. Аппарат побоялись тронуть даже жильцы, самовольно въезжавшие туда в военное время: как-никак это была государственная собственность!

Соседи доктора, семья Скрипченко — оказались людьми порядочными: они сразу же вернули деду его в спешке не сданный в милицию радиоприемник «СВД-М». По словам соседей, приемник они присвоили по недоразумению, будучи уверенными, что доктор с женой на второй день войны были арестованы — а если даже и выпущены позже — то уж наверняка должны были потом исчезнуть в Бабьем Яру: с чего ж тогда добру пропадать...

Телефонную линию быстро восстановили и мертвый аппарат ожил. К нему сразу установилась очередь из жильцов: после девяти вечера по служебной линии дозволялось делать *исходящие* частные звонки, а у бабки не хватало духу отказывать в просьбах соседям — *звякнуть больной племяннице, и только на секундочку!*

В квартире при этом еще долго не было газа, на кухне рядами стояли примусы и керосинки, а дверь в ванную комнату была постоянно заперта из-за дыры от снаряда в стене — но зимой там хорошо сохранялись картошка и лук, и раз в месяц дверь тогда отпирали. Уборная, впрочем, была в полном порядке, и ею непрерывно пользовались шесть семейств, всего — двадцать семь человек, которых приютила эта квартира, где до революции проживали молодой бездетный адвокат с женой да их горничная.

Первые полгода дед не ходил на службу. Он находился *на излечении*, пока в ушах ослабевал шум и медленно отступала глухота. Зато почти каждый месяц ему присылали небольшое пособие и... медали. Оказалось, что пока в глазной клинике пересаживали деду роговицу, он был представлен к еще нескольким наградам и двум почетным грамотам. За них тоже полагалась доплата к пенсии. Сами медали не выдавали тогда *за отутствием знаков*, но в конце войны с немцами их завезли в Киев с избытком, и военкомат доставлял их выздоравливавшим раненым прямо на дом.

Но самое главное, в сентябре, после капитуляции Японии и официального окончания военных действий, клиника доктора вышла, наконец, из подчинения НКВД и вновь перешла в ведение Лечсанупра! Дед никогда не забывал совета покойной княжны Гедройц держаться от органов как можно подальше — как от их окриков, так и от их похвал: для того ведь и отпросился он из Самарканда в Действующую армию.

Две из его медалей: за Сталинград и за Ростов первое время после войны оказывали магическое действие. По демобилизации деда тут же *без малейшей загвоздки* восстановили в предвоенной должности, а пока к нему возвращался слух, на его место специально пригласили *временно исполняющего обязанности* завотделением, или сокращенно — *ВРИО*.

Совсем без загвоздки, впрочем, не обошлось. Когда к концу года доктор Гольдберг смог, наконец, выйти на работу, выяснилось, что *временно исполняющему* его должность так понравилась, что он не захотел ее оставлять. ВРИО, молодой выдвиженец по партийной линии, значился *перспективным*, и на работу взят был с ведома и одобрения НКВД. Однако в анкетах ему приходилось указывать: образование — *н/з высшее*, незаконченное, и лечащим врачом он пока быть не мог, так как клиника к тому времени подчинялась уже не органам, а чисто медицинскому Управлению со своими правилами.

Ситуация создалась, прямо сказать, деликатная, но она неожиданно разрешилась к общему удовлетворению. По совету жены доктор быстро согласился на гораздо скромнее оплачиваемую должность *зама*: это позволяло ему больше заниматься своим делом и меньше — писаниной. А принимать на себя обязательства к пленуму, искоренять вредные тенденции и докладывать о достижениях на торжественных вечерах — оставить на долю своего молодого заведующего, чему тот тоже был несказанно рад. Такой симбиоз постепенно развился в настоящую взаимную симпатию: выдвиженец оставался простоватым добродушным деревенским парнем — когда, разумеется, ничто не угрожало его карьере.

В этой счастливой гармонии пролетели у деда в клинике почти два года.

Неприятности пришли, откуда никто их не мог ожидать, но об этом — ниже.

ЦАРСКИЙ ПОДАРОК И ЕГО ПОСЛЕДСТВИЯ

Несмотря на все признаки старорежимного консерватора: трость, пенсне и карманные часы «Мозер» на ремешке, дед с юности питал слабость ко всяческим новинкам в быту. Задолго до войны он купил для бабки электроутюг и неудобный в пользовании электрочайник, в котором упрямо кипятил воду для бритья и даже заваривал свой кофе!

Одним из первых он приобрел и приемник «СВД-М» на американских лампах, и ночами слушал музыку и французские передачи на коротких волнах.

Но, самое главное, дома у деда появился первый в городе — а то и в республике — телевизор: *Т-1*!

Разумеется, еще и до войны в квартирах у высших *ответработников* в Киеве стояли разного типа громоздкие шкафы *дальновидения* с круглыми глазкáми или крошечными окошками, но ими никто не пользовался, так как регулярных передач до войны не было.

Но вот однажды пациентка деда, ответственный работник по имени Вера Игнатьевна, пожелала отблагодарить доктора за успешное избавление от мучившего ее недуга. Она заказала для деда в подарок телевизор! До конца недели, сообщила она, опытную партию, прибывшую из Москвы, должны наладить на заводе «Маяк», и как только доведут до кондиций, телевизор доставят доктору на дом, установят антенну и настроят на прием первых передач.

Это был царский подарок! История не упоминает, от какого именно недуга доктор исцелил ответственную Веру Игнатьевну, но уже в понедельник рабочие подняли на крыше его дома здоровенную мачту с поперечиной в виде буквы Т, от нее протянули вниз на два этажа синий, пахнущий карболкой кабель и подключили его к дедовскому телеприемнику. Экран засветился голубым, по нему заплясали косые поперечные полосы, запел сигнал звуковой настройки, и вдруг среди шума на экране появилось круглое лицо симпатичной девушки, и она вполне отчетливо произнесла: *«Добрий вечір, шановні радіоглядачи».*

Дед с бабкой сначала растерялись, а потом глянули друг на друга и, не сговариваясь, начали громко аплодировать. Кровельщик и двое чумазых его помощников приняли это на свой счет и стояли молча, переминаясь с ноги на ногу.

— Ой, да, да, да, да, да — конечно! — воскликнула бабка и, найдя кошелек, достала оттуда чаевые — по десять рублей каждому. Кровельщику, кроме того, она набила карманы еще и теплыми яблоками: бабка знала, что у него была куча детей.

Месяц спустя узкая и длинная комната доктора уже служила по вечерам театром для всей его коммунальной квартиры. Обеденный стол сдвигали к стене и вдоль комнаты ставили один за другим стулья. Каждый сосед занимал свое место в рядах; некоторые приходили с собственным табуретом. В дальнем углу на особом столике стоял телевизор с экраном размером с почтовую открытку. Всего вдоль комнаты-кишки получалось восемь рядов — по одному стулу; была и своя галерка, два стоячих места у самого входа. К началу передач соседи сходились уже без предупреждения, будто купив билеты, и рассаживались по местам. Первый ряд, то есть стул, был резервирован для Герты Карловны, переводчицы при военнопленных, галерку же занимали две ее огромного роста дочери, Ната и Катя. Утомленная службой Герта Карловна в девять уходила спать; освобождалось ее место и в порядке очереди оно доставалось другим зрителям. Линзу дед намеренно не использовал, ибо с ее помощью экран увеличивался, и тогда бы пришлось до ночи держать дверь открытой, чтобы из коридора телевизор могла смотреть и многочисленная семья Скрипченко, позже других ложившаяся спать. Малый же размер экрана предполагал и ограниченность аудитории.

Однажды на такое шоу случайно попал ординатор доктора по фамилии Петлюк. Деду нездоровилось, он не ходил в клинику, и в конце дня ему на дом прислали срочные бумаги на подпись. Бабка, разумеется, пригласила посланца отужинать. Гость засиделся, принесли десерт и коньяку к кофе, а там, незаметно подошло и время телепередач. Чтобы гостю можно было тоже посмотреть передачу, его, к неудовольствию остальных зрителей, посадили вне очереди в первый ряд, когда Герта Карловна ушла спать. В тот вечер транслировали целиком оперу «Наталка-Полтавка» в трех действиях; как и всё тогда, ее передавали вживую прямо из театра, и зрители разошлись поздно, почти за полночь.

ВЫЯВЛЕНИЕ ОПАСНЫХ ТЕНДЕНЦИЙ В СВОИХ РЯДАХ

В конце года в клинике объявили о собрании всего медперсонала. На повестке стоял доклад о борьбе с *космополитизмом* и низкопоклонством перед Западом. Задачей было выявить эти пагубные веяния и дать им отпор. Непривычное слово *кос-мо-по-лит-изм* требовало подробного разъяснения его смысла — и опасности его вредного влияния на общество. После доклада медперсонал единогласно принял решение: космополитов — осудить, а в ответ еще более повысить бдительность и качество медобслуживания. А также организовать коллективный поход в театр на пьесу «За горизонтом», обличавшую американских поджигателей войны. Резолюцию утвердили единогласно, собрание разошлось; казалось, ничто не предвещало беды.

Однако кому-то *наверху* мероприятие показалось *политической беспечностью* и *ротозейством*, и на следующую неделю назначили открытое партийное собрание клиники, на этот раз с участием и под наблюдением инструктора Горкома. Приглашались все желающие; на такое приглашение не отозваться было уже небезопасно.

Как выяснилось, единогласного признания вреда космополитизма оказалось мало: требовалось обнаружить его *у себя* и выявить носителей. Началась паника, принялись лихорадочно искать космополитов в своих рядах.

Перед началом собрания ВРИО, весьма дороживший работой с дедом, отозвал его в сторонку и предупредил, что к нему собираются предъявить *претензию*. Начальник просил, чтобы дед без лишних слов ее признал — и тогда дело ограничится общественным порицанием, самокритику его учтут, а вскоре и вовсе об этом позабудут.

Претензия заключалась в следующем.

С гимназических лет, занимаясь любой скучной работой, дед привык напевать себе под нос какую-нибудь песенку — иногда перевирая слова и подставляя к ней свои собственные, либо просто мурлыча в такт — ти-тата-ти-та…

Как-то в конце рабочего дня, заполняя бесконечные отчеты по статистике, дед как обычно мычал себе под нос какую-то мелодию. Кто-то из сослуживцев, подслушав это, обратил внимание на ее непривычно игривые звуки.

На собрании доктора спросили, что именно он напевал — он ответил, что точно не помнит, у него это получается непроизвольно, но скорее всего это мог быть менуэт Боккерини.

Инструктор горкома поинтересовался, отчего при всем многообразии советских музыкальных радиопрограмм, доктору запала в память именно эта иностранная мелодия. На этот вопрос доктор сразу ответить не мог: Боккерини, казалось ему, он привык напевать еще с детства.

Тогда инструктор спросил деда, не настало ли время всем нам перерасти детские привычки и открыть для себя великое русское музыкальное искусство. Дед покраснел.

Зная его строптивую натуру, собрание настороженно притихло; в воздухе запахло жареным.

Помня просьбу ВРИО, дед, по его словам, пробовал *вяло отбрехиваться pro forma*, но вскоре покаялся и пообещал товарищам по работе: А) — напевать потише, и Б) — вместо иностранного *менуэта Боккерини* выбрать отечественный репертуар: популярную песню *Ах Самара-городок*, которая тоже ему очень нравилась: «**…неспокойная я — успокой ты меня!**» — *татати́-татата̀ — трата-ти́та-тата-та́!*

Постановили: самокритику доктора в целом принять, а в дело записать ему *общественное порицание*.

Слегка разочарованное таким мирным исходом, собрание уже приготовилось закругляться, когда под самый занавес поступило еще одно предложение, анонимное: *поставить на вид* давнему другу доктора, завлабу Порхунову его систематическое подчеркнутое *употребление иностранных названий реактивов* — вместо русских, принятых в обиходе и понятных даже младшему медперсоналу.

Анонимный член коллектива считал, что *potassium permanganate* и *sodium sulfate* вполне можно записывать русскими буквами, или, того лучше, употреблять знакомые всем русским людям названия *марганцовка* или *глауберова соль*.

Старик Порхунов перед коллективом извинился и пообещал принять замечания к сведению, заметив лишь, что до сих пор не считал латынь иностранным языком для медика.

— А это уж, смотря для какого медика, — улыбнувшись, инструктор поправил его.

Собравшиеся притихли; знакомый дух расправы снова пронесся в воздухе.

— Космополиты, дай им волю, они ведь и простую дистиллированную воду станут называть *аква дестиллята*, — щегольнул эрудицией инструктор.

— А то, глядишь, еще и *акуа вита* в магазине потребуют вместо водки! — с энтузиазмом неожиданно подхватил из зала доктор Гольдберг. — Но, среди нас, слава Богу, такие на водятся, нема дурных! Так что нашему коллективу космополитизм пока не грозит. — заключил он и удовлетворенно хмыкнул.

В зале тоже раздалось несколько смешков.

Что-то в ухмылке деда не понравилась инструктору Горкома; она показалась ему *наглой*. Он слегка покраснел, спросил, нет ли еще желающих высказаться и едва заметно кивнул кому-то в первых рядах.

Этим кем-то оказалось знакомое лицо. Ординатор Петлюк высказал пожелание добавить еще несколько штрихов к политическому портрету носителей вредных тенденций.

— Например, тот же завлаб Порхунов, — вспомнил он, — сегодня спрашивал в буфете папиросы «Норд» и французскую булку, хотя в ценнике булка давно уже значилась городской, а папиросы — «Севером». Да и сам ценник он назвал *прейс-курантом*!

Собрание встрепенулось и оживилось: кому-то, кажется, все же собирались *крепко дать по рукам*.

Упоминание о французской булке разозлило деда своей нелепостью, но он виду не подал, только еще раз ухмыльнулся себе под нос.

— А вот что касается доктора, — резко обернулся на его смешок ординатор, — так тот вообще русские слова ухитряется произносить с подчеркнуто иностранным акцентом: *«крЭм»*, говорит он, *«бЭж»*, *«тЭлевизор»* и даже... *«шофЭр»*! И это уже не так смешно!

С необычным для него миролюбием дед мягко возразил:

— Да полно вам, эти слова как раз нерусские, и я просто...

— Не русские?! — воскликнул Петлюк. — Слыхали? Оказывается, у нас теперь и телевизор, и шофер — они нерусские! Космополитов послушать — так они нам вообще ничего русского не оставят. У самих родины нету — и нас ее желают лишить!

В публике кто-то тихо ахнул. Наступила мертвая тишина. Это была лобовая атака на доктора, и общественность жаждала знать, кого сейчас нужно будет осудить и за что по этому поводу проголосовать.

КАК ПРАВИЛЬНО ПРОИЗНОСЯТСЯ СЛОВА

Пауза затягивалась и тяжелела. Представитель Горкома молчал, с видимым безразличием упершись взглядом в стол. Все ждали реакции доктора.

Тот поднялся со своего стула, и в самом дружелюбном тоне обратился к собранию:

— Виноват, мне только кажется несколько странным, что выговор мой критикует коллега, который и сам в простом (дед сделал едва заметную паузу) русском слове *пастеризация* делает ошибки — как в произношении, так и в написании. Самоё имя *ПАСТЕР* он пишет через «О», а произносит еще более странно, с «Ё» в конце, как бы рифмуя со словом «костёр».

Собрание разразилось смехом. Ординатор Петлюк был известен своей мучительной борьбой с непривычными именами: академика Ларису Водовоз он как-то встретил словами: «Приветствуем вас, товарищ Водолаз», а эндокринолога Когана-Ясного звал не иначе, как «Ясень-Когань».

Но Петлюк сейчас шутить не собирался, и перекрывая шум, он закричал:

— Клевета! Вы ответите за оскорбления, вы по близорукости приняли в записях мои «А» за «О». А произношу я имя ученого, следуя правилам нашей советской фонетики! Но вот вы-то, коллега, как раз и корежите это великое имя на иностранный лад!

Тут уж не выдержал старик Порхунов:

— Не порите чушь! Доктор проходил практику в институте Пастера, и не вам его учить! А ваши ошибки видны и без очков: вот заявка в лабораторию! — С этими словами Порхунов вытащил из потертого портфеля мелко исписанный листок бумаги. Он поднял его над головой, и все увидели несколько овалов, сделанных на нем красным карандашом.

— Это ваши слова обведены, «пОстИризация» — в двух местах, так что это не случайная описка. А вот и фамилия Пастер — в трех местах и везде через «О», так что близорукость здесь ни при чем! Могу показать всем: ПОстер!

— Здесь обсуждают произношение, а не письмо, прекратите изворачиваться! — перекрывая веселый шум, взвизгнул Петлюк, вспотевший от злости. — Я произношу эту фамилию верно, следуя утвержденным правилам русского языка! А доктор Гольдберг намеренно подчеркивает ее иноземное происхождение, и чего именно он хочет этим добиться — стоит выяснить!

— Я ничего не хочу этим добиться! — доктору поневоле пришлось из-за шума повысить голос. — Именно так произносит это имя любой образованный человек.

— Намек понят! За это оскорбление вам тоже придется ответить, Гольдберг. Я этого так не собираюсь оставить!

Шум утих, все ожидали слова от председательствующего. ВРИО привстал с кресла, заметно озадаченный. Глаза его растерянно округлились, и он задал собранию вопрос:

— Так как же, товарищи все же верно будет поступить? — нам следует решить здесь... Председатель задумался на секунду, напрягся, лицо его просветлело, и он внес предложение: — Я лично считаю вот что: это коллектив должен поставить на голосование, как произносить имя *великого русского ученого Пастера*...

Последнее слово потонуло в оглушительном взрыве хохота. Люди корчились, полезли под стулья, пожилая библиотекарша села на пол и, обняв скамью, плакала, раскачивалась от смеха.

Среди общего хаоса, инструктор Горкома забарабанил карандашом по графину с водой и зычным голосом объявил собрание на сегодня закрытым. Все участники приглашались продолжить его завтра в то же время, после обеденного перерыва с тем, чтобы проголосовать резолюцию.

ТОВАРИЩЕСКИЙ СУД

На следующий день собрание началось с объявления новостей. Инструктор сообщил, что за истекший период на адрес собрания поступила жалоба от одного из членов коллектива.

Последний требовал рассмотрения дела об издевательском тоне в товарищеской дискуссии, тоне недостойном советского врача. Потерпевший обвинял своего коллегу доктора Гольдберга в нанесении ему публичного оскорбления путем насмешек и намеков на безграмотность его речи.

В связи с этими новыми обстоятельствами собрание предлагалось продолжить уже в качестве товарищеского суда. А поскольку личные конфликты беспартийных не входят в компетенцию Горкома, от профсоюзов пригласить на суд Громыко Веру Игнатьевну, депутата Верховного совета.

Однако прежде всего для суда требовалось присутствие обвиняемого.

Срочно послали за доктором, на собрание не явившимся. Его вызвался привести сам председатель, ВРИО. Он нашел доктора этажом выше, в кабинете; тот заканчивал осмотр пациента, хотя с утра висело объявление, что вечерний прием переносится на другой день. Доктор сослался на экстренность случая, хотя его явно не тянуло вообще продолжать вчерашнюю склоку; он считал ее глупым и гнусным фарсом. Председатель, не дослушав, подхватил упрямого доктора под руку и почти насильно вытащил из кабинета. Весь путь в конференц-зал он нашептывал доктору доводы прямо в ухо, убеждая поскорее принести извинения обиженному и безоговорочно перед ним капитулировать, признать все ошибки.

— Ты-ить не знаешь его, доктор, с ним — не надо того-этого! Я и сам его боюсь: я-то выдвиженец — и все, а он-ить *назначенец*, сукин сын. Я ж только о тебе беспокоюсь, так не чинися, не надо сейчас!

Доктор молчал, но шаг ускорил и слова ВРИО мотал на ус. Опыт прошлых лет подсказывал, что глупый фарс легко оборачивается крупными неприятностями, может стать фарсом кровавым, шуткой с плохим концом...

Поэтому, едва появившись в зале, дед попросил слова. Он заявил, что просит извинения у младшего коллеги, если тот счел его тон обидным, и заверяет коллектив, что стоит за то, чтобы каждый произносил любые слова, как ему будет удобно. Он надеется, что на этом ненужная перепалка завершится, и все собравшиеся смогут, наконец, вернуться к работе.

Но ординатора вовсе не устраивала такая, по его словам, жалкая попытка *легко отделаться*. Петлюк поднялся на сцену и, обращаясь к сидевшим за столом судьям, сказал дрожащим от страстной справедливости голосом: «Товарищи, пострадал здесь не я! Пострадала принципиальность и непримиримость наша!»

Доктор заметил, что на сцене не было почти никого из лечащих врачей отделения. Большинство из них было пожилыми евреями. Профессор Коган-Ясный, самый осторожный из всех, утром позвонил сообщить, что ложится в больницу.

У всех вдруг начались обострения колита и приступы тахикардии, подумал доктор, стараясь не улыбаться. Один лишь Саша Лебедев, пульмонолог, сидел, опустив голову, погруженный в какую-то бумажку — и даже по его блестевшей под лампами лысине было видно, что за происходящее ему мучительно стыдно. Рядом с ним неподвижно восседала ответственная Вера Игнатьевна, закованная в свой пиджак стального цвета с депутатским флажком на лацкане; она смотрела прямо перед собой поверх голов, стараясь не встречаться взглядом ни с кем из присутствующих.

Петлюк между тем настаивал, что вопрос стоит не о личном споре, но о борьбе с иностранщиной и поклонением ей! Он категорически не согласен с доктором Гольдбергом, и не считает, что каждый волен произносить имена и слова, как кому в голову взбредет! Ординатор напомнил собравшимся, что по гениальному определению нашего Вождя, язык — это то же оружие, и важно, чтобы он служил нам, а не врагу. Поэтому слова следует произносить не как Бог на душу положит, но в свете правил и норм, установленных советской наукой. И он, Петлюк, старался честно этому следовать, в то время как доктор Гольдберг пытался над ним издеваться и оскорбительно хихикал. А сам при этом произносит слова вызывающе на иностранный манер, кичась таким образом своей нерусской степенью!

— Помилуйте, ординатор, я получал ее в Казани, — с места возразил доктор.

— Неубедительно! Степень вам вручали в Казани, а обучались-то вы за границей — и давно уж пора научиться разговаривать как положено, а не так, как приучали вас там, за кордоном.

Удивляясь собственному терпению, дед добродушно пробасил:

— Всё — сдаюсь! Обещаю исправиться. Но скажите, отчего вы считаете, что именно вам, медику, а не лингвисту, известно, как *положено* произносить иностранные имена, и как — нет?

На этот вопрос ординатор ответил не доктору, а судьям, с гордостью:

— Оттого, что я иду в ногу со временем! — сказал он, и в глазах его сверкнул победный огонек. — Прошу разрешить представить вниманию суда важный документ.

Суд разрешил, и Петлюк высоко над головой поднял темно-синий том с серебряной тисненой надписью на обложке: — Вот!

— Что это — учебник? Грамматика? — поинтересовался ВРИО.

— Да нет, кое-что посерьезнее, — ответил ординатор. — Малая Советская энциклопедия. Том шестой. Раскрываем на странице триста сорок шесть и находим — он зашелестел страницами — вот! Нужное слово. Прошу суд ознакомиться, там закладка.

Книгу за столом начали передавать из рук в руки — один лишь инструктор Горкома жестом отказался взглянуть. Остальные начали внимательно *ознакамливаться*; двое судей-пенсионеров даже шевелили при этом губами.

— А теперь прошу суд передать данный том доктору Гольдбергу и попросить его прочесть отчеркнутое там слово!

Получив раскрытую книгу, доктор поправил пенсне и увидел нужное слово. Черным по белому жирным шрифтом там было напечатано: **ПАСТЁР, Луи (1822–1895), великий франц. биолог...** — далее доктор уже не читал, сомнений быть не могло.

— Прочли? — спросил ординатор.

— Прочел, — был ответ, — но позвольте...

— Да нет уж, теперь не позволю! — Петлюк торжествовал; он повернулся к доктору спиной и обратился к судьям. — Теперь я прошу суд призвать доктора извиниться за свое упрямое невежество передо мной и коллективом. Я готов извинения принять, если доктор Гольдберг пообещает впредь следовать нормам родного нам русского, а не чужого языка.

Инструктор встал и внес предложение выслушать доктора Гольдберга. Прежде всего он попросил доктора произнести имя ученого так, как обычно он это делал.

— Извольте: *Пастэр*, — сказал доктор и прибавил: — И кажется, мне не за что больше извиняться: я уже попросил прощения у младшего коллеги за свое неуместное внимание к маловажным вопросам.

— Собираетесь ли вы и впредь именно так произносить это имя? — спросил инструктор.

— Разумеется, — ответил доктор. — как делал всю жизнь. Даже и к вдове его я так обращался: мадам Пастэр...

— И будете продолжать, даже зная по этому вопросу мнение Малой Советской Энциклопедии? — не унимался инструктор.

— О да, будь это мнение даже Большой Советской Энциклопедии.

— Значит, по-вашему, там в редколлегии могут — что? тоже невежды сидеть?

— Разумеется могут, да еще какие! Вон в газетах пишут, обскуранты и *игнорамусы* и выше гораздо пробираются — куда угодно!

— Предлагаю объявить перерыв на десять минут, — вмешался ВРИО. — Дадим доктору время подумать. Пусть выйдет в коридор, придет в себя, успокоится, подумает хорошенько — а тогда уж его и выслушаем.

ВОПРЕКИ АВТОРИТЕТУ
МАЛОЙ СОВЕТСКОЙ ЭНЦИКЛОПЕДИИ

Доктор постучал в дверь раньше, чем ожидалось — уже через несколько минут.

— Ну что, подумали? — спросил ВРИО с надеждой.

— Да, пожалуй... Видно большинство не переспоришь... — вздохнул дед.

— То есть, коллектив всегда прав? — кинул ему подсказку ВРИО.

— Да, конечно, конечно прав, — согласился дед. — хорошо, что энциклопедии учат нас, что́ считать правильным; и пусть люди, если надо, произносят не крЭм, а криЕм, и не шофЭр, а шофЁр и даже шОфир, нравится мне это или нет — пусть будет так.., —

Но тут вдруг, совершенно для себя неожиданно, дед закричал, срываясь на фальцет:

— ...Но никогда, слышите, никогда ПастЭр не станет *ПастЁром*! Как и ВольтЭр — не будет *ВольтЁром*, и ФлобЭр — ни за что не будет *ФлобЁром*, слышите? И никакие коллективы, никакие энциклопедии ничего с этим не смогут поделать!

Он на миг перевел дыхание, и когда вернулся голос, загремел уже своим басом:

— И вообще я протестую! Я требую прекратить **БАТРАХОМЕОМАХИЮ**, эти споры ни о чем, и вернуться, наконец, на рабочие места к своим пациентам, *са́перлипапе́т*!

Ледяная пауза наступив, кажется, длилась вечность.

— Не могли бы вы, доктор, пояснить собранию значение иностранных выражений, только что вами употребленных? — с милицейски-ледяной вежливостью спросил наконец инструктор. — Я, конечно, извиняюсь, за нашу серость. —

— Да не знаю я его значения, но всему Киеву известно это междометие: *сапперлипапет!* означает удивление или досаду, возможно от французского, ...Ну, к примеру, как если бы вы поскользнулись или вступили в собачье дерь...

— Хорошо, хорошо, понятно. Но там было еще одно слово: вы требовали перестать барахте́ть... бара́хтать... — это доктор, что, — тоже по-французски?

— Ах это? Нет, это древнегреческий: *борьба мышей и лягушек*. Это когда спор превращают в полемику и даже яростную схватку по любому ничтожному поводу. Да и полемика — тоже греческое слово, и означает оно войну. *Ба̀трахомеомахи́я*, это и есть война — дураков и бездельников!

— Так, спасибо! — громко прервал доктора инструктор и встал со стула. — Что ж, товарищи, мне лично вопрос ясен. Публичные высказывания доктора выходят далеко за рамки товарищеского суда. Объявляю слушание закрытым. Предлагаю дать делу дальнейший ход и передать протокол заседания в соответствующие органы.

Не дослушав, пульмонолог Лебедев автоматически поднял руку, глядя в стол и не дожидаясь приглашения голосовать.

Ординатор Петлюк закричал в зал:

— Да, и пусть в органах учтут, что дома у Гольдберга обычный маковый рулет величают меж собой не иначе как *штрудель*! Да, да, именно так: *штрю-диль*!

Ответственная Вера Игнатьевна неожиданно легко повернулась всем своим могучим телом на стуле и, протянув руку через голову доктора Лебедева, постучала по плечу ВРИО. Тот встрепенулся и быстро привстал со своего места.

— Вношу встречное предложение, — громко заявил он. — Точнее, не предложение даже, но практически, уже решение.

Начавшая было пробираться к выходу, толпа неохотно вернулась на свои места.

— Полномочиями, возложенными на меня руководством клиники, объявляю доктора Гольдберга освобожденным от занимаемой должности, начиная (ВРИО посмотрел на часы) с шести тридцати сегодняшнего дня, то есть вечера. Основание: грубое нарушение Гольдбергом М. Э. этических норм поведения в коллективе, несовместимое с высоким званием врача Лечсанупра.

Инструктор Горкома кашлянул и стал, не мигая, глядеть в лицо ВРИО, но тот продолжал, делая вид что не замечает метаемых в него молний.

Вера Игнатьевна Громыко по-прежнему молча глядела перед собой, неподвижно, поверх голов публики.

— Со стороны профкома, — продолжал ВРИО, повернувшись к ней, — мое решение возражений не вызывает. И я уверен, что поддержит его и наш партийный актив. Готов выслушать и коллектив, чье мнение всегда ценно. Кто-то хочет высказаться, товарищи?

Безразличное молчание было ответом на его слова. Всем, особенно женщинам, давно уже хотелось в уборную, а потом — поскорее домой. Было поздний час, интерес к исходу дела напрочь иссяк. Покрывая гул нетерпения, завлаб Порхунов громко спросил:

— А что с его пенсией будет? Выслуга лет зачитывается, или как?

— Детали уточним в рабочем порядке. Да, что касается вас, Порхунов, вы также увольняетесь с должности завлаба — но с сохранением рабочего стажа. Жду вас завтра утром у себя — тогда и оформим все как положено. Еще вопросы?

Ответом было все то же молчание. Тогда обращаясь к доктору Гольдбергу уже совсем другим, нейтральным будничным голосом председатель спросил:

— Позволите проводить вас, доктор, в ваш кабинет? Хочу убедиться, что дела будут сданы с соблюдением правил и инструкций. Формальности, знаете, куда от них деться. Займет минут пятнадцать вашего времени, не больше.

— Разумеется, — в тон ему ответил доктор и поглядел на часы. — Пятнадцать минут. Прощальные формальности — по тридцать секунд за каждый год службы.

Проходя мимо инструктора, ВРИО заговорщически кивнул ему головой: мол, *хорошо, что вовремя исправили ошибки по засорению кадров, не правда ли?*

Инструктор чуть улыбнулся и кивнул в ответ — что на тайном, понятном обоим им языке номенклатуры означало:

— *Иванушкой не прикидывайся! Своих спасаешь? — я еще тебе это припомню, дружок...*

Доктор же, пробираясь ко входу сквозь толпу, вдруг ощутил, что кто-то пытается схватить его свободную от трости левую руку. Это был легочник Саша Лебедев, старый приятель. Поймав ладонь доктора, Саша сжал ее, на миг прижался к деду плечом, но тут же отвернулся, всхлипнул и пока никто не заметил, быстро вытер глаза носовым платком.

Сашу приглашали на все заседания как *представителя* старшего медперсонала: он был одним из немногих лечащих врачей клиники, носивших простую русскую фамилию — и она была *настоящей*, действительно записанной при рождении, а не псевдонимом.

Дед засмеялся. Он вспомнил, что в метрической записи у Саши было указано его полное имя: ***Аааарон-Ицко (он же Александер) Янкель-Зэльман-Зеликович Лебедев*** — и тот много лет скрывал эту запись так тщательно, что никому и в голову не пришло бы заподозрить в нем безродного космополита.

«МОГЛО БЫТЬ ГОРАЗДО ХУЖЕ…»

Оставшись в кабинете наедине с доктором, ВРИО, не зажигая свет, отошел к окну и в блокноте карандашом написал по-крестьянски крупно со множеством ненужных запятых: «Поезжай подальше, отдохни, тебе отпуск положен, месяц десять дней, мы на договор переведем и выслугу установим, и выходное пособие будет, дай страсти улечься». Дед долго вчитывался в полумраке в написанное — и мало, что поняв, сказал только:

— Хорошо.

ВРИО, выдрав листок, взял со стола резинку и тщательно стер все до последнего слова, а потом разорвал бумагу на мелкие клочки и сбросил их в контейнер с септическими отходами.

Узнав об увольнении деда, бабка, пожевав губами, задумчиво сказала:

— Что ж, обошлось… У меня были тяжелее предчувствия. И хуже могло быть, да, вполне могло…

— Ах, оставь уже со своими предчувствиями…

Дед был не на шутку расстроен, и хотел было ответить обычными резкостями на сочувствие жены, но она упрямо повторяла:

— Могло быть гораздо хуже! …и зав твой оказался вполне порядочным парнем.

— Нет-нет, это я повел себя глупо: пробовал игнорировать хамство, держался, держался — и вдруг на́ тебе… —

— Наоборот, это хорошо, что тебя прорвало, так правильно. Не то еще и инсульт бы хватил. Тебе нельзя быть иным, чем ты есть — только так можно жить и выжить.

— Перестань. Не пытайся подсластить мне пилюлю. Дали ногой под зад, как нашкодившей собачонке. Вышвырнули вон — и все тут.

— Я ничего не пытаюсь подсластить. А вот Вере Игнатьевне надо купить и послать коробку хороших конфет: она обожает горький шоколад. И чтоб не знала от кого.

— Это еще за что?

— За то. Я позвонила ей перед третьим собранием, просила туда приехать.

— Ты? Но зачем же?

— Над тобой готовили расправу. Она бы не допустила этого.

— Да она и слова там не промолвила! Сидела, делала вид, что ее это не касается.

— Пойди и выбери для нее коробку самых лучших дорогих конфет. И послать надо не позднее, чем завтра, ясно?

Когда бабка говорила таким тоном, дед научился не возражать. Он давно примирился с тем, что бывают моменты, когда его докторша, обычно такая легкая в быту, веселая и покладистая, повинуется неким силам, куда более властным, чем он сам.

ПУРИМ — ДО И ПОСЛЕ

(ОБРЫВКИ ВОСПОМИНАНИЙ)

Тьма сгущается перед рассветом...

Ниже помещенные записки — это случайно подслушанные реплики, намеки или уклончивые ответы старших на мои детские вопросы. Взрослые — по вполне понятным причинам, старались держать меня, восьмилетнего, в неведении, подальше от ужаса надвигающейся реальности. Лишь много позже, перечитывая старые газеты и перебирая в памяти разрозненные куски событий, я попробовал связать их в некое подобие последовательно развивающейся истории.

Остается надеяться, что она, эта история, явится в какой-то мере отражением давно прошедшего — но, на мой взгляд, не заслуживающего забвения отрезка времени, в котором жил, вернее, ухитрялся *выживать* доктор Гольдберг.

ПРЕРВАННЫЕ КАНИКУЛЫ

Он уже третий год как находился не у дел, когда я приехал к ним с бабкой на зимние каникулы. Я ходил в первый класс и очень гордился своим умением бегло читать любой текст, если он был написан печатными буквами. Письменные знаки давались мне хуже, а чистописание было чистым наказанием: палочки, крючки и кружочки налезали у меня друг на друга или разбегались в разные стороны.

Дед с бабкой жили на пенсию и надбавку его за ранения — этого хватало на жизнь с трудом, но принимать помощь от детей категорически отказывались. Это было против их правил: все должно было быть как раз наоборот. Поэтому каждый год меня и двоюродную сестру мою Людочку родители присылали из Москвы к ним в Киев на каникулы, и это было единственным способом поддержать стариков деньгами — под предлогом компенсации расходов на внуков.

Чтобы показать своим детям, что они не нуждаются, старики баловали нас, закармливали неслыханными деликатесами и осыпали подарками. Разумеется, нам обоим очень нравилось гостить в Киеве. Мы готовились к встрече Нового 1953-го года и гадали, кому какие подарки приготовили дед и бабка, и учли ли они при этом как наши прозрачные намеки, так и открытые вымогательства.

Однажды утром дед собрался покупать елку. Он уже стоял в дверях, когда затрещал телефон — доктора срочно вызывали к больному, и все планы пришлось отменить.

Появился дома он только следующим утром, усталый, невыспавшийся, так что разговоры о елке пришлось оставить. Дед положил на стол небольшой пакет, аккуратно перевязанный бечевкой, вымыл руки горячей водой и улегся спать.

А через два дня все мы — я, кузина Людочка, бабка и дед — были уже по дороге в Москву; в купе на четверых мы с Людочкой, разумеется, заняли верхние полки.

И вот, что нам удалось подслушать, когда ночью, уверенные что мы спим, дед с бабкой обсуждали вполголоса его срочный вызов.

ЭКСТРЕННЫЙ ВЫЗОВ

Деда, оказывается, вызвал для консультации его недруг, ординатор Петлюк. За доктором прислали черный, похожий на гроб ЗиС-101, и тот отвез его на *госдачу* в Пущу-Водицу. Поначалу дед наотрез отказывался ехать, зная, что его *допуск лечащего врача Лечсанупра* был аннулирован стараниями того же Петлюка. Но ординатор уверил доктора что речь идет не о нем, не о Петлюке и его врачебной репутации, но о жизни семнадцатилетнего юноши, его пациента. Дед выругался — *Ces résidents sont foutus! (Черт бы подрал всех ординаторов!)*, наскоро проверил содержимое своего старого саквояжа, и ворча, спустился к машине.

...Ему не понадобилось и пяти минут, чтобы установить диагноз: *анафилаксия*. Только *дуб* вроде Петлюка мог растеряться и впасть в панику — еще с порога дед услышал характерное свистящее дыхание мальчика и прежде всего срочно затребовал адреналин. Госдача была частью правительственного санатория, и спустя пять минут из главного корпуса уже выслали нужные ампулы. Пока ожидали их, Петлюк успел рассказать, что дал поначалу пациенту всего лишь две таблетки аспирина, приняв его покашливание за легкую простуду: пульс был слегка учащен, температура — нормальной.

Сразу же после таблеток, однако, начался сильный кашель, появились свистящие хрипы; парень стал с шумом выдыхать воздух, хотел подняться с кровати, но его не пускали; пытались дать от кашля микстуру, он вырывался, уронили на пол и разбили термометр. Кашель все усиливался, губы парня начали синеть.

Петлюк запаниковал — сначала он сам, потом, глядя на него, и Юра, его пациент, а после — и мать Юры. Заподозрив приступ крупозной пневмонии, Петлюк собирался дать кислород, а позже сделать инъекцию пенициллина, в который слепо и свято верил, как все начинающие медики, но прежде решил все же позвонить доктору Гольдбергу...

— Правильно решили. Давление как? Ниже нормы, конечно? — спросил доктор.

Вместо ответа ординатор смущенно кашлянул и вздохнул. Да-да, разумеется, он собирался сразу же измерить давление, но не успел еще: мешали непрерывные приступы кашля пациента...

— Насекомые не кусали недавно? Случайно не припомните? — спросил дед мать парня.

— Здесь, зимой? Нет, что вы, доктор.

Доктор вполне допускал, что в самом охраняемом санатории в республике вполне могли оказаться зимой и клопы, и тараканы, но счел нужным промолчать.

Получив адреналин и напомнив перепуганной матери, что здесь он всего лишь консультант, дед достал свою толстенную, весом в полтонны лупу, придирчиво проверил на пузырьке срок годности, сам ввел раствор — ноль-три, пол-кубика, смерил давление — оно, разумеется, было ниже нормального — и заметил время. Через десять минут он приподнял паренька на кровати, усадил и пододвинул ему табурет, чтобы можно было опереться руками о сиденье. Еще через несколько минут приступ пошел на убыль. Сделали второй укол — на этот раз делал его Петлюк, но и *бикс*, и стерилизованный шприц с иглой были дедовы собственные, привезенные им с собой: нема́ дурных!.. Юра улегся на подушки, стал засыпать, хотя через час приступ повторился, но уже заметно слабее. Мать умолила деда остаться на ночь — к ординатору родственники больше не обращались, даже старались не встречаться с ним взглядом.

В санатории был, разумеется, и свой главврач, и целый штат медперсонала, и дед спросил Петлюка, отчего к больному сразу не вызвали местных медиков. Замявшись, ординатор отвечал, что, когда ему ночью позвонили домой, это было первым, о чем и он спросил. Но семья парня требовала непременно врача из центральной клиники, и чтобы был *из своих*: оказалось, что фамилия санаторного пульмонолога была *Левинсон*. Доктор хмыкнул: представил себе эту семью, бдительную и политически зрелую, которая оказалась между наковальней Левинсона и молотом Гольдберга...

Клиника в Киеве начинала работать в шесть, в стационаре был пересменок, и Петлюк выехал сам прямо из дома, надеясь на легкий случай. Испугавшись сильных свистящих хрипов, он позвонил именно деду. В этом был свой расчет: в глазах коллег ординатору не хотелось выглядеть беспомощным паникером — а доктор Гольдберг давно уже был *вне игры*, на пенсии: он был лицом посторонним, и конечно, не стал бы мараться, занимаясь сплетнями или мелкими доносами.

Больной крепко спал, дыхание было ровным, легким; тон лица и губ потеплел, стал почти нормальным. Под самое утро мать парня вызвала доктора в полутемный коридор и сунула ему пухлый конверт в карман — за визит, *расписки не требуется*. Дед, не прикасаясь к нему, грубо потребовал, чтоб она сама, своими руками, немедленно вытащила конверт назад. Дело было не в бескорыстии: опыт научил его ни в какие отношения, кроме сугубо официальных, с *ответработниками* не вступать, а уж в денежные — и подавно.

Хватит с вас и тех страданий, едко заметил он матери, что пришлось довериться *космополиту безродному*, а не специалисту *из своих*, надежных.

— Простите им эту дикую глупость, доктор, — покраснев, возразила женщина, — но я здесь ни при чем. У отца мальчика другая семья, давно; мы никакого отношения к ней не имеем: меня просто попросили привезти сына на встречу с дедом — впервые за пять лет... И вообще, если на то пошло, меня зовут Эсфирь. Да-да — Эсфирь Наумовна Этингер.

— *Merde!* — хмыкнул доктор, — что ж, рад познакомиться. И... советую не оставлять с этим *своим* ординатором сына, ни на секунду.

— Этот свой уже по дороге домой. И будет об этом случае держать язык за зубами, в его же интересах... можете быть уверены.

Поколебавшись, женщина попросила доктора минутку подождать в коридоре, а потом зайти с ней в комнату напротив — там было совсем темно, так что даже человек с острым зрением ничего не смог бы увидеть. Он услышал, как отойдя вглубь комнаты, женщина что-то неразборчиво зашептала в темноте. Мужской скрипучий голос ответил ей:

— Понял, — а потом чуть громче, обратился к деду: — Спасибо, доктор, добро не забывается. И вот тебе наш совет: уезжай пока что из Киева. Как можно скорее: собирайся, бери семью и езжай — хоть на север, на Дальний Восток, чем подальше отсюда — только не в деревню, ни-ни, лучше в райцентр какой-нибудь, чтоб не высовываться... Погоди, не спрашивай ничего — мотай отсюда поскорее, потом поймешь, будешь благодарить. Все у меня, а сейчас тебе отдохнуть надо, отвезут к самому дому... Да, а гостинец наш, не обижай, возьми: это тебе к Новому году пригодится.

Мать мальчика наощупь нашла руку деда и вложила в нее небольшой, но увесистый пакет, перевязанный бечевкой.

Голос в темноте показался деду странно знакомым, будто где-то он уже слышал прежде эту характерную речь: с украинской мелодикой, но абсолютно твердыми русскими «Г» без намека на фрикативность...

ВСТРЕЧА СТАРОГО НОВОГО ГОДА

— В Москву! — самым решительным тоном заявила бабка, узнав от мужа о совете убираться подальше из Киева, — они правы, я и сама это чуяла уже давно — но только при чем тут восток или север? Только в Москву, к детям.

Дед давно научился следовать ее советам, когда жена говорила таким тоном, но на сей раз подумал, что ей изменил здравый смысл, и решил протестовать.

— Ты не поняла: идея в том, чтобы дать о себе забыть на какое-то время, исчезнуть — с глаз долой, в глушь. Какая уж там Москва!

— Это ты, боюсь, не совсем понял: ты и так не похож на других, а в глухом месте будешь вообще как белая ворона — предметом сплетен и разговоров. Правильно тебе сказали не езжать в село, но и в районном городке ты всегда будешь на виду. Ты ведь никогда не жил в провинции — а я росла там, я знаю...

— А Москва это — не на виду?..

— Москва — проходной двор, пойми, там мы сможем затеряться среди приезжих. А остановимся у детей, это ни у кого не вызовет вопросов: встречаем Новый год вместе, да и только...

Решили так: не отправлять детей в Москву с проводницей, а самим отвезти их к родителям, действительно встретить там Новый год и поглядеть, что дальше будет. Соседям сказать, что едут ненадолго, но не спешить. На крайний случай — в Челябинске жила племянница бабки, учительница пения Лена, — можно будет свалиться ей на голову без предупреждения, если никак уж не выйдет закрепиться в Москве.

Их дети — родители внуков — оба жили в столице; и у сына, и у дочери — моей матери — было по одной комнате в коммунальных квартирах. Но зато у дяди Яши была отличная двуспальная кровать, а у нас — широкая тахта. Если их уступить старикам, с помощью трех раскладушек всем вполне было можно размещаться на ночь. В памяти еще живы были трудности военных лет, так что теснота и неудобства никого не пугали.

Новый год по-настоящему отпраздновать не удалось, так как моя мать эти дни участвовала в новогодних представлениях — по три в день. Она *работала Снегурочкой* на елке для детей в Колонном зале и пришла поздно, полумертвая от усталости; отец мой был в отъезде, а у дяди Яши была ночная смена на химзаводе. Поэтому встретить решили *Старый Новый год*, но уж как следует, и двенадцатого числа всё семейство собралось у нас дома.

Мать премировали тремя кульками мандаринов — из новогодних подарков детям от Деда Мороза; развернули гостинец — привезенный стариками пакет: в нем оказалось полкило черной икры! Яша раздобыл несколько бутылок Советского шампанского, специально для деда сухого: иного он не пил, да и это сухое называл не иначе как *Абра́у-Дюрсо́*, уверяя, что шампанским можно называть только вино, сделанное в Шампани — таков международный закон! Мой отец еще помнил *абрашку*, эту старую крымскую марку, но мама сказала, что за такое странно звучащее название, да еще с еврейскими обертонами — Абрау! — сейчас вполне можно лишиться работы. Сама она давно уже сменила фамилию, и в программках фигурировала как Евгения *Ростова*, не то не видать бы ей было службы на сцене. Не объявлять же в самом деле: Снегурочка — Гольдберг! От такого у публики нынче глаза наливаются кровью, как от красной тряпки у быков. Хватит и того, что Дедом Морозом был у них *Готлиб Ронинсон*, для такой оказии временно ставший Игорем Морозовым.

Новогодняя встреча удалась на славу. А наутро после празднования принесли свежую газету с сообщением ТАСС, и причина загадочного совета убираться из Киева сразу же прояснилась.

НОВОГОДНИЙ СЮРПРИЗ

Правда. 1953, 13 января.

АРЕСТ ГРУППЫ ВРАЧЕЙ-ВРЕДИТЕЛЕЙ

Некоторое время тому назад органами Государственной безопасности была раскрыта террористическая группа врачей, ставивших своей целью путем вредительского лечения, сократить жизнь активным деятелям Советского Союза.

В числе участников этой террористической группы оказались: профессор Вовси М. С., врач-терапевт; профессор Виноградов В. Н., врач-терапевт; профессор Коган М. Б., врач-терапевт; профессор Коган Б. Б., врач-терапевт; профессор Егоров П. И., врач-терапевт; профессор Фельдман А. И., врач-отоларинголог; профессор Этингер Я. Г., врач-терапевт; профессор Гринштейн А. М., врач-невропатолог; Майоров Г. И., врач-терапевт.

Установлено, что они, являясь скрытыми врагами народа, осуществляли вредительское лечение больных и подрывали их здоровье...

Преступники признались...

— О да, разумеется, признались... как же иначе? — вздохнув, заметил дед и отложил газету. — Поди не признайся.

— Дай почитать, дед, — потянулся за ней я, — там еще много написано.

— Оставь. Тебе еще рано, — отрезал он тоном, не допускавшим возражений.

— Да–а... про женщин, чтоб раздевались под солнцем голыми — так не рано, а как «Правду» читать, так рано?

— Молчок! То Лафонтэн был, классика, а то — газета, глупости! *Merde!*

— Мося, что ты мелешь, ты хоть себя слышишь? — вмешалась бабушка, — Дай ребенку газету, пусть читает.

— Ах, оставь. Он дал мне слово давно уже, что никогда не будет врачом. Никогда! Верно я говорю?

— Верно, — мрачно признал я, — теперь я уже точно решил: буду вахтером.

— Кем?

— Вахтером, баба. Ему положен наган. И если уж ему кто не понравится, он тому все запретит и никуда не пропустит! — сказал я и схватил газету.

ПОДЛЫЕ ШПИОНЫ И УБИЙЦЫ ПОД МАСКОЙ ПРОФЕССОРОВ-ВРАЧЕЙ

...Вовси, Коган, Фельдман, Этингер, Гринштейн и другие —были завербованы международной еврейской буржуазно-националистической организацией «Джойнт».

...Опираясь на группу растленных еврейских националистов, террористы и профессиональные шпионы из «Джойнт» развернули свою подрывную деятельность на территории Советского Союза

Арест помешал им добиться своей чудовищной цели.

— Всем понятно? — спросил дед. — А нам, чтобы добиться нашей цели, Ида, пора собираться — и в глубинку. Я билеты возьму вне очереди, по инвалидному удостоверению, — и к Лене твоей в Челябинск...

— Никуда не поедем, — перебила его бабка, — и не думай. Хочешь — сам езжай. Я никуда из Москвы не двинусь.

— Что-о?! Не двинешься? Это с чего вдруг?

— Не хочу, — как отрезала бабка. Когда она так коротко говорила, у нее появлялся киевский «подольский» акцент: *ни-’а-жу!!!* — Я тебе все уже объяснила раньше!

И дальнейшие разговоры с ней в такой ситуации были излишни.

...Врачи-преступники убили Горького и его сына, убили Куйбышева... — читал я. **Жертвами**

банды человекообразных зверей пали товарищи А. А. Жданов и А. С. Щербаков. ...Они старались подорвать оборону страны, вывести из строя маршала Василевского А. М., маршала Говорова Л. А., маршала Конева И. С., генерала армии Штеменко С. М., адмирала Левченко Г. И. и других...

ПЕРЕКАНТОВЫВАЯСЬ ЧЕЛНОКАМИ

Оба старика, конечно, остались в Москве: без бабки дед никуда бы и не поехал. Только перебрались на время к сыну, дядьке моему Яше, с тем, чтобы через некоторое время снова вернуться к нам — и так, челноками, *перекантовываться*, насколько возможно дольше, лишь бы не прописываться. Так рекомендовал деду Порхунов, *видавший виды, (т.е. однажды уже отсидевший)* друг его и помощник.

Ирония ситуации не прошла дедом незамеченной: мы жили в доме 4/2 по Пушкинской улице, и с нашего балкона можно было видеть фасад всемогущего Министерства Государственной Безопасности. Дядькин же адрес был — Матросская Тишина, дом 11, корпус 2 — и их окна выходили на двор знаменитой тюрьмы, точнее ее психиатрического отделения, с решетками на окнах, вышкой часового и гуляющими там заключенными психами, точь-в-точь, как на картине Ван-Гога,.

— Если заберут на Лубянку, а потом отправят в Матросскую Тишину — сэкономим на метро, по полтиннику на душу. Уже выгода, — мрачно шутил дед.

Теперь, когда они жили у нас, я каждое утро громко читал ему газеты и журналы *с выражением*. Больше всех мне нравился «Крокодил»: там были самые свирепые проклятия и многие слова, которые дома у нас не употребляли — *гадины, сволочи, мразь, гниды, продажные твари*... Я надеялся найти там и выражения, которые дворовая шпана писала у нас на дверях гаражей и стенах общественной уборной, а потом шокировать родителей, прочитав их громко и безнаказанно:

Группа врачей оказалась шайкой продажных тварей, которые прятали под белоснежными халатами нож и яд. Эта отверженная порода все еще пытается заявлять о своем презренном существовании. Преступную банду убийц с гневом и возмущением клеймит советский народ.

«БОЛЕЕ НЕ ПОЛОЖЕНО»

Две недели пытались дозвониться домой в Киев. Уезжая, бабка оставила соседке Герте Карловне ключ от комнаты и разрешила пользоваться телефоном, обещая вскоре вернуться. Однако телефон дома не отвечал, даже гудков не было слышно — вглухую. Наконец решились позвонить соседке на службу. Та рассказала, что после их отъезда телефон вскоре замолчал; она позвонила на станцию, ей объяснили, что аппарат отключен, так как абоненту Гольдбергу индивидуальная линия *более не положена*.

Бабка сообщила Герте Карловне, что они вернутся нескоро, так как решили навестить и других родственников — в детали она старалась не вдаваться — а пока что соседка может свободно пользоваться их комнатой.

Чтобы зря не мозолить глаза соседям, дед уходил теперь из дома по утрам и целыми днями пропадал в Ленинской библиотеке. В читальный зал не требовался пропуск с фотографией; он пользовался карточкой моего отца. Во французской секции он обнаружил книжку полузабытого биолога Л'Эрбье, приведшую его в невероятное возбуждение. Каждый день дед исписывал страницу за страницей своим бисерным почерком, выбирая из книги места, казавшиеся ему важными, а ночью дома приводил записи в порядок, и подшивал в особую папку. Он не замечал, как нарастала на улице волна страха и бешеной ненависти к евреям.

Вся страна прославляла теперь подвиг доктора *Лидии Тимашук*. Эта женщина в одиночку смело встала на пути профессоров и сообщила об их сионистских происках в надлежащие органы. За героизм ее удостоили высшей награды — орденом Ленина.

…Негодяи умели придавать своим волчьим душам человеческое обличье, маскироваться и приспосабливаться, лгать и изворачиваться!

Поймать их советской власти, Родине, народу помогла простая русская женщина, рядовой врач Лидия Феодосьевна Тимашук, которая нам всем сейчас стала родной.

Газеты печатали восторженные письма читателей; матери нарекали дочерей ее именем, в честь нее называли колхозы и лаборатории; трудящиеся обещали ей воспитывать молодежь в духе непримиримости к еврейским буржуазным националистам, продавшихся американскому империализму.

Любить так Советскую Родину, как простая русская женщина Тимашук, — и тогда мы не прозеваем ни одну гадину, ни одну продажную тварь, пытающуюся нанести вред нашему общему великому делу.

СИЛЬНО ЗАСВЕЧЕННЫЙ ТЕЛЕФОН

В конце февраля к нам домой позвонила встревоженная Герта Карловна. Несколько раз к ней приходили какие-то люди в штатском и справлялись о докторе; она уверяла, что не знает где он, но дала наш московский номер телефона. А еще через день в квартире у них появился милиционер в сопровождении домоуправа, отобрал ключ от комнаты и опечатал ее. По его словам, *жилплощадь* эта была подведомственна Лечсанупру, доктору проживать на ней *более не положено*, и он обязан был ее *сдать*.

Как только объявится, доктору просили передать, чтобы срочно явился в домоуправление в связи с квартирным вопросом.

Газеты между тем уже торжествовали победу над силами зла и сообщали о предстоящем возмездии:

РАЗОБЛАЧЕНИЕ ШАЙКИ ЯВЛЯЕТСЯ УДАРОМ ПО МЕЖДУНАРОДНОМУ СИОНИЗМУ

Священный гнев и беспощадная кара советского народа обрушатся на банду врачей-отравителей. Презренных наймитов, продавшихся за доллары и стерлинги, он раздавит, как омерзительную гадину!

От соседки звонков больше не было, но зато здесь в Москве к нам пришел участковый милиционер.

Кто-то настучал, что дед с бабкой ночуют у нас иногда по неделе, а то и дольше, и теперь им полагалось временно прописаться в районном отделении милиции. Лейтенант-участковый давал на это один день и грозил штрафом и арестом за нарушение правил.

На другой день, к счастью, было воскресенье, и стол регистрации не работал. Однако прием граждан отчего-то был отменен и в понедельник, и во вторник, а когда обратились к лейтенанту, он раздраженно буркнул, чтоб отстали: не до того ему сейчас.

Решили, что пора собирать вещи и перевозить деда и бабку к дяде Яше.

Той же ночью из Киева снова позвонила междугородняя, вызывавшая к телефону Гольдберга. На вызов ответила моя мама. Она объяснила, что доктор Гольдберг здесь не живет: он гостил несколько дней, а сейчас находится по пути родственникам; мы ожидаем от него сообщения о прибытии туда, фантазировала мать.

В ответ мужской голос требовал разыскать доктора как можно скорее и передать, чтобы тот связался с клиникой, бывшим местом своей работы. Мать записала номер: три-пятьдесят семь-девяносто — необычно короткий код (правительственный, что ли?), и обещала сделать все возможное —

решив при этом сделать все возможное, чтобы прекратить такие звонки. Но не успела она повесить трубку, как телефон снова зазвонил. Тот же голос просил передать доктору, чтоб не волновался: речь идет лишь о помощи советом давнему его знакомому коллеге — но это важный вопрос, от доктора ожидают ответ, и не теряя ни минуты — если нужно, даже телеграммой «Молния» или экстренным телефонным звонком, в любое время суток.

Мать удивилась и приготовилась записывать просьбу. Но звонивший просил записать только его имя, и довольно странное: *Врио* — да, да, именно так, Вера-Раиса-Иван-Ольга. А вопрос тоже был странным: Врио интересовало все, что доктору было известно о ситуации *к о л л а п с* — нет, нет, нет, не требуется записывать, он поймет...

По настоянию деда решено было убираться из центра немедленно, без дальнейших проволочек, отложив все догадки и предположения на потом. Одно было ясно: телефон в нашей квартире был уже сильно, что называется, *засвечен*.

БЕГСТВО В СОКОЛЬНИКИ

Еще вечером пробовали заказать такси на раннее утро, но диспетчерская ответила, что адрес наш временно не обслуживается: в центре будет закрыт проезд — и это деда еще больше встревожило. Ехать решили налегке, с первым же поездом метро; меня отрядили сопровождать к Яше плохо знавших Москву стариков. Вышли затемно. Бабка надела свою шубку прямо на осеннее пальто, чтобы освободить руки для сумки и узелка с бельем. Дед нес подмышкой портфель с бумагами, в одной руке у него была неизменная трость, в другой — сундучок с микроскопом, главным его богатством.

Однако выйти к метро со двора оказалось непросто. Чугунные литые ворота были заперты, а узкий проход под кариатидами, где прохожие обычно останавливались за нуждой, охранялся милиционером и двумя солдатами. Нам объяснили, что квартал оцеплен войсками, вход и выход на Пушкинскую из метро закрываются, и с семи часов поезда на станции «Охотный ряд» останавливаться больше не будут. Пропустить нас на улицу без справки домоуправления милиционер не может. А в чем причина — он тоже не имеет права разъяснять, пока не вышло еще объявление в газетах и по радио.

Тут уж дед струхнул не на шутку.

— Петля затягивается все туже, однако... — пробормотал он, — это западня.

Теперь он уверился, что это за ним объявлен всесоюзный розыск, и целью всех этих оцеплений и пропусков является его арест!

— Опомнись, Мося — сказала бабка и сильно ущипнула его руку сквозь перчатку. — Войска гарнизона вызвали для охоты за тобой? Ты в это веришь?

Но на деда щипок жены не подействовал. Он стоял неподвижно, прислонясь к стене под облупившейся кариатидой в подворотне, и ящик с микроскопом в правой руке его заметно подрагивал. Только сейчас мы заметили, что во дворе рядами стояли крытые военные грузовики, моторы в них работали, и из одного из них слышался приглушенный радиоголос: двести двадцать один, двести двадцать два, двести двадцать три...

— Ну пойдем же, пойдем..., — потянул я за рукав деда.

— Пойдем — куда, малыш? Куда мы можем теперь идти? — спросил он меня печально, упавшим голосом.

— Как — куда?.. — вскрикнул я, — мы же... — и осекся!

Его тон. Так неожиданно это было, так для меня ново: я привык к совершенно иному способу общения с дедом. Для меня он всегда был отчаянным чудилой, чуть ли не шутом, *«мишигене»*: единственным человеком, принимавшим меня как равного, способным сердиться на меня и обижаться; спорить со мной, радоваться моим радостям и горевать из-за моих бед. Да-да, единственным в мире! В мире, довольно холодном и равнодушном к моей особе. Странности деда были мне видны, но они были сопоставимы с моими собственными; для меня это было гарантией, что я не одинок на земле, что и у меня есть кто-то, вполне меня понимающий — человек, для которого я столь же важен, как и он для себя сам!

Нет, нет, мне совсем не нужен был другой дед — чужой, павший духом *взрослый*, грустно воспринимавший реальность и считавший меня малышом. Мне требовался только равный мне друг, отважный и странный — *«мишигене»* вроде меня!

Я заплакал.

Надо было во что бы то ни стало вытянуть их подальше от этой мрачной подворотни с пропахшими вечной мочой кариатидами. Бабка сунулась утешать, но я одернул ее: молчок, Яга! — и решительно вытер варежкой нос. Нравилось мне или нет, но сейчас я был единственным по-настоящему взрослым — с двумя растерянными стариками на руках. И я, кажется, уже точно сообразил, что делать!

— Пойдемте же! — повторил я.

Я потащил их в другой конец двора, за гараж, котельную и помойку. Как и все дворовые мальчишки я знал подвалы, чердаки — ходы и выходы нашего старинного дома, как свои пять пальцев. Если спуститься на несколько ступенек вниз, за котельной будет вход на одну из черных лестниц — хлипкая фанерная дверь, висячий замок на которой был вечно сломан.

Если войти с этого черного хода, напротив будет еще одна дверь, тяжелая дубовая; она ведет через первый этаж в парадный вестибюль и никогда не запирается — ее держат открытой для почтальонов. Из парадного же вестибюля можно свободно выйти прямо на Пушкинскую, и пройдя несколько шагов, оказаться у входа в метро «Охотный ряд» напротив Дома Союзов.

Я почему-то был уверен, что этот вход будет еще открыт. Дед и бабка покорно следовали за мной.

И я не ошибся! Выход из метро закрыли и его охраняли два милиционера; вдоль всего тротуара стояли, поёживаясь на ветру, солдаты оцепления, но входили в метро немногочисленные прохожие свободно.

Мы спустились по эскалатору вниз, и лишь только вошли в подошедший поезд, как дежурная в красной фуражке громко объявила, что он последний: больше поезда на станции «Охотный ряд» останавливаться не будут. После этого обычным насморочным голосом она подала свою команду «Готов!», поезд тронулся с ревом, и мы благополучно выехали в Сокольники к дяде Яше.

КОД ДИАГНОЗА ПОМЕШАТЕЛЬСТВА

До станции «Сокольники» было шесть остановок. В этот ранний час вагон был наполовину пуст. Первые два перегона дед, не переставая ворчал, пеняя бабке за отказ уехать в Челябинск: теперь вот — их так легко обнаружить, и оба они могут пропасть ни за что...

Бабка молчала, глядя прямо перед собой, с упрямым и даже несвойственным ей злобноватым выражением лица. На подъезде к «Красным воротам» она не удержалась и с едва уловимым сарказмом спросила деда, по какой именно причине могла бы его разыскивать сейчас милиция, да еще призвав для этого на помощь войска оцепления.

— Ах оставь, — парировал дед. — По любой причине! Ну, отравление... да того же *Отца Родного*! Коллапс... Вон, третий день уже бюллетени о его болезни публикуют.

— О Господи, да при чем тут ты? —

Перекрывая рев поезда, дед почти закричал:

— При чем? А на что меня ВРИО по телефону искал? Зачем спрашивал про коллапс? Пришьют что угодно — газеты читай! Любой *exitus letalis (смертельный исход)* там наверху — и тут же выясняется: врачи навредили, особенно *ex nostris из* Лечсанупра! Это что, тоже я придумал?

— Абсурд, — пожала плечами бабка уже менее уверенно, — Ты третий год, как на пенсии...

— Третий год? — желчно рассмеялся дед, — *Merde*! А две тысячи лет не угодно ли? Века прошли, а в убийстве Бога и по сей день обвиняют *ex nostris*.

— Дед, а что такое *эксно́стрис*? — спросил я.

— Не сейчас, — ответил он, — приедем на место, расскажу. И снова обратился к бабке:

— А в Сибири пересидели бы психоз — рано или поздно любой припадок проходит — и глядишь, победил бы здравый смысл.

Теперь уже бабка саркастически фыркнула:

— Да, как же, жди, победил бы...

В это время поезд подошел к «Комсомольской», с трех вокзалов стали входить многочисленные приезжие, и на этом разговор закончился.

Но последней в вагон ввалилась растрепанная женщина с мешком за спиной и связкой сухих баранок на шее. Пошатываясь, толкаясь, она пошла вдоль прохода и вдруг пронзительно запела-заголосила на одной ноте: — ***Уби-и-и-ли! Отравили вождя жиды-ы, убили корми-иль-ца-а-а нашего!***

Дед изо всей силы впился пальцами мне в запястье, сжал так, что занемела кисть, было больно, но я стерпел. Женщина остановилась против деда, поглядела ему в лицо красными, невидящими от слез глазами и двинулась дальше, не переставая голосить. Когда она перешла в другой вагон, дед вдруг громко расхохотался так, что на него обернулось несколько пассажиров.

— Что, Мося, что? — забеспокоилась бабка.

— Да так, и вправду смешно: семьдесят пять стукнуло — и чужой пропуск в читальню; телефон отключен, ни крыши над головой, ни денег. Ни постели, ни прописки; в изгнании мы, ну точно — Вольтер.

— Ну, это ж временно, ты сам говорил...

— Погоди! Зато я успел главное! У меня по монографии Л'Эрбье все тезисы готовы. Прохвост он, скопировал доклад об *Испанке* — результаты анализов слямзил полностью у меня, а к выводам даже близко не подошел, терпения не хватило. Или ума!

— Ума?

— Да, да, ума! Начинать-то надо было с генезиса органики, с *палеобиохимии*, понятно? Ха! Знаешь, Ида, а пожалуй и хорошо, что не поехали мы в Челябинск!

— Мишигене… — вздохнула бабка. И прибавила едва слышным шепотом: — *Dementia praecox. Аш-игрек.*

Она была права — но именно таким дед мне куда больше нравился! И что такое *аш-игрек* я уже знал: это был **Н-Y**, принятый среди врачей код диагноза буйного помешательства, если оно случалось среди высших функционеров Кремля. Хорошо, что дед не расслышал: то-то было бы крику…

ВЕЛИКОЕ ГОРЕ, ЖГУЧАЯ НЕНАВИСТЬ…

Когда в Сокольниках мы вышли из метро наверх, было уже светло, на улице было полно людей, но обычной утренней суеты почему-то не ощущалось. Из всех репродукторов на столбах лилась неземная музыка — никогда и нигде больше не слыхал я таких божественных звуков: кажется, это были «Грезы» Шумана — а капелла.

Вдоль широкой аллеи, ведущей ко входу в парк с вывеской аршинными буквами *«КАТОК ЗАКРЫТ»* дворничихи развешивали на столбах черно-красные траурные флаги.

Потом Левитан зачитал по радио сообщение о смерти Сталина.

Только тут я заметил, что толпа в большинстве своем никуда не двигалась — просто стояла плотной стеной и молча слушала диктора. К концу сообщения при слове «скончался» мужчины стали снимать шапки, а несколько женщин — громко всхлипывать и причитать.

Дед же все еще улыбался своим мыслям и даже, о ужас! — мурлыкал под нос свой менуэт Боккерини.

— Вернись на землю, — зашипела бабка и снова ущипнула его через перчатку. — Прими скорбное выражение, быстро! —

Дед повиновался и даже грустно протер стекла якобы запотевшего от слёз пенсне.

— То-то! — сказала бабка.

Подошел трамвай, украшенный черно-красными флажками на крыше — и через двадцать минут мы были уже на месте, у дяди Яши, прямо напротив тюрьмы «Матросская Тишина».

В тот день Яшина жена Ася пришла с работы много позже обычного, близко к полуночи: улицы в центре были оцеплены, троллейбусы не ходили, и ей пришлось долго идти пешком до ближайшего открытого входа в метро. Ася служила машинисткой в отделе писем газеты «Вечерняя Москва». Она принесла с работы копию письма, полученного редакцией ранним утром.

**«Председателю Комиссии по организации
похорон И. В. Сталина тов. Хрущеву Н. С.**

Дорогой Никита Сергеевич!

То ли под впечатлением великого горя, постигшего наш Советский народ, то ли под впечатлением жгучей ненависти к врагам и предателям народа, террористам-убийцам, занесшим над нашими вождями и государственными деятелями свое жало, начиненное американским ядом, я осмелюсь выразить мнение и пожелание многих советских граждан, в том, чтобы к гражданской панихиде по нашему дорогому и любимому вождю И. В. Сталину не допускать «еврейского ансамбля», именуемого Государственным Союза ССР Симфоническим оркестром.

Траурная мелодия этого состоящего на 95% из евреев оркестра, звучит неискренне. Этот еврейский сорняк, сплотившийся под вывеской Государственного Симфонического оркестра, после каждых похорон с удовлетворением подсчитывает свой внеплановый доход.

Я считаю, что этот еврейский коллектив недостоин находиться в непосредственной близости к нашему великому вождю, любимому И. В. Сталину.

У нас есть много оркестров, состоящих из преданных сынов нашего Советского государства, и нет необходимости возлагать эту миссию на народ (евреев), не показавший за всю историю сво-

его существования образцов героизма и преданности. Единственное, что слышит и с чем сталкивается наш трудолюбивый народ, это воровство, жульничество, спекуляция, предательство и убийства со стороны этого малочисленного, продажного народа, одно слово о котором — «еврей» — вызывает чувство отвращения и омерзения.

Музыкантам русской национальности не дают возможности попасть в состав оркестра хотя по своему классу игры они далеко превосходят музыкантов-евреев, которые проникают в оркестр путем свойственной евреям пронырливости и поддержки еврейского коллектива всего симфонического оркестра.

В. АНТОНОВ. 6-го марта 1953 г.

А еще через несколько дней — та же Ася принесла и ответ на это письмо со специальным грифом: **«Только к сведению членов редколлегии. Публикации не подлежит»**.

...По поводу письма о положении в Государственном симфоническом оркестре Союза ССР:

Сообщение автора письма о том, что на конкурсах в оркестр было принято мало русских, не соответствует действительности. За 1951/52 гг. зачислено по конкурсу 14 музыкантов, из них русских 11, а евреев — 3.

Комитет переводит на пенсию 10 музыкантов (из них русских — 2, а евреев — 8 чел.).

В сентябре 1953 г. оркестр по конкурсу пополнится музыкантами коренной национальности.

В. КРУЖКОВ, П. ТАРАСОВ

Сегодня, спустя семьдесят лет, оба документа лежат передо мной на столе — они помогли мне вновь прочувствовать атмосферу тех дней и оживить мою детскую память о них. Они помещены здесь в сокращенном виде, но, по возможности, с сохранением стиля.

УТРО БЕЗ ВОЖДЯ

Церемония похорон завершилась девятого в пять, и тем же вечером сняли оцепление в центре; только кордоны милиции все еще были выставлены вокруг Дома Союзов. По всему городу висели мокрые траурные флаги — их не снимали, но с наступлением темноты по Пушкинской уже начали ходить троллейбусы.

Мать позвонила дяде Яше и настояла, чтобы родители теперь возвращались к нам, не откладывая; выехать следовало снова чуть свет, дабы не нарваться на лейтенанта-участкового. Возвращение пришлось весьма кстати, так как Яшина комната была совсем маленькой, да и соседи там были не особенно дружелюбными. Наша квартира была побольше, и соседей в ней поменьше, но самое главное — отец мой собирался в поездку на целых полтора месяца: он был чтецом-декламатором, и со своей концертной бригадой собирался объехать всю восточную Сибирь.

Важно было только не попасться милиции на глаза, поэтому старики отправились, как и раньше, с первым поездом метро; я встречал их в вестибюле станции «Охотный Ряд». Но лишь только мы вышли на улицу, первым, кто встретился нам, был тот самый участковый.

Было еще темно на дворе, но лейтенант тут же узнал деда и бабку, однако повел себя при этом странно. Он подошел и тихо поздоровался первым; потом, горько вздохнув, сообщил, что на правах родственников старики могут не спешить с пропиской, если есть желание провести *эти дни всенародного горя* с близкими, он поймет...

Лейтенант сам пошел отворять для нас запертые на ночь ворота, долго возился с замком дрожащими руками, он вздыхал и сморкался, и серебристые погоны на его плечах дергались в такт.

Старики терпеливо ждали. Улица пахла хвоей. Все двери в Доме Союзов были открыты настежь, солдаты охапками выносили оттуда еловые ветки и венки и складывали их в грузовики — их было так много, что кузова были набиты с верхом, а машины все подъезжали и подъезжали одна за другой.

Во дворе военных грузовиков уже не было, зато везде стояли фанерные ящики, набитые грязной одеждой: порванными пальто, галошами, раздавленными шапками и платками, вымазанными в уличной слякоти.

Дворничиха тетя Поля поливала из шланга асфальт, загаженный какой-то желто-коричневой жижей пополам с талым снегом, она сползала к водосточной решетке, наполняя весь двор ужасным запахом. Закончив, тетя Поля обратилась к милиционеру.

— Товарищ *учаско́в*, — доложила она, — на моем дежурстве *жмурых* сегодня не пришлось. А которых раненых-покалеченных сносили сюда — вот, мо́ю: они под себя ходили, и блевали все время; мы им давали попить, они мерзли — но увезли их всех ночью живыми, никто не помер, слава те Господи... Только несет вот шибко — брезенты армейски и рогожи мы, извиняюсь, в помойку снесли уже, не отмыть...

— Документики у всех собрала?

— Дак они ведь живые вси были: их не мы, санитары проверяли.

— А та, баба очкастая? Которая в *пол-сознании* была. Смотри у меня!

Дворничиха полезла себе под фартук и достала старый потертый кошелек.

— Вот, не успемши еще сдать вам — а пропуск и стёклы ее я в очешник сунула и санитару скорой сдала, все видели.

— Что там? Дай-ка сюда. Беда с вами, — лейтенант горько вздохнул и шмыгнул набухшим покрасневшим носом.

— Вон, товарищ учаско́в, тридцать де́ньгами там и пятьдесят пять мелочью, пальцем не тронула, нам чужого не надо...

— Ой ли, — лейтенант пересчитал смятые бумажки, подумал и протянул ей одну купюру, — эту себе оставь, здесь пять, остальное и кошель — *оприходываю*. На твоих же глазах, коли спросят, ясно?

— Спасибо вам, товарищ...

— Да что там — спасибо, — лейтенант сунул кошелек к себе в офицерскую сумку, — Какого хозяина схоронили, Поля! Всю державу теперь пархатые по кускам растащут и продадут! — он достал носовой платок и неожиданно громко всхлипнул в него.

— Ну что вы, что вы, товарищ учасков, будем стараться — не сумневайтесь в нас...

— Что за раненые? — спросил у меня дед. — О чем она? —
Я поглядел на него с удивлением:

— Так давка же была на углу Кузнецкого. Там спуск на Петровку грузовиками перегородили, а толпа прет. Вы что, не знаете? Еще и галоши, и бумажники с документами сюда сносили — полны ящики, их потом *участко́в кофисковал*. В некоторых даже были и деньги — Юрка Выборнов десять рублей нашел!

— Конфисковал, — поправил дед, — ко*Н*...

— Одна малина, — сказал я, — забрали их — и все тут.

ЧТО ВСЕ–ТАКИ ОЗНАЧАЕТ «EX NOSTRIS»

Жить старикам у нас стало удобнее. Нарушение паспортного режима более им не грозило. Траурные флаги провисели еще целую неделю, в библиотеку дед больше не ходил. Газеты я ему читать перестал: там больше не было жутких проклятий убийцам-врачам и требований для них суровой кары.

О врачах не писали; зато теперь в фельетонах разоблачали еврейские воровские махинации. Газеты неистовствовали, каждый день сообщая, как евреи наживаются на всем, что только возможно: на пивной пене, на шнурках для ботинок, на сапожной ваксе, на каплях сиропа, которые они не доливают в стакан газированной воды...

Заголовки были разными:

«Простаки и проходимцы», «Спекулянты и мошенники», «Воры и ротозеи», «Рука руку моет». Но лучшим из них был все же **«Пиня из Жмеринки».**

От перечисления жуликов рябило в глазах; казалось, авторы смаковали каждое имя, они обсасывали его, мазохистски наслаждаясь чужеродным звучанием, в припадках ненависти ко всему непривычному, то есть ко всему, что они называли «еврейским».

Нодельман, — в связи с Файдерманом пойман с поличным …Шафраник поставил Цымлера на склад, снабжение отдал Крельштейну, Друкеру, Купершмидту, Мордковичу, Спектору… к Розе Гурвиц пристроились Рахиль Палатник, Шая Пудель, Зяма Мильзон, Яша Дайнич, Буня Цитман, Шуня Мирончик, Муня Учитель, Беня Рабинович…

Теперь во дворе, когда ребята били меня, они кричали уже не *Отравитель!*, а *Зяма-газировщик, спекулянт-сиропщик!* Или просто *Пиня из Жмеринки.*

— Вот это и есть *ex nostris,* — сказал мне дед, прикладывая лед к фингалу под глазом, — помнишь, ты спрашивал? Все мошенники, воры и вредители, это значит, одной породы.

— ЭкностNo, вернее — Экностристрис — это что, на еврейском? — догадался я.

— Нет, это латынь, — засмеялся дед, — означает *из наших.* То есть все зло, весь вред населению идет *от нас.*

— Что значит — от нас? Ты разве тоже еврей? — удивился я.

— Ну да, а кто ж ты думал?

— Я думал — швейцарец. Бабушка — она, конечно, того… экностристрис, но ты-то?.. Ты же кроме «мишигене» ни бум-бум на еврейском, все знают… И даже ругаешься по-швейцарски.

— При чем тут «бум-бум»? — неожиданно разозлился дед. — Я, если угодно, вообще космополит, по их же определению! То есть, да, гражданин мира. И из Швейцарии, кстати, меня тоже вытурили — в двадцать четыре часа за нарушение местных правил. И вообще, хочу я того или нет, никто меня не спрашивал, но да, я тоже ex nostris.

— Как это, хочу или нет? Кто не спрашивал? — не отставал я, но дед отмахнулся:

— Никто. Потом как-нибудь расскажу…

Я был несколько озадачен, но согласился отложить пояснения деда на потом.

ПОТОМ НАЧАЛИСЬ ЗВОНКИ...

Но потом… Потом одно за одним начались такие странные происшествия, такие события, что никто, даже сам дед не успевал их переваривать, не то, чтобы объяснять их мне, своему восьмилетнему другу.

Прежде всего утром нам позвонила встревоженная Герта Карловна. Она не знала, как поступить: в опечатанной комнате деда вот уж второй день непрерывно звонил телефон. Звонки начинались утром и заканчивались к шести вечера, хотя ей давно объявили, что линия отключена. Соседи сходили с ума.

Герта Карловна звонила уже второй раз по междугородней с работы, что грозило ей неприятностями, но выхода не было. Она обращалась в милицию, чтобы найти офицера, опечатавшего комнату, но в районном отделении не слыхали ни о каком капитане, ни о конфискации им жилплощади.

Главное, что и сама комната заперта не была: ключ у нее отобрали, а замкнуть не смогли, только серая гербовая печать болталась там на веревочках. Может, надо было зайти внутрь и ответить на звонки, думала соседка, но решила прежде спросить у доктора.

Как было условлено, мать ответила, что дед давно уехал, но посоветовала печать срезать, войти в комнату и снять трубку, а в случае чего — ссылаться на разрешение ее и других членов семьи.

Тем же вечером Герта Карловна снова позвонила со странными новостями. Оказывается, это телефонная станция пыталась известить доктора Гольдберга, что линия его восстановлена; хотели проверить связь и извиниться за недоразумение.

Соседку поблагодарили, но ни мать, ни бабка не знали, как на это реагировать.

Деда, впрочем, новости только еще больше огорчили.

— Всё! Поставили на прослушиванье, — проворчал он. — Пора убираться к Яше. Надо кончать разговоры с Киевом. Просто отвечать, что ошиблись номером, слышишь, Женя? Говорил же я, Москва — не лучшее место для наших целей...

— Да замолчи же наконец! — неожиданно злобно взвизгнула бабка. — Так ты своей паранойей и впрямь накличешь беду! Мешаешь сосредоточиться. Неприятности проходят мимо, пока — пока ты сам их не приглашаешь и не начинаешь сводить всех с ума.

Я опешил. Дед — тоже. За всю их долгую жизнь, позже вспоминал он, ничего подобного он не слыхал от своей весёлой, покладистой Бабы-Яги. Ну, сейчас дед ей выдаст, подумал я, будет крупный скандал, они может еще и разъедутся — врозь по детям...

Но не успел я додумать и развить свою взрослую мысль, как снова зазвонил телефон, коротко и настойчиво. Все напряженно замолчали — было уже довольно поздно, почти полночь. Междугородняя вызывала доктора Гольдберга. На этот раз ответил мой отец; внизу его ждала машина, чтобы отвезти на вокзал, поэтому он был предельно краток:

— Абонент здесь не проживает — сказал отец официальным тоном, — набирайте правильный номер!

Едва успел он повесить трубку, как звонки начались снова. Теперь ответила мать:

— Вам же сказали: ошибка, такого по этому номеру нет.

Но ее перебил мужской голос:

— Одну секундочку, гражданочка, только секунду — запиши́ть, про́шу, нумер, пусть доктор подзво́нит до своего ВРИО, помните? Ему ж пенсия за два года положена, а куда отправлять, сомневаемся... Три п'ять сем дев'яносто, мы з вами вже ж говорили, я вас зразу узнал!

Когда ВРИО волновался, он говорил с сильным украинским акцентом.

Я пошел со стариками на Центральный телеграф следующим утром. Там, пока бабка ждала снаружи, я сидел с дедом в кабинке переговорного пункта в течение всей беседы, и вот как мне это запомнилось:

— Завклиникой Семь Лечсанупра, — ответила трубка голосом секретарши.

— Персональный звонок, Москва вызывает абонента Ври́-о, говорить будете?

— Врио? Такого здесь нет. Минуточку, а кто вызывает и откуда?

— Гольдберг, Москва Ка-девять,.. — начала телефонистка, но ей не дали закончить:

— Ой, сейчас! — в трубке щелкнуло и зазвучал мужской голос:

— Мануилычу, доктор, здравствуйте, это вы, наконец-то!..

— В чем дело, Петро? — ледяным тоном спросил дед. — Что вы звоните посторонним людям по чужому номеру, беспокоите их, соседей?

— Сейчас, сейчас доктор, только послушайте: Порхунов-то наш вернулся *оттуда*... восстановлен уже, работает. И еще, говорит, многие освобождены, как у вас говорят: ex nostris, розумиете? К вам пробовали дозвониться — не отвечает никто. Соседка ваш номер московский дала — там говорят, теперь нет такого... Вы сами-то — откуда звоните сейчас?

Дед весь напрягся, подался вперед, подобравши под себя длинные ноги и стал похож на ощетинившегося, готового к бою кота:

— А вам какая разница откуда? Я проездом здесь, звоню с переговорного пункта по талону. Зачем это?

— Как зачем? Так пенсия ж персональная вам положена, я помните, обещал — вот и час пришел, перерасчет за два с лишним года! А куда прикажете переводить, на какой адрес? Соседка говорит — кто знает, когда вернетесь...

— Позвольте, я не заявлял на почте никаких изменений адреса.

— Вот именно что, но соседка вашей площадью пока пользовалась, у нее и ключ был. Мы, правда, ее прижучили, выявили немецкую национальность, ключ отобрали, так что теперь все в порядке...

— Вы с ума сошли! — Дед приоткрыл дверь кабинки и кликнул: — Ида!

— Вот моя жена, — продолжил он, — она разрешила соседке когда угодно пользоваться телефоном, отвечать на звонки — скажи им, Ида!

— Да, да, конечно, — подтвердила в микрофон бабка, — и ключ я сама ей дала, просила поливать алоэ и фикус... —

— Так что оставьте ее в покое и немедленно верните ключ, — приказал дед, — Вам только дай, чтоб кого-нибудь *прижучить*.

— А-а-а, вон оно как... Что ж, будет сделано — завтра же, доктор. Ошибка, извиняюсь, но мы в ваших же интересах...

— В моих интересах — вот что, — сказал дед жестко, — я вам позвоню завтра днем, чтоб узнать, что женщине ничего не грозит: у нее две дочери на руках, школьницы. На работе будете завтра?

— Буду весь день, Мануилычу, не серчайте, из лучших намере́ний... Не траттеся, прошу, звоните на счет вызываемого. Только одно вот...

— Только — что одно?

— Не ВРИО вызывайте, а лучше меня по фамилии. У нас тут перемены, я ведь и не ВРИО больше: завклиникой я теперь.

ОТДЕЛ ИМЕНИ — КОГО?

По настоянию деда следующий звонок в Киев для конспирации заказали с другого переговорного пункта. Бабка вздохнула, пожала плечами, но не спорила. Я привез стариков на станцию «Кировская» возле Главпочтамта; там мы купили талон на пять минут разговора с Киевом за тридцать рублей: звонить за счет вызываемого дед не пожелал. Однако вызываемый начал с того, что потребовал перевести звонок на его счет и дал какой-то код, на что телефонная барышня с любезной готовностью ответила: «Уже перевела, можете говорить».

Дед не успел еще ничего спросить, как ВРИО заверил его, что с комнатой все в порядке, ключ соседке вернули, извинились и даже смазали непослушный замок.

— Как в порядке? — спросил дед, — ей же пришлось срезать печать, чтоб войти?

— Ах, это?.. — рассмеялся ВРИО, — пустяки, вообще не о чем говорить, забудьте.

— Что значит, пустяки? Гербовая печать срезана — это пустяки?

— Та какая там печать? Это мой зам химичит: кум у него — капитан милиции, так он в домком послал его сказать, что ваша жилплощадь ведомственная, и теперь вам больше не положенная. А сам надеялся, что если вас... то есть, что вы — того... не скоро вернетесь, так может, удастся ему кого из своих родных туда вселить.

— Погодите, значит наше жилье нам больше не принадлежит?

— Та нет же, доктор, оно ваше, никакое не ведомственное, от Жилуправления вам положено. И телефон вам уже вернули, я сам визировал.

— Зачем же тогда опечатали комнату?!

— А это чтоб соседям тоже что-то такое не пришло в голову. Зам ведь, шельмец, у сынишки пластилину взял — и куму дал, на дощечке. Научил завязать на дверной ручке веревочки, а потом плюнуть и монетой-пятаком надавить пластилин, чтобы от нее герб отпечатался. Тогда дверь, значит, открыть и не посмеют — до дальнейших указаний. Смех один!

— Да... Вам смешно, но другим может быть вовсе не до смеха, вам не кажется?

— Та я ж говорю, это всё Петлюк с его кознями. Не в моей власти от него избавиться: его замом сверху назначили. Но предупредить его — я предупредил, больше не посмеет.

— Позвольте, так что он теперь — не ординатор уже?

— Так нет же. Он и зачислен-то был на полгода условно, Аттестационную комиссию пройти — да так и не прошел. Что ж, повысили его, он мой зам теперь, по хозчасти.

— *Merde*! Вот так *сальто-мортале*!...

— Да уж... Вы сами-то как, доктор? — вкрадчивым, елейным тоном прервал неожиданно самого себя ВРИО, — Домой не тянет часом?

— Нет, ничуть, а к чему это вы? — насторожился дед.

— А то б консультантом к нам пошли, в родные пенаты, а? С сохранением пенсии — оформлю приказом хоть сейчас? Плюс за вызовы — плата особо.

— Вы в своем уме? Вас живьем слопают: я ж уволен был *как космополит*. В чем дело?

— Ох, узнаете, доктор... Мне *сверху посоветовали*: говорю ж, перемены. А главное — лечить некому. *Кремлевки* уровень хуже районной поликлиники стал: мы же *ге-бе́*, куда там, полы паркетные — врачи анкетные... Вам-то — не наскучило до времени на покое быть?

— Нет, пожалуй наоборот. Да и вам советую не спешить с *ex nostris*.

— А что делать, доктор: старую школу разогнали — откуда людей взять?

— Ох, не навредили бы вы им. Да и себе тоже.

— Не сомневайтесь, уже *есть мнение*, мне его *сообщают*: даже академику Вовси звонили, Мирон Семенычу, он *оттуда* только вернулся — да о нас и слышать не хочет. Порхунова я сразу завом взял — отдел функциональной диагностики теперь у нас *имени Лидии Тимашук*! Отдел-то он её имени, а работать ему не с кем. Так может, вы — того... а?

— Весьма тронут, но нет, нет, спасибо.

— А связаться с вами как, если что? Чтоб родню не тревожить?

— Я объявлюсь... — дед помолчал, хмыкнул и прибавил: — Да! а Петлюку сообщите — только, чур, не ссылаться на меня — *есть мнение* в Москве теперь называть отделы: — **Имени ВОВСИ** — не Тимашук.

— Как, как это вы сказали: ВОВСИ — НЕ ТИМАШУК? — на другом конце провода ВРИО взвыл от восторга: — Непременно передам, непременно! — И дед, ответив своим коротким сухим смешком, повесил трубку.

Улучив момент между приступами смеха, бабка сказала:

— Вот теперь тебя уже точно арестуют! Не можешь, чтоб не схулиганить — никак... —

В метро по дороге домой, она все еще не могла успокоиться: Не Тимашук — Вовси! Не-Вовси Тимашук — размазывая тушь, придумывала она все новые комбинации.

Отсмеявшись, она спросила деда, как он объясняет такой поворот кругом: что это — смена политики, или хитрости прагматичного карьериста?

— При чем тут поворот политики?– рассердился дед. — Сменили сыр в мышеловке — на кусок побольше. Пенсию им, видите ли, некуда отправлять. Как же! Нашли простака. — И дед оглушительно расхохотался.

Бабка погрустнела и ничего в ответ не сказала. Не оправдались её надежды на целебное чувство юмора.

Паранойя деда не сдавалась, не ослабевала.

ПОЛНЫЙ ПОВОРОТ КРУГОМ

Он был в ванной комнате, когда рано утром пришли газеты. Дед обычно старался принимать душ, пока все спали в квартире, чтобы никому не мешать. Бабка постучала в дверь ванной и, перекрывая рев газовой колонки и шум воды, попросила его поторопиться. Дед влез в свой потертый купальный халат, нацепил пенсне и в мокрых шлепанцах протопал по коридору в нашу комнату. Не давая ему шанса разворчаться, бабка сходу прочла заголовок в «Правде»:

СООБЩЕНИЕ МИНИСТЕРСТВА ВНУТРЕННИХ ДЕЛ

...по делу группы врачей, обвиненных во вредительстве, шпионаже и террористических действиях в отношении активных деятелей Советского государства.

— Что, еще кто-то умер по вине еврея-врача? — спросил дед.

— Нет, это совсем не о том!.. —

— Нет? отчего тогда ты не дала мне добриться?

— Погоди, слушай дальше, — прервала бабка.

...привлеченные по этому делу врачи... были арестованы Министерством государственной безопасности СССР неправильно, без каких-либо законных оснований...

— Ну и что с того? Ты не поняла: теперь найдут уже *законные* основания — и полетят еще головы... много голов.

— Да дай же прочесть до конца, дослушай.

— Хорошо, если это тебе так важно, только читай побыстрее...

Вовси, Виноградов, Коган Эм, Коган Бэ, Фельдман... Гринштейн... и другие — зачастила бабка, пропуская повторяющиеся фамилии и спотыкаясь на юридических терминах,

— реабилитированы в предъявленных им обвинениях во вредительской, террористической и шпионской деятельности и в соответствии со статьей 4, пункт 5 Уголовно-Процессуального Кодекса РСФСР, из-под стражи освобождены.

Лица, виновные в неправильном ведении следствия, арестованы и привлечены к уголовной ответственности.

— О, разумеется! Теперь евреев-следователей посадят, а потом снова, на этот раз уже *правильно*, посадят всех, ранее освобожденных по их ошибке... это мы проходили.

— Погоди, Мося, тут еще одно извещение, совсем короткое, вот:

В ПРЕЗИДИУМЕ ВЕРХОВНОГО СОВЕТА СОЮЗА ССР:

Президиум постановил отменить Указ от 20 января 1953 года о награждении орденом Ленина врача Тимашук Л. Ф., как неправильный, в связи с выявившимися в настоящее время действительными обстоятельствами.

Дед задумался, поёрзал в кресле, уселся поудобнее и попросил бабку прочесть оба сообщения заново, целиком. Она прочла их медленно, не пропуская ни слова, до конца:

...установлено, что обвинения, выдвинутые против перечисленных лиц, являются ложными, полученными путем применения недопустимых и строжайше запрещенных советскими законами приемов следствия.

— Так, я понял, — сказал дед решительно, — это ловушка! Просвещение не может так быстро действовать на толпу: это требует времени — месяцы, годы, десятилетия... Вот увидите: через пару дней появятся опровержения и этих новостей. И сообщения об арестах новых виновных... ответственных за все зигзаги. А потом снова напомнят о бдительности.

ВОЗМОЖНО Я ОШИБАЛСЯ

И действительно, через пару дней деду опять не дали закончить утренний туалет. На сей раз бабка разбудила меня и велела читать ему громко и *с выражением,* посулив за это рубль десять на эскимо. Я с важностью разложил перед собой на столе пахнувшие типографской краской листы.

Передовую статью на первой странице в «Правде» предварял грозный заголовок:

СОВЕТСКАЯ СОЦИАЛИСТИЧЕСКАЯ ЗАКОННОСТЬ НЕПРИКОСНОВЕННА

— Ну, а я вам что говорил? — дед, торжествуя, стер со щеки мыльную пену. — Причина ошибки — происки врагов. Сейчас полетят еще головы с плеч — и призовут повысить бдительность.

— Нет уж, ты слушай дальше, дед!

Дед оказался неправ! Статья не была опровержением. Зато в самых злобных выражениях, раньше употреблявшихся в адрес врачей-убийц, теперь в ней шельмовали тех, кто этих врачей арестовывал, допрашивал и разоблачал:

Бывший министр государственной безопасности Игнатьев проявил политическую слепоту и ротозейство, оказался на поводу у преступных авантюристов, таких как бывший заместитель министра Рюмин, ныне арестованный,... скрытый враг нашего государства, нашего народа.

— Погоди, кто? Кто бывший? — наставил ухо дед, — кто был на поводу у кого? —

Я с расстановкой повторил:

— Бывший министр Государственной безопасности... оказался на поводу у преступных авантюристов... — и продолжал читать, снова надеясь наткнуться на какое-нибудь крепкое словцо, не принятое у нас, в *приличном* доме:

...презренные авантюристы... гнусный поклеп на советских людей... вплоть до прямой фальсификации... потерявшие советский облик и человеческое достоинство... пытались разжечь... посмели надругаться... в провокационных целях... злоупотребление властью... сфабрикованным делом... гнусный произвол... оголтелой клеветой... — читал я:

Органы бывшего министерства Государственной безопасности грубо нарушили советскую за-

конность. Их преступные действия не могли долго оставаться неразоблаченными и безнаказанными...

— Стоп-стоп-стоп! — прервал меня дед, — Я прослушал. Бывшего? Не министра — бывшего, а самого Министерства Государственной безопасности — тоже бывшего, так?! *Merde!* Если дальше будет еще и про бдительность...

...Партия учит нас всегда быть особенно бдительными и требовательными в отношении соблюдения советской, социалистической законности.
Против явных и скрытых врагов народа и Советского государства надо всегда держать порох сухим.

Дослушав, дед просидел целую минуту с закрытыми глазами, застыв неподвижно в кресле. Потом еще минуту, и еще — казалось, прошла вечность.
— Возможно... я ошибался, — наконец заявил он и протер стекла, — кажется, массовый психоз иссякает, начинает понемногу стихать. Вот что: надо звонить в Киев: через час придет на работу ВРИО — если и к ним пришли новые инструкции, и он подтвердит...
Бабка сплюнула три раза через левое плечо и сказала:
— Тогда, может, и пенсию можно будет сюда перевести. А то сидим здесь, как паразиты на шее у детей ... —

ВЕНЯ РОЛОГ, ГЕНЯ КОЛОГ И ПИНЯ ЦЫЛИН

Звонок в Киев заказали прямо из дома в кредит, отбросив всякую осторожность, не дожидаясь, пока уйдут на работу соседи.
Получив новый адрес деда, ВРИО тут же, не отрываясь от трубки, приказал секретарше перевести туда деньги телеграфом. Газетные же новости его нисколько не удивили. Зам по хозчасти Петлюк, по его словам, уже две недели как поснимал со стен портреты министра Госбезопасности Иг-

натьева и вместо них вывесил новые — главы правительства Маленкова.

— Уж что-что, а смысл инструкций *сверху* мы понимать научились, Мануйлыч. А над Петлюком вся клиника по сей день ржет. Он наказал, чтоб в отделе таблички на дверях поменяли в связи с новым названием. А его в *ХозУ* спрашивают: если отдел теперь имени ВОВСИ НЕ ТИМАШУК, так чьего он тогда имени? Петлюк перетрусил и давай в Отдел пропаганды ЦК звонить — *уточнять*, а там на него разорались, подумали он шутить не к месту решился. Я помалкивал, не мое дело — но смеху было...

Когда повесили трубку, вспомнили, что на руках остался талон еще на пять минут разговора с Киевом.

Собрались было выбросить ненужную бумажку, но у деда из-за пенсне вспыхнули знакомые искорки, и он ухмыльнулся слегка, что по моему опыту предвещало какую-нибудь очередную выходку.

Снова вызвали тот же номер — с правительственной клиникой соединили почти сразу же. Дед подождал, пока ответит секретарша, и попросил ее записать очень важное сообщение для заместителя Петлюка.

— В Москве ходят упорные слухи, — начал диктовать дед, — о разоблачении новых враждебных элементов, подрывавших наше здравоохранение, вот они: *Веня Ро́лог, Геня Ко́лог и Пиня Цылин*. Рекомендуется принять во внимание при замене настенных портретов. Подпись: *Сигнал*. С заглавной буквы.

— Простите? — спросила секретарша, — *Ролог* и *Колог* — это фамилии, на конце *К* или твердое *Г* у обоих?

— Совершенно верно, *Г* — подтвердил дед: **Веня Ролог, Геня Колог и Пиня Цылин.** Из Жмеринки все. — Записали? Благодарю.

И повесил трубку.

ВЗГЛЯД ИЗДАЛЕКА:
КАК ВЫЯСНИЛОСЬ ВПОСЛЕДСТВИИ...

Таинственный голос с хрипотцой, в темноте предупредивший деда о том, что пора исчезнуть из Киева, вскоре стала узнавать по радио и телевещанию вся страна. Он принадлежал Никите Хрущеву, бывшему наместнику Украины, тайно навещавшему тогда родственников в правительственном доме отдыха.

А спасенный пациент был его внуком.

Но все это я узнал позже, через много лет, случайно познакомившись с летчиком Юрием Леонидовичем Хрущевым, когда он рассказал мне, как в юности некий опальный доктор Гольдберг вернул его к жизни во время тяжелого приступа анафилаксии.

Сопоставив факты, мы с ним оба пришли к убеждению, что и впоследствии во многих критических ситуациях деда спасала от суровой кары властей невидимая защита и благоволение Главного Начальника, не забывшего его врачебную помощь.

Часть четвертая

ДНИ ТРИУМФА И ТОРЖЕСТВА

Сейте разумное, доброе, вечное,
Сейте! Спасибо вам скажет сердечно
Русский народ...
        Н. Некрасов

Да, как же, жди!
        Ида Гольдберг,
        моя бабушка

Сколь волка ни корми,
он все в лес смотрит
        Народ

ЗАВТРАК В ДОРОГОМ КАФЕ

— Ну, теперь признавайся, — потребовал дед. — Твоя работа? Ты наворожила?

— Приди в себя, — засмеялась бабка — Что ты мне приписываешь? Государственный переворот? Я, слава Богу, не страдаю манией *грандиоса*.

— Рассказывай! Я видел, как ты по утрам поджигала газетную бумажку в уборной.

— Ах, Мося, тебе не приходит в голову, что после соседей туда бывает трудно зайти — а в общей комнате с пятью спящими пользованье горшком для нас, увы — недоступная роскошь? Прости за такой не совсем застольный ответ...

Мы сидели под полосатым тентом открытого кафе в скверике напротив Большого театра, примыкавшим к универмагу бывшему «Мюр и Мерилиз». Теперь он назывался «Мосторг» — о названии ЦУМ в ту пору никто и не слыхивал. Мне только что купили там новые сандалии, а деду — три новые рубашки, которые он по-киевски называл *сорочками*.

Я приканчивал вторую вазочку мороженого с ананасом. В обычной ситуации одно это уже вызвало бы нарекания, но сейчас мне была дозволена любая вольность, даже десерт перед обедом. (Или — не *перед*, а *вместо*, мечтал я про себя потихоньку. Я на дух не переваривал борщ — точнее, любой суп как блюдо, как и само это понятие — суп!)

Но сейчас был праздник, вот уже третий день!

Уже третий день шел, с тех пор как получен был перевод из Киева — и мы вдруг оказались богатыми! Это была сумма, которую один только я мог себе представить в ее материальной конкретности: ни дед, ни, тем более, бабка, не могли найти ощутимого эквивалента полученных денег — для них они оставались только цифрами, извещением о переводе, ну разве что *сберкнижкой*. На перерасчет пенсии за тридцать один месяц можно было купить автомобиль «Победа», и я уже представлял себе ее: бежевую красавицу, с откидным верхом «кабриолет» и мелодичным сигналом!

Привыкшим всю свою советскую жизнь экономить, во многом себе отказывать, старикам не хватало воображения; я прощал им эти слабости — но оба они казались мне наивными и непрактичными в денежных вопросах.

«Порционный» пломбир в хрустальной вазочке здесь стоил одиннадцать рублей — в ней было три разноцветных шарика и крохотный желтый кусок ананаса. За одиннадцать рублей рядом на улице можно было купить с лотка ровно десять порций эскимо в шоколаде, завернутого в серебряную бумажку. Но мы уже третий день приходили завтракать именно сюда, в это кафе с дикой *наценкой* — и это при том,

что дед мороженое не ел, не любил. Для меня это было лишь еще одним признаком его чудачества.

Это были дни его триумфа. Долго и упорно он отказывался поверить в происходящее, заставлял себя не поддаваться надежде, не радоваться первым признакам счастливого исхода событий. Но сейчас, когда не осталось сомнений в реальности избавления целого народа от зверской расправы, дед торжествовал. Третье утро он начинал с любимого кофе с коньяком, потом просил еще рюмку — отдельно и только тогда уже приступал к своей глазунье с ветчиной — а нам с бабкой заказывал сладкие булочки и долгожданное мороженое. Он сорил деньгами демонстративно, назло судьбе — а я, дурачок, принимал это тогда за глупость.

В этом дорогом кафе никогда не *подсаживали* посторонних *на свободный стул*, не намекали, что пора уже освобождать столик, и уже за это одно дед, обычно экономный, готов был платить щедро и оставлять официанткам приличные чаевые.

Когда, убрав тарелки, принесли к кофе бисквиты и ликеры — да, да, ликеры! — бабке зеленый *Шартрез*, а деду рубиновый *Бенедиктин* — он вернулся к разговору.

— Мы все же надеемся больше узнать о твоем оккультном участии в нынешних переменах.

— Не чуди, Мося, — снова рассмеялась бабка, — о каком участии? Дались тебе мои суеверия...

— Ах, оставь. Нипочем не поверю, что все эти месяцы ты сидела сложа руки, пока я пропадал в библиотеке.

— Ну почему же сложа? Вон у Людочки был бронхит, я давала ей подышать жженым эвкалиптом и действительно нашептывала приговоры, чтобы он подействовал.

— Ты хитришь, Ида. Тебе ясно, о чем речь: мы хотим знать, отчего ты не удивилась, когда распустили МГБ. Все пошло вверх дном, люди не верили своим глазам, весь город слушал радио и вставал на дыбы, а ты...

— Неверно! Я как раз удивлялась, это ты не хотел верить...

Я почел нужным вмешаться:

— Не юли, баба, скажи прямо: летала за нас колдовать на Лысую гору или нет? — и обратился к деду за вознаграждением: — Ну что, можно мне теперь *кафе́-гляссе́* заказать?

— Теперь он обедать не будет, — предсказала бабка.

— Да, не буду! — поспешил я подтвердить ее пророчество.

— И не надо! — поддержал меня дед. — Но мы оба ждем: скажи, что там тебе чудилось в эти дни? Ты ведь предвидела перемены заранее, да?

— Ну чуяла, что надо тихо сидеть в Москве, не *трепыхаться*: ну да, в Челябинске дом оказался под наблюдением. Интуиция. Ничего особенного, тебе она тоже в диагнозах помогала, сам говорил.

— Но ты жаловалась, что я мешаю сосредоточиться, дерзила мне как никогда в жизни. Я, заметь, смотрел на это сквозь пальцы, с пониманием. Теперь твоя очередь объяснить ...

Принесли мой *гляссе*. Помимо шикарного иностранного названия, к этому плохо сваренному кофе с мороженым прилагалась зато настоящая соломинка! Через неё можно было скучающе-лениво тянуть приторную жидкость, и воображать себя посетителем *Коктейль-холла* на улице Горького, куда *детям до шестнадцати* вход был категорически воспрещен.

Дед настаивал:

— Когда объявили о смерти *Самого́*, люди падали в обморок, думали — конец света, милиция в шоке, а ты — ты только плечами пожала, я же прекрасно помню.

Мне было скучно. Я высосал последние капли со дна высокого стакана и стал болтать ногой под столом. Дед остановил меня и заставил вытереть рот накрахмаленной салфеткой. И что он к ней пристает, подумал я, какая разница, кто стоит за всеми этими потрясениями — нормальный это ход событий как писали газеты, проделки ли это всяких шпионов и диверсантов, или ворожба нашей Яги?

— Ответь уже ему, баба, о чем он спрашивает, — приказал я ей. — Давайте заплатим и айда домой в шашки играть, ты же обещал, дед. Чур, даю на чай я, готовьте два рубля!

— Если б я понимала, чего он хочет? Все, что я делала — это просила за всех нас, чтобы беда прошла мимо, за него тоже. А что я делала это как мне привычно, своим путем — кому это мешает?

— Да, но кого просила? — спросил я её вполне резонно. Управдома Веру Матвеевну? Паспортный стол? Небеса?

— Да, именно, — поддержал дед понравившийся ему вопрос, — кого?

— Ну судьбу. Фортуну, если хотите. Провидение.

— Привидение? — засмеялся я, но дед меня не поддержал.

— Про-, — сказал он, — не *при-*, а *про-* видение.

— Как это, про-? — не понял я.

Бабке стало ясно, что надо что-то ответить, чтоб сразу прервать мой поток вопросов — не то мы навсегда застрянем в этом кафе.

— Хорошо, Мося, ты уверен, что все эти метаморфозы накликала я, но это же наивно! Даже странно для вольтерьянца. Все, что я пробовала — это отвратить от семьи несчастье, нашептывала, когда нам время оберечься, а когда — не тревожиться...

— Да, но я помню: ты была спокойна даже в самый разгар психоза, будто знала, что весь этот кошмар в конце концов благополучно закончится...

Помолчав, бабка вздохнула:

— Ну, знала...

— О! — дед поднял вверх свой длинный указательный палец. — Откуда же?

— Этого не скажу. Ты и не поймешь. И не поверишь — а тогда все плохое может вернуться — и никакие старания уже не помогут.

Дед с обидой проворчал свое *Merde!* — и вдруг усмехнулся:

— Главное правило фокусников и нечистой силы — никогда не раскрывать секреты своих трюков, так?

— Мм-да, пожалуй... И еще правило психиатров — не раскрывать их и своим пациентам,.. — как бы себе под нос пробормотала бабка.

— *Touché!* — расхохотался дед, привстал, наклонился к ней и чмокнул ее в висок.

— А мне, баба, — поинтересовался я, — мне расскажешь? На ушко, я не протреплюсь.

— Тебе, может, скажу — но не сейчас. Позже... Давайте платить и пошли. Погоди, дай-ка сюда...

Она забрала у меня пустой стакан, перевернула его над блюдечком и внимательно осмотрела оставшуюся кофейную гущу. Следы мороженого ей ничуть не мешали.

— Идем, Яга. Заказать тебе еще трубочку с кремом, — спросил дед, — с собой, на вынос?

— Я и так уже хожу вперевалку... Но тогда уж — еще два «наполеона» в придачу!

Их разница в возрасте со временем сгладилась, оба постарели, но тем больше чудиле-деду нравилось колдовство его Бабы-Яги — и она это чувствовала.

НЕСКОЛЬКО СЛОВ О МОЕМ ОТЦЕ И ЕЩЕ НЕМНОГО — О БАБКЕ

Это был действительно торжественный день. Засидевшись в кафе за полдень, мы совсем не готовы были даже думать об обеде. Позже мать послала меня с судками в соседний ресторан «Нева», в секцию «Обеды на дом», но когда я принес домой еду, к ней никто не притронулся. Я тайком откусил пол бабкиного пирожного и был вполне счастлив, а на вечер был заказан праздничный ужин в ресторане для всей семьи. По дороге к нам были уже дядя Яша с женой и Людочка, которую дед упорно называл тогда мало употребляемым словом *кузина*. Мы ждали приезда отца. Его поезд прибывал в четыре на Курский вокзал, так что времени в запасе было достаточно.

Здесь уместно сказать несколько слов о моем отце. При рождении ему дали имя Борух-Бенедикт в честь Спинозы, а коротко — Бен. Бен Левин любил спорт, с детства увлекался боксом и футболом, а чтение с эстрады на самом деле никогда не было его пристрастием. Он был театральным режиссером, но однажды поставил с *несвоевременным успехом* пьесу Сомерсета Моэма «Пенелопа» — и попал *под постановление*. В передовой статье «О репертуаре драматических театров» авторов Моэма и Левина разгромили как носителей буржуазной морали, и на том театральная жизнь отца закончилась: его уволили из театра и внесли в черный список.

В разгар второй волны разгрома, когда начали уже не только увольнять, но и арестовывать буржуазных космополитов, он спешно выучил три патриотические поэмы и подписал договор с Хабаровской филармонией как чтец декламатор. С тех пор в поездках с концертной бригадой по городам Сибири он надолго исчезал из Москвы и появлялся дома лишь на пару дней в месяц.

Нынешний приезд для него означал многое: смена политического курса давала ему возможность побыть дома, не боясь ареста, и отдохнуть месяц-другой от утомительных поездок. Он знал о готовящемся банкете, и мы ожидали его приезда каждую минуту.

Бабка любила моего отца и считала его родственной душой, чародеем. Ей казался чудом сам факт, что он сам, своими руками выстраивал жизнь посторонних людей на сцене; каждый раз после премьеры она говорила ему:

— Ну, Бен, *такого* мы еще не видели! — даже если спектакль оказывался неудачным.

Вообще говоря, несмотря на странности, бабка была вполне благоверной советской гражданкой: читая газеты, не пропускала в них «Вести с полей»; напевала себе под нос, мо́я посуду: «Три танкиста, три веселых друга...», а когда слушала *радиоточку*, частенько вскрикивала:

— Тише! Поет Утесов!

Не так давно однако мне довелось убедиться, что лояльность ее и сладкозвучие были хорошо подогнанной маской; что она вовсе не была этакой простецкой бабусей, способной лишь баловать внучат и печь штрудель: это стало мне полезным уроком.

Я начал читать рано и уже перерос книжки *для младшего школьного возраста*, а взрослые книги мне трогать не разрешали — и я обратился к взрослым газетам. Их мне не посмели запретить: вдруг ляпну еще при соседях, что мне дома не дают читать «Правду»!

Разумеется, я не понимал и половины официозной газетной тарабарщины, но суть призывов была проста и вскоре мне стала понятна:

Повышайте бдительность —
и производительность!

— напевал я про себя, как мантру, как заклинание.

Мне вообще нравились любые призывы и лозунги, но больше всех я любил Ленина — за краткость.

«Учиться, учиться и учиться!» — требовал он. Конечно, веселого в этом было мало: это означало гонять во дворе мяч всё меньше, меньше и меньше! — но хотя бы сразу было ясно, чего от тебя желает вождь! И призыв Крупской, его *жены-и-соратника* (так, в двух ипостасях ее всегда упоминали) мне тоже нравился: его можно было распевать, как веселую частушку:

Помни-те, люби-те, изучай-те Ильича —
Нашего учителя, нашего вождя!

Одним словом, я был не по годам *развитым* еврейским ребенком; таких называли еще *«старая голова»,* и мне это нравилось — из-за слова «старая». Однажды, гуляя с бабушкой, так гордившейся моим умением *бегло* читать, я вдобавок решил щегольнуть перед ней и своей политической грамотностью.

— Знаешь, баба, — сказал я, предвкушая выражение восхищения, — я иногда чувствую, что Ленина так люблю, аж голова кружится!..

Но бабушка едва дала мне договорить: она больно ущипнула мой локоть и сильно дернула за рукав. Глядя мне прямо в глаза без тени умиления и восхищения, она раздельно произнесла свое наставление:

— У тебя есть бабушка Ида. Запомни крепко: ее надо любить, а не *Ленина-шменина!* — и погрозила мне пальцем.

К такому я совершенно не был готов! После ее щипка я подумал, что она потребует прежде любить Сталина, а потом уже всех остальных. Но она лишь прибавила суховатым, совсем взрослым тоном:

— Надеюсь, у тебя хватит ума никогда и никому это не повторять?

— Хорошо, баба. Никому. —

«Вот так бабка!» — подумал я, и с тех пор ни в обращении к ней, ни в своих мыслях, ни в воспоминаниях я не называл ее бабушкой — только бабкой или, на худой конец, Ягой.

ПРЕРВАННАЯ ПОПЫТКА ОБЪЯСНЕНИЯ ЧУДА

Поезд отца запаздывал, он отправил «Молнию» еще из Тулы, чтобы его не ждали дома — как только сможет, он придет прямо в ресторан.

Пока готовили стол, пока рассаживались, пока мы Людочкой спорили, кому достанется место в нише окна, дед успел выпить у стойки три рюмки коньяка на голодный желудок.

И захмелел.

Хорошо, что по совету матери заказ на банкет был сделан заранее, и всемогущий *мэтр д'отель Борода,* обещал не медлить с холодными закусками.

Ресторан был выбран моими родителями, а ужин полностью оплачен дедом — даже намека на дискуссию он не допустил. Просто подъехал на такси туда за день до срока, расплатился за выбранное меню полностью, включая чаевые, и напоследок передал еще бутылку коллекционного коньяка «Самтрест» — в подарок от *инкогнито* знаменитому Бороде, чем немало того растрогал. Прозвище «Борода» было дано последнему не случайно. Он был внушительного роста, обладал представительной внешностью и черной с проседью бородой конусом по грудь.

Официально ресторан назывался «Актер», однако всем он был известен, как ВТО — Всероссийское Театральное Общество, или как *Гадюшник* — или даже просто *У Димы и Володи*, по имени швейцаров.

Дело в том, что без пропуска туда не пускали, и швейцары отвечали за это. Секрет был в том, чтобы приложить к закрытой стеклянной двери ладонь так, чтоб изнутри ее видел только швейцар, и позвать: Дима! или: Володя! Вызванный подходил тогда к двери и мог узреть прижатую ладонью к стеклу купюру (минимум в десять рублей «дореформенных» денег) — и тогда от ответственных Димы или Володи зависело принять или не принять подношение и, соответственно, впустить или не впустить желающего пообедать в обществе работников театра — вкусно и недорого.

Труднодоступный этот ресторан был однако спланирован весьма убого, неудобно для большинства посетителей. Он представлял собой длинный зал-кишку, тесно уставленный столиками; узкий проход посередине с потертым красным ковром вел от входа в конец зала к *башне*, просторной круглой ротонде, выходившей большими зеркальными окнами прямо на улицу. Поэтому там на карнизах подвешены были легкие шелковые шторы, рассеивавшие дневной свет, а вечером пропускавшие желтоватое сияние уличных фонарей.

Уютней места для банкета нельзя было и представить: многие стремились отмечать свои даты *в башне*. Именно там и накрыли наш семейный стол.

Неподалеку от нас в зале закусывала компания подвыпивших журналистов из «Советского искусства» и, не стесняясь, громко обсуждала шансы занять наше место, когда мы закончим ужин и уберемся восвояси. Время от времени журналисты с одобрением оглядывали маленькую ладную фигурку моей матери, известной в городе своими ярко-синими глазами и исполнением наивных детских ролей.

— Вы надолго здесь, Женя? — обратился к ней по имени один из компании, назвавшийся давним знакомым.

— Нет, — ответила мать, не желая показаться нелюбезной, — с нами дети. Впрочем, все зависит от обстоятельств...

— Понял, — сказал знакомый, — если не припоминаете, я — Анатолий, — и не получив поощрения продолжить разговор, отстал.

Едва лишь принесли закуски, дед постучал ножом по графину, требуя внимания.

Все мы, во главе с бабкой, пытались тянуть время, в ожидании моего отца: для него приготовили место во главе стола, чтобы, как говорится, принимать парад и отвечать на тосты — *аллаверды*! Но его все не было, и дед, откашлявшись, начал с того, что если ждать еще, он выпьет четвертую рюмку — и тогда будет не в состоянии говорить. То есть вся идея торжества, его *raison d'etre*, окажется тогда бессмысленной.

Он поведал семье о наших с ним стараниях понять и как-то объяснить себе внезапный поворот в деле врачей, найти логику в цепи развивающихся событий. Он признал наше полное фиаско в попытках упросить нашу бабушку раскрыть тайну своего колдовского влияния на катаклизмы. Ибо без чуда — в чем дед совершенно был убежден — здесь дело не обошлось...

И поскольку провидица упорно молчит, дед хотел бы предложить собравшимися свое объяснение и веру в свою, собственную магию. Она, эта магия, заключается в том, что...

Но в чем именно — мы не успели узнать,..

ПРОИСШЕСТВИЕ В РЕСТОРАНЕ

...ибо в этот момент в конце зала появился отец; благодаря седой львиной шевелюре, его сразу же замечали издалека. Мать поднялась со своего места и махнула ему рукой. В нашу сторону отец не смотрел, ему и в голову не пришло бы, что нас, *нерегулярных* гостей, да еще с детьми, могли посадить за стол в элитной ротонде.

— Бен! — позвала мама, но зал был длинный, шумный, и он не услышал.

— Бе-ен! — позвала она громче, — мы здесь, сюда!

Когда он заметил нас и направился к ротонде, за столом журналистов началось движение; один из них, здоровый верзила в светлом костюме, пошатнувшись, привстал и когда отец проходил мимо, в тон матери тоже позвал его:

— Бен!

Отец улыбнулся и приостановился, решив, что не узнал кого-то знакомого. Тогда верзила громко пропел уже в лицо ему: Бе-ен! — да так, что все вокруг обернулись. И продолжил в том же ключе:

— Джо-о-он! Американские имена. Что, на русских ива́нов красивые женщины уже не смотрят? Берегут себя для космополитов?

Отец был среднего роста, но у него были очень сильные руки. Он слегка отодвинул стол, протиснулся между стульями, и въехал верзиле под дых. Не давая упасть, он ухватил его за одежду: левой рукой за шиворот, правой — за зад просторных брюк. Без труда приподняв верзилу повыше, так что ноги того чуть касались пола, отец понес его по проходу узкого зала по направлению к выходу.

От неожиданности верзила не пытался сопротивляться, его туфли беспомощно скользили по ковру. Лишь на полпути к нему вернулась речь, и он смог сказать:

— Я — Леонид Лунц, вы за это ответите. У вас будут неприятности! —

Но это привело лишь к тому, что отец, не выпуская его, ускорил шаги и у самого выхода позвал вполголоса:

— Дима! Володя! —

Знавшие свое дело Дима и Володя распахнули стеклянные створки дверей, отец протащил журналиста еще несколько метров сквозь главный вестибюль и, нажав его телом на дубовую дверь, выдавил журналиста на улицу, на ступеньки парадного подъезда.

Аккуратно прислонив его, ошалевшего, к гранитной стене, отец на прощанье легонько ткнул ему тыльной стороной кисти в кончик подбородка, давая понять, что в такой ситуации разумнее всего вести себя тихо и стоять ровненько.

От ужаса и унижения, подвыпивший верзила притворился в дрезину пьяным.

Но никто на него не обратил внимание.

Мимо быстрыми толпами проходили люди, рядом сиял огнями «Елисеевский» гастроном, чуть подальше сверху вниз взирал на прохожих одинокий Пушкин. Как всегда куда-то неслась, спешила вечерняя улица Горького.

ВТОРАЯ ПОПЫТКА ДЕДА ЗАКОНЧИТЬ СПИЧ

К столу вернулся отец через кухню, воспользовавшись пожарным выходом. На его появление однако никто в зале тоже не обратил внимания. Пробило полдвенадцатого; неподалеку закончились спектакли в Театре Транспорта и в цыганском «Ромэн», и толпа наскоро снявших грим усталых актеров с шумом заполнила ресторан. За ними повалили и служащие МХАТ и его филиала; в фойе быстро выстроилась очередь проголодавшихся артистов, мечтающих о любимых биточках *«по-климовски»*.

Компания пьяных журналистов исчезла — их столик уже наскоро готовили для новых посетителей.

Зато у нашей компании прибавился гость — это был Анатолий, тот старо-новый знакомый, спросивший мать, скоро ли мы закончим ужин. Он просил разрешения извиниться за выходку своего, как он выразился, зарвавшегося знакомого. Держался он вполне трезво и корректно, и ему милостиво предоставили эту возможность.

Отец принял извинения с суховатой вежливостью, но прежде, чем распрощаться, Анатолий предложил тост.

Он налил себе стопку лимонной; его попросили, если можно, быть покороче. Тост был действительно краток: за справедливость! Пусть каждый, пояснил Анатолий, получает по заслугам его, и примером тому пусть послужит его случайный приятель, фельетонист, возомнивший себя классиком и наверняка уже вызвавший сюда милицию.

Мы с Людочкой испугались: милицией стращали тогда детей по любому поводу, но дед, к всеобщему удивлению, воскликнул:

— Поддерживаю, *аллаверды*! — и снова наполнил рюмку. Он заявил, что тоже верит в победу высшей справедливости и разума, и даже знает, какие именно силы ведут к ней: а дело все в том...

Тут дед выдержал наполненную смыслом паузу — и зря: ему опять не дали завершить спич.

В проходе зала появились три милиционера. Они гуськом направились прямо к нашему столу, будто на смену караула у Мавзолея. Старший из них, с лычками на погонах, сразу же обратился к отцу, отдав честь, и попросил предъявить документы.

ДОЗНАНИЕ С НЕОЖИДАННЫМ РЕЗУЛЬТАТОМ

— Основания? — слегка побледнев, спросил отец.

— Жалобы на нарушение общественного порядка, — ответил милиционер.

— На меня? Чьи? Я, напротив, восстановил здесь порядок, избавил гостей от пьяного дебошира.

— И есть свидетели? — милиционер расстегнул свой планшет.

— Разумеется: все здесь, сидевшие за этим столом.

— Э, нет, так не пройдет! Здесь только ваши прямые родственники — жены, внуки. Их показания не имеют силы.

— О, вы, я вижу, уже хорошо осведомлены...

— По долгу службы. Если кто посторонний был, готовый подтвердить...

— Есть и такой! — сказал отец.

Все разом обернулись к Анатолию. Он уже выходил из ротонды в зал, но остановился и нехотя вернулся к столу.

— Очевидец?

— Да, я, можно сказать, м-м, присутствовал...

— К даче свидетельских готовы? Удостоверение при себе?

— Есть, есть, не будем тянуть, сержант. Я спешу.

— Хорошо: словесные оскорбления — были?

— М-м, можно сказать, да.

— Нецензурные выражения, нарушения спокойствия выкриками?

— Не было.

— Причинение телесных повреждений?

— Этого не видел.

— Так... А рукоприкладство?

Журналист вздохнул, отвернулся в три четверти от стола так, чтобы не встречаться взглядом ни с кем из сидевших за ним и выдавил чуть слышно:

— Имело место...

— И с чьей стороны?

Журналист замолчал, как воды набрал в рот.

Сержант черкнул что-то на листке из планшета, и снова обернулся к отцу.

— Теперь вам ясно? Документики попрошу.

В зале давно уже перестали закусывать. Некоторые даже привстали со стульев, чтоб лучше видеть, что происходит в ротонде. У самого выхода, видная издалека, маячила фигура в светлом костюме.

Отец достал сразу два удостоверения: одно — Народного артиста, другое — лауреата Сталинской премии. Оба звания были давно уже, несколько лет как со скандалом публично аннулированы, но сами книжечки были как новенькие: он ими почти не пользовался.

— Одну минутку! — вдруг раздался громовой голос, и все обернулись в сторону кухни. Отбросив портьеру, в проеме кухонного отделения появился мэтр. Его серебристую — соль-да-перец — бороду оттеняла безукоризненно накрахмаленная рубашка, черный бархатный пиджак отлично сидел на нем; он напоминал не то Мефистофеля, не то короля пик со старинных бабкиных карт.

— Что здесь происходит? В чем дело, сержант? — спросил Борода милиционера, — портите людям праздник? — Вы хоть знаете, сколько может стоить такой банкет?

— Так мы на жалобу здесь отозвались, — ответил сержант.

— Плохо отозвались. Если *здесь* — обращаются прежде ко мне, и вы это знаете.

— Жалоба на случайных посетителей была, Яков Данилыч, не хотелось беспокоить.

— Случайных? — загремел Борода. — Народный артист Левин — случайный для вас? Доктор, пенсионер республиканского значения, — случайный?! Вы будто и не в центре служите. В Люберцы потянуло к рабочим? В Измайлово? — могу посодействовать!

— Виноват, недодумали, учтем, — милиционер выпрямился чуть ли не по стойке смирно.

В зале теперь уже все с интересом наблюдали за развитием драмы.

— Учтете вы вот что, — мэтр достал изящный блокнотик, обложенный пластинками слоновой кости. — Здесь хамски оскорбили женщину: у меня дословно записано. Сталинский лауреат Бен Левин помог хаму покинуть помещение, так как он на ногах не держался. — Борода обернулся к Анатолию: — Вы ведь тоже здесь были — подтверждаете?

— Да, да, разумеется, — с почтительной готовностью отозвался Анатолий.

— А вот некоторые слова хама заслуживают особого внимания. — Раскрыв блокнот, Борода стал читать навскидку, но *с выражением*: «Красивые женщины — не для русских ива́нов... Берегут себя для американских космополитов...» И такое уже знаете, на что тянет?

Милиционер начал быстро заносить в протокол показания. Закончив, он с досадой махнул рукой кому-то у выхода, и фигура в светлом костюме исчезла. Официанты вернулись к своим подносам, в зале снова принялись за еду.

— Желаете взглянуть на протокол, расписаться? — спросил сержант.

— Да. Слово «космополитов» — исправьте: все А надо на О заменить, — Борода черкнул подпись. — Должность и полное имя вставьте: Розенталь Яков Данилович.

— Простите, как?..

— Розенталь. Борода — это псевдоним. Партийная кличка, если угодно.

ЛИЛИБУЛЛЕРО! НОЧНОЕ ШЕСТВИЕ

В третьем часу ночи вниз по затихающей улице Горького двигалась странная процессия. Возглавлял ее сержант милиции, сменивший свой тон уже на крайне дружественный — настолько, что стало известно, что зовут его Станислав, он даже просил обращаться к нему, называя просто Стасиком.

За ним важно шагал Борода в распахнутом, тончайшего кашемира пальто колоколом, которое дед называл «опера-клоук». В нескольких шагах позади следовали мы с Людочкой, как всегда хотевшей по-маленькому — и спать! Она прижимала к груди футляр с дедовым пенсне. Я был театральным ребенком и раньше полуночи, то есть до прихода родителей с работы ложиться спать не привык.

Я отвечал за дедову трость и с гордостью нес ее, подобно тамбурмажору военного оркестра, подкидывая время от времени в воздух. Несмотря на поздний час, я громко распевал при этом английский боевой марш:

Ле́ро, ле́ро, лиллибулле́ро —
лиллибулле́ро бу́ллен а ла́!
Леро, леро, леро, леро —
Лиллибулеро буллен а ла!

Взрослые несколько раз вяло пытались призвать меня к порядку, но сержант Стасик велел продолжать, узнав, что в песне грозились перерезать британцам глотку, что вполне отвечало призывам газет.

Позади нас дядя Яша и мой отец вели под руки деда, захмелевшего — настолько, что у него забрали трость и пенсне, поручив их нам, детям. Дед то и дело останавливался, чтобы закончить свою речь о высших силах, но так и не доходил до сути — ибо сбивался на критику окружающих, моего отца и в особенности своего сына Яши.

— Саперлипопет! что вы вцепились мне в локти? — вопрошал он. — Если вам так уж нужно сделать из меня пьяного Бахуса — то поддерживать и восхвалять меня должны не вы, а *вакханки*: веселые, молодые и непременно голые. Да, да, именно голые — и чтоб были в теле!

— Потерпите немного, Моисей Эммануилович, — пытался успокоить его отец, — придем сейчас на место, передадим вас в руки вашей вакханки — и завершите тогда свой монолог.

— Это Ида моя — вакханка?! — горячился дед. — Шутите? Чуть отвернешься — она шмыг! и в полёт на Лысую гору. По делам семьи, говорит, но черт один знает, чего они там ворожат. И зачем это перед шабашем надо брови подводить жженной пробкой? *Игнорамус* она и полна предрассудков, вот что я скажу. *Merde!* Жена моя — обскурант, чтоб вы знали!

Бабка-обскурант шагала молча позади в компании яшиной жены Аси и Анатолия, изо всех сил пытавшегося казаться трезвым. Шествие замыкали два милиционера. По приказу старшего, они охраняли идущих от возможных нарушителей спокойствия: от подгулявших поздних прохожих, от крикливых дворничих, а также от *стиляг* из только что закрывшегося на ночь *Коктейль-холла*.

Не доходя до знаменитой «*Филипповской*» булочной и угла улицы Немировича-Данченко, вся компания остановилась под лепной аркой роскошного входа в старую гостиницу.

— Подождите меня здесь — я быстро, — обратился к нам Борода и нажал кнопку вызова швейцара.

Весь первый этаж здания сиял зеркальными окнами, над которыми горизонтально — мигала синим неоном надпись «Ресторан Астория», а вертикально вверх — уходили ряды желтых электрических лампочек, образующих слова «Гостиница Центральн*ЫЙ*». Такая грамматическая нелепость никому не мешала. Вся Москва знала, что городское начальство приказало убрать из вывесок иностранные слова и заменить их на русские. Слово *отель* заменить на *гостиницу* успели, а само ее название — еще нет.

— Все в порядке, — радостно сообщил Борода, вернувшись к нам в сопровождении важного, как генерал, швейцара в фуражке и золотых галунах. — Кухня закрыта, но в зале уже сервируют для нас сладкий стол: чаи-кофе с пирожными, ресторан работает до трех!

— А ликеры? — обиженно пробасил дед. — Как насчет Бенедиктина, к примеру?

— Это — можно, — вдруг в тон ему басом, о́кая ответил швейцар. — Рябиновый горький и Шартрез имеем также, на любительский вкус.

ВСЕМОГУЩИЙ БОРОДА СПАСАЕТ ПРАЗДНОВАНИЕ

За час перед этим произошло вот что.

Лишь только недоразумение с хулиганством разъяснилось, и можно было продолжить ужин, дядя Яша с семейством собрались уезжать, чтоб не пропустить последний поезд метро. Это привело в ярость деда, весь вечер ожидавшего возможности завершить свой тост — и так ее и не получившего. Стали думать, что делать дальше.

Я подал идею: пусть переночуют у нас, в десяти минутах ходьбы от ресторана, а утром поедут к себе в Сокольники. Меня выслушали, подумали и поняли, что это невозможно: восемь человек просто физически не смогли бы разместиться на ночь в одной комнате общей квартиры.

И тут Борода решил взять спасение вечера на себя.

Прежде всего он задержал наряд милиции, официально запросив о помощи их участок. Потом распорядился на кухне отменить наш заказ на горячие блюда и десерт — что было неслыханным отступлением от правил: нам собирались вернуть бо́льшую часть затрат!

Анатолию, в момент ставшему нашим верным союзником, он велел выйти на улицу и убедить фельетониста Лунца немедленно убираться домой во избежание серьезных неприятностей; тот все еще маячил у входа в ресторан в своем легком костюме, очевидно, лелея мечты о реванше.

Сделав необходимые распоряжения, Борода появился в ротонде уже в пальто и пригласил всех следовать за ним. Он отпустил кухонный персонал с работы на полчаса раньше, и полные благодарности служащие снабдили милицию перед уходом небольшими изящно перевязанными продуктовыми пакетиками из плотной бумаги; засмущавшиеся милиционеры попрятали их по карманам, не разворачивая.

По дороге Борода поделился своими планами, чем привел в восторг прежде всего моих родителей и деда. В квартале от Дома Актера располагался отель «Центральный». Его там все знали, а ресторан отеля закрывался на час позже, чем ВТО.

Ужин можно было продолжить там, а он, Борода, тем временем закажет на ночь хороший номер *из брони* для деда и бабки. Он был уверен, что ему не откажут в этой небольшой любезности.

Старики, таким образом насладятся комфортом старой гостиницы: разве они не заслужили? А родственники смогут переночевать у нас дома. Планы были просты, как все гениальное, тем более, что деду как персональному пенсионеру и иногороднему, номер полагался бесплатно!

— Но у нас ведь нет ни зубного порошка, ни бритвы для меня, — заволновался дед.

— Щетки и пасту обеспечат, плюс два махровых халата. Это *полулюкс* — системы «Интуриста», прошу учесть! И парикмахер у них начинает работать в семь тридцать. — успокоил деда Борода. — Только не забудьте заранее горничной сказать, на который час приготовить вам ванну.

— Что–о??!!

Невероятная, непредставимая, неправдоподобная реальность не улетучивалась, не рассеивалась. Она не снилась, не была плодом хмельной фантазии, не рождалась в бреду отчаяния: ее можно было ощутить, потрогать руками — здесь, сейчас, сию минуту!

Чудеса продолжались, и деду не терпелось поделиться с близкими своим объяснением, пониманием магии, послужившей причиной этих тектонических, не вмещавшихся в сознание внезапных перемен.

ДОЛГОЖДАННОЕ ЗАВЕРШЕНИЕ ТОСТА О ЧУДЕ

— Слушайте же! Слушайте все! — вещал дед, — Настоящая магия — в знании и просвещении!

Он не притронулся к своему Бенедиктину, зато залпом одну за другой опрокинул две рюмки коньяка. Мы сидели за роскошным столом, уставленным сладостями и напитками, не смея притронутся к пирожным, прежде чем он закончит свой тост, дабы не вызвать очередную вспышку его гнева.

— Да, да! — деда несло, — Чудо в том, что правда, в конце концов, становится достоянием публики и массовый психоз улетучивается, каким бы он ни был тяжелым! И лучшего средства от рецидивов, чем просвещение народа, не найти! Я верю в это чудо — вслед за французскими Просветителями! — Тремя громкими хлопками Борода подал сигнал к аплодисментам.

Пока аплодировали, подошедший официант шепнул ему, что люди ждут разрешения на уборку зала, и Борода дал знак сворачиваться.

Деда уже вели под руки вдоль коридора — Борода *самолично* поддерживал его сзади, но тот не успокаивался. Почти насильно его, наконец, втиснули в лифт.

— Знание — и есть высшая сила, она одна лечит от массового безумия, — объявил дед старенькому сонному лифтеру в ливрее, — и это давно знали и Д'Аламбер, и Вольтер и Дидро!

И уже в дверях своего номера дед завопил на весь коридор:

Vive les Encyclopédistes!
(Слава энциклопедистам!)

РОСКОШЬ СТАРИННОГО ОТЕЛЯ

Поздним утром на другой день взрослые послали нас с Людочкой принести старикам свежие булочки на завтрак.

Лучшая в городе «Филипповская» булочная рядом с гостиницей открывалась в девять; ее ласкающий ноздри аромат с утра разносился вдоль улицы Горького.

К булочкам в придачу мы засунули в людочкин школьный ранец еще и разные цветные кулечки, купленные в особой секции под названием «Восточные сладости». В ранце у Людочки был еще и большой пакет, посланный деду ее мамой.

Мы поднялись на третий этаж гостиницы в сопровождении горничной в накрахмаленной белой наколке. Она несла на подносе чашки, сахарницу и тяжелый серебристый кофейник полный, по ее словам, чаю. Когда я спросил, зачем чай наливают в кофейник, она ответила с важностью:

— Дак для доктора же! Так вроде будет *моннее́е*.

В номере никого не было: когда мы вошли бабка *принимала* (!) ванну. Дверь была приоткрыта — я украдкой заглянул внутрь. Зеркала запотели; комнату наполняли клубы душистого пара. В старинные бронзовые краны были вделаны белые эмалевые кнопки, на которых синим было выведено ХОЛ, а красным — ГОР. Сама ванна тоже была массивной, глубокой; покоилась она на мощных бронзовых львиных лапах.

Дед, накинувши лишь полосатый купальный халат, принадлежавший гостинице, тер бабушке спину огромной мочалкой, называвшейся «*Люфа́*». Люфа тоже *была положена*, она была частью «полулюкса», этого царского номера гостиницы для иностранцев.

Я вышел на балкон. Длинной галереей он опоясывал весь третий этаж старинного здания и, загибаясь углом, уходил в узкий переулок. Стоя на этом углу, можно было далеко в конце улицы видеть башни Кремля с их звездами и золочеными флюгерами.

Когда старики, распаренные, вышли из ванной, бабка тихо охнула от восхищения. Мы приготовили завтрак, какой видели лишь в старых трофейных заграничных фильмах. Упомянутый уже *монный* кофейник окружали блюдечки-розетки с маслом и вареньем, чашки голубого фарфора и вазочки с восточными сладостями. Одни названия их ласкали слух моей кузины, сластены-Людочки: *Рахат-лукум! Ойла! Козинаки! Шакер-Бюрек! Шакер-Пурим!* Ах!!..

Для деда был особо куплен его любимый *бриош* — такое можно было найти только «у Филиппова». Бабушке и мне достались булочки под названием *«калорийные»*. Сегодня такого названия было бы достаточно, чтобы их прокляли диетологи, а пекарня обанкротилась, но в то давнее, не привычное к роскошествам утро мы прикончили все четыре «калорийки» в момент. Людочку с трудом, но все же удалось остановить; после нее на столе осталась лишь горка крошек и обломков восточных сластей.

МРАЧНЫЕ ПРОГНОЗЫ КОФЕЙНОЙ ГУЩИ

Когда было покончено с завтраком, горничная принесла газеты и спросила, не желает ли доктор свежего *кофию*: внизу уже открылся буфет. Доктор не желал, но кофе, к удивлению, попросила бабушка. Наскоро глотнув, она перевернула чашку — и тут же помрачнела. Я тоже потянулся за кофе, бабка сунула мне обломок бухарского печенья — странный рассыпчатый треугольник с черной маковой начинкой. Я запил его густым горьким кофе, бабка сразу перевернула и мою чашку — и помрачнела еще больше.

— Его убьют. — тихо сказала она.

Постучавшись, вошла горничная с гостинцами от администрации: двумя крошечными бутылками-*мерзавчиками*; одна с коньяком, другая с Бенедиктином.

Дед был погружен в газеты и даже не открыл свой любимый ликер. Зато вместо этого весь коньяк он вылил к себе в чай.

— Его не будет среди живых, — повторила бабка. — Если уже нету...

— Кого не будет? Кого нету? — спросил дед рассеяно и сделал большой глоток из своей чашки, — о чем ты?

— Не знаю, кого. Не будет того, кто все это затеял. —

— Кто затеял? Что?

— То. То, что все мы остались живы.

— О, опять ты ... затеял. О ком ты? Надеюсь, не об Архангеле Михаиле? Или, может, и о самом Спасителе?

— Оставь шутки, Мося, какая разница? Кто-то ведь там принял решение и распорядился...

— Да где — там?

— Оставь меня, пожалуйста..., — повторила бабка.

Дед засмеялся:

— Это ты оставь, Ида, ей-ей! Можно ведь чуть-чуть расслабиться, просыпается здравый смысл — уже! Кто знает, надолго ли? Но пока что — вот... — он залпом, с удовольствием допил свой коньячный чай: — ...пока что даже газеты правду пишут, вот читай и верь глазам: безумству толпы приходит конец!

— Да, как же, жди... — глухо проворчала бабка.

Дед не слушал ее. В прекрасном настроении, он вытащил из кипы газет журнал «Крокодил» и засмеялся, глянув на первую же попавшуюся на глаза карикатуру.

Снова постучали в дверь. Дежурная спрашивала, когда можно убрать номер.

— Пора собираться, — мрачно напомнила бабка, — дети ждут.

Дед снял запотевшее пенсне и протер платком. Две красные бороздки от пружинок шли вдоль переносицы. Глаза, не защищенные стеклами, своими розовыми белками выдавали его состояние — дед был сильно пьян!

Он улыбнулся уборщице своей близорукой улыбкой, и она выдала, какой бесконечно доброй, до беспомощности наивной натурой был мой колючий ершистый дед.

— Вечно ты, Ида, поешь не в тон, — сказал он, но выражение лица противоречило его ворчливым словам. — В тяжелое время — ты, знай, смеешься. А когда можно и выпить немного, и на время позабыть о плохом, ты — глянь-ка на себя — становишься чернее тучи.

— Дежурная ждет, пора идти, — с каменным лицом повторила бабка и одним движением смела со стола на пол остатки сладких печений.

ГЛАС ВОПИЮЩЕГО... С БАЛКОНА «ПОЛУЛЮКС»

— Да, пошли, — сказал дед, встал и свернул свой журнал «Крокодил». Бабка подобрала с пола уцелевший треугольничек с маковой начинкой, сунула его назад в кулек с надписью Шакер-*Пурим* и прошептала какие-то заклинания.

Людочка, вздохнув, проглотила последний кубик рахатлукума и подала деду пакет, присланный матерью.

— Что здесь? — спросил дед.

— Не знаю. Письма каких-то трудящихся, — ответила она.

— Минутку, — попросил дед, раскрыл пакет и вытащил кипу разрозненных листков.

Он поднес к носу первую же страничку, пробежал несколько строк и снова медленно сел на стул. Мы ждали. Дед развернул журнал, вывалил на него всю пачку писем и продолжил читать листок. Закончив, он еще раз протер свои стекла. Лицо его стало багровым, он начал шарить по столу в поисках футляра от пенсне — Людочка взяла и вложила его деду в руку. Он сунул листок назад дрожащими пальцами, разровнял страницы в аккуратную стопку и наверх положил футляр. Разворот «Крокодила» занимал крупный цветной заголовок: *«ПИНЯ ИЗ ЖМЕРИНКИ»*.

Не обращая на нас никакого внимания, дед без трости, на негнущихся прямых ногах направился к выходу на балкон, ступил наружу и затворил за собой дверь.

Мы подождали немного, но он не возвращался. Тогда мы попросили дежурную его поторопить, но она отказалась из страха прогневить начальство, и мы сами пошли за ним.

Когда все мы высыпали на балкон, дед стоял на углу, выходящем на перекресток улицы Горького, и вопил во весь голос.

— Пиня? — орал дед. — Что сделал вам Пиня? Плохо вправлял вам грыжи? Не лечил жен от мастита? Не спасал детей от кори и коклюша? Чем он не угодил вам, Пиня, отвечайте! —

Отвечать было некому, улица жила своей утренней жизнью. Прохожие, ни на что не обращая внимания, спешили по своим делам. Взывал дед — так казалось — не то к звездам в небе — воображаемым, не то к реальным — на башнях Кремля в конце улицы.

Через некоторое время под балконом все же начали собираться зеваки, и он, опершись на перила, обратился прямо к ним.

— Боитесь ответить, молчите, жидоморы? Ах, обидели вас, потехи лишили? Не дали крови пустить, отменили погром? Вы, лгуны, уже и газетам, и правительству верить боитесь — так ненавидите правду!

— Пойдем, дед, назад в комнату, — потянул я его за рукав, — я найду твою палку, дадим работать уборщице. — но он выдернул рукав из моей руки.

Снизу раздался вой сирены, я увидел, как к подъезду лихо подкатила синяя «Победа».

— *Игнорамусы*! Папоротники, грибы, мхи! — продолжал вещать дед. — Молочай, зверобой! — своим шаманам вы больше верите, чем врачу с европейской степенью?!

Трое здоровенных служащих Интуриста в синих пиджаках выскочили на балкон и попытались деликатно оттеснить его от перил. Но деда было не унять:

— Жалкие трусы, правды боитесь! — кричал он, — даже слова «рак» у вас нет: у вас он теперь *о-н-к-о-логия*! Задолбили, невежды, термин, а сами штаны мараете при одном его звуке: доктор спаси-и-и!

Синие пиджаки оттолкнули, наконец, его вглубь, к балконной двери.

— Извольте, я спасу вас от онкологии! И от медицины вообще! — набросился он на сотрудников. — Не желаете Пини в больнице — не будет вам Пини!

Заключительные слова дед кричал, когда ему уже молча крутили руки за спиной и пытались связать запястья тонким кожаным ремешком. С неожиданной силой он в последний момент вырвал руку и успел сунуть кукиш под нос дюжему сотруднику:

— Вот вам! — напоследок выкрикнул дед. — Живите без Пини — и увидим, кому будет хуже!..

Он вышел из *спецдиспансера* в Матросской Тишине через три недели совершенно здоровым, отдохнувшим и веселым, с положительным заключением тамошнего главврача, профессора Величко. Все эти дни, по словам деда, они с профессором провели, играя в шахматы и рассуждая о темноте и невежестве неблагодарной толпы, страшащейся врачей и не доверяющей им. Особенно, если врачу выпало родиться — евреем.

**ВЗГЛЯД ИЗДАЛЕКА:
КАК ВЫЯСНИЛОСЬ ВПОСЛЕДСТВИИ...**

1. *Письма трудящихся*, приведшие захмелевшего доктора Гольдберга в ярость и побудившие его к смертельно опасной публичной выходке, были жалобами граждан в правительство СССР. Их копии получила редакция «Вечерней Москвы»; Яшина жена Ася отправила их деду в качестве курьеза, для смеха, но своей непробиваемой логикой ненависти они привели лишь к крушению его веры в силы просвещения масс.

Вот несколько выдержек из множества таких писем:

Тов. Редактор! Просим Вас передать в ЦК КПСС просьбу больше не помещать таких сообщений, как от Министерства внутренних дел СССР от 4. IV. 53 г.

За все время существования советской власти еще никто не порочил так наши

родные органы безопасности: болит душа! И все из-за чего? Из-за евреев!

...Да, евреи еще нигде не пропадали, они и здесь сумели вывернуться! Дело не обошлось без кумовства или подкупа! Не ясно, остались ли еще на свободе на самом деле вредители-врачи, или уже нет?

...Прочитал об освобождении врачей-вредителей. У меня было ощущение, что я получил пощечину.

Уж слишком все «шито белыми нитками», и заставить народ верить в «невиновность» еврейских врачей нельзя. И особенно теперь, когда нет с нами любимого вождя товарища Сталина...

...Прочли сообщение Министерства внутренних дел. Оно вызвало чувство пощечины.

Почему врачи евреи на следствии признались во всем? За одно это их следует наказать! Почему честные советские люди под пытками гитлеровцев ни в чем не признавались?

У всех рабочих сообщение о невиновности евреев вызвало тревогу и страх. Оно может вызвать улыбки только у Эйзенхауэра, в Америке.

Не успели утром выйтить на кухню, как все возмущаются... Как можно сеять такие сомнения в народе? Кому верить? Не самим же евреям в самом деле?

Я простой человек, и вот мои мысли высказаны в этом письме.

2. Интуиция моей бабушки Иды Яковлевны по прозвищу Ведьма с Лысой горы не подвела ее и на этот раз: действительно, через пару месяцев после описанных событий был расстрелян всемогущий министр Лаврентий Берия — тот самый, «затеявший», выражаясь ее языком, поворот политики, который спас еврейское население страны от массовых репрессий. Официальная дата смерти Берия — 7 июля 1953 года, по сей день оспаривается, так что тогдашнее бабушкино гаданье на кофейной гуще без точных дат звучит и сегодня исторически вполне приемлемо.

3. Истинной причиной внезапного избавления советских евреев от очередного кровавого навета бабушка считала магическое действие праздника Пурим.

С наступлением этого Дня Избавления совпала внезапная смерть Сталина, вызвавшая, подобно падающему домино, всю цепь дальнейших невероятных событий. Бабушка долго хранила дома розовый кулек с высохшим куском печенья с маком, подобранный тогда с пола гостиничного номера.

Такое печенье евреи во всем мире называют *«Уши Аммана»*, в память об известном библейском антисемите, жестоко поплатившемся за свои козни. На пакетике было напечатано по-русски: **Шакер-***Пурим*: свирепой российской цензуре и в голову не пришло запретить еврейское печенье, прибывшее в булочную из Бухары: для нее оно было просто восточной сладостью. Этот обломок печенья бабушка и считала истинным символом спасения врачей, да и вообще всех евреев, от погрома — а вовсе не раскрытие народным массам глаз на реальность, в которое всю свою жизнь так верил дед.

ГЛАВА ПОСЛЕДНЯЯ

Георгия Александровича Куликова все, знавшие его, величали не иначе как *Жорж*. Он был одним из ухажеров моей бабушки еще с далеких времен Второй Пятилетки: Жорж Куликов.

Каким я его знал (гораздо позже, разумеется), Жорж Куликов был отвратительным старикашкой с лягушачьей нижней челюстью, резко сдвинутой вниз и назад, к шее. Бросались в глаза его яркий апоплексический румянец и пара светлых бесстыжих глаз. Он не носил очки и страшно гордился этим. В прошлом он, вероятно, был рыжим, но с тех пор поседел и полысел и потому вечно носил, не снимая, брезентовую кепку с путейскими молоточками а-ля ранний Метрострой. Перед войной он надолго исчез из поля зрения; было известно лишь что он был среди авторов проекта Крымского моста, одного из самых красивых мостов Москвы.

Прошло много лет. Однажды, когда дед шел домой из библиотеки, рядом с ним остановился маленький серый автомобиль. Водитель окликнул деда: «Мося!» Это был Жорж! Он почти не изменился за прошедшие годы, все также лихо водил машину и все также громко разговаривал, слушая, прежде всего, самого себя. Не задавая лишних вопросов, Жорж пригласил деда с женой поужинать у него дома в новой квартире. Дед принял приглашение, и они договорились созвониться на неделе и назначить день встречи.

Выяснилось, что, в отличие от деда, Жорж не был пенсионером. Напротив, он читал в Московском институте стали лекции по сопротивлению материалов; летом выезжал на машине в Крым на отдых, а главное — совсем недавно женился! Новобрачную звали Рахиль, она была ровесницей Жоржа, но тот предпочитал звать ее *Рашель* в честь известной французской актрисы, и уверял, что, когда он надевает шляпу, а не кепку, — тогда они с женой, можно считать, одного роста.

В назначенный день бабушка была готова уже с утра. Она выкрасила себе волосы при помощи средств с загадочными названиями *Хна и Басма́* и стала каштаново-жгучей шатенкой. Дед ворчал: двадцать лет назад ухажер Жорж оказался единственным, кому удалось добиться у бабки некоторого успеха. Воспользовавшись случаем, когда близорукому доктору срочно понадобилось заполнить несколько историй болезни, Жорж подсел за его спиной поближе к бабушке, дождался момента, когда она повернулась к нему в профиль, и звонко чмокнул ее в левую щеку, заставив бабушку покраснеть. Дед ничего не заметил, как думали оба, но оказалось, что он в свои стекла видел отражение происшедшего и отлично слышал звук украденного поцелуя.

Год был тысяча девятьсот тридцать восьмой. В течение последующих лет дед время от времени ворчливо напоминал бабке этот акт супружеской неверности и требовал признать, что если б не он и его влияние, Ведьма закончила бы свои дни в доме свиданий. Бабка не любила спорить, она соглашалась с дедом, но ухажеры в доме не переводились, постепенно переходя в узаконенную категорию *друзей семьи*. Самое главное, что дед, как я уже упоминал, нисколько не препятствовал общению с ними: теперь, по прошествии лет, я уверился, что ему весьма нравился успех его Ведьмы у мужчин. Это давало деду повод считать, что местные донжуаны ему отчаянно завидовали, и ворчать на жену при малейших разногласиях в быту.

Обед был назначен на семь, по телефону заранее заказали такси, но к полудню дед себя неважно почувствовал. Как сейчас помню, он сидел мрачный, в одной жилетке без пиджака в своем кресле у нас дома. Время от времени он измерял свое кровяное давление, после чего повторял, что его рак обнаруживает, наконец, свои симптомы. Чего именно был у него рак, спрашивать запрещалось: он мог обидеться и разозлиться, приняв это за намек на ипохондрию!

Прошли часы, деду не становилось лучше, голова была тяжелой, давление держалось на 187/137; за час до встречи отменили такси и вызвали *неотложку*.

Однако, пока ее ждали, деду неожиданно полегчало, он повеселел, давление снизилось до нормального. И тогда ему пришла в голову идея: они с бабкой привели себя в порядок, прихорошились, а когда прибыли медики, дед попросил их вместо больницы отвести в гости к Жоржу. Он, разумеется, подкрепил просьбу вознаграждением в пятьдесят рублей. Бутылка водки и Каберне для хозяев были приготовлены еще с вечера, а надеть пальто у обоих заняло пять минут.

Так, с включённой сиреной, обгоняя идущий транспорт, старики прибыли по назначенному адресу на *неотложной скорой* даже на десять минут раньше времени.

Жорж, в прошлом выпускник Эко́ль Политекни́к (*École Polytechnique*) в Париже, понимал толк в выпивке. Где в Москве в 1959 году ему удалось раздобыть «*Наполеон*» 1947 года, для гостей навсегда осталось загадкой. Это хотя и не был любимый дедом «*Мартель*», но все же он был куда лучше популярного в Москве армянского бренди, незаконно носившего звание коньяка.

Обед, состоявший из салата *Нисуаз*, паштета с грибами и лично приготовленных Жоржем медальонов филе со спаржей, завершился парой ароматных сигар «Ромео и Джульетта», недавно прибывших из революционной Гаваны. Бабке Жорж предложил дорогую сигарету «Тройка» с золотым обрезом.

Рашель не курила. Она сидела неподвижно, с прямой спиной, наводившей на мысли об обызвествлении позвоночника, и старалась изо всех сил удерживать на своем мужском волевом лице любезную улыбку.

После четвертой рюмки «Наполеона» глаза Жоржа замаслились, и он захотел сфотографироваться на память. У его американского «Кодака» был отличный автоспуск, что позволяло сняться вместе всем четверым. Жорж навел аппарат, и тут его озарила новая идея. Он предложил обменяться дамами и так увековечить себя на фото. Пусть Рашель, сказал Жорж, сядет на колени к деду, а Ида — нему: получится смешной снимок. Мужчины возьмут в руки бокалы Каберне — и фото выйдет почти как двойная картина Рембрандта с женой Саскией на коленях.

Рашель такая идея понравилась: она давно уже благосклонно косилась на долговязого доктора, который был на полголовы выше нее ростом, в то время как она была на полголовы выше своего мужа.

Дед, однако, вдруг категорически отказался от этой игривой идеи. Его аргументация был проста, хотя и не вполне деликатна. Костлявая Рашель была на семнадцать лет старше его пухлой Ведьмы, и внешней привлекательностью не блистала: предлагавшийся обмен таким образом, по мнению деда, был не на равных условиях — так что пусть уж каждый остается при своем!

Возникла довольно неловкая пауза. Чтобы как-то ее замять, Жорж со смехом предложил деду толстый альбом с фотографиями своих многочисленных прежних пассий — и выбрать любую, какая придется ему по вкусу. Приняв шутку, дед раскрыл альбом и на второй же странице обратил внимание на пляжный снимок юной красотки в полосатом купальном костюме, державшей над головой спасательный круг. На круге было выведено: «Алушта 1939». Дед налил себе еще Наполеону, крякнул и сказал:

— *Аккуретная* девушка. Такую и в мокром купальнике можно было бы посадить на колени. *Саперлипопет!* а что, если она все еще в Алуште живет — стоило б к ней туда съездить...

Это были его последние слова. Он ухмыльнулся, уселся поудобнее в кресле, бонвивантски небрежно закинув длинную ногу на́ ногу, допил, не спеша, свою рюмку — и умер.

Бабка привезла домой его пальто: деда забрали в морг прямо из гостей. Диагноз: кровоизлияние в мозг на почве давнего атеросклероза. Никакого рака у него не обнаружилось, даже намека...

У него не было ни единой коронки во рту — в восемьдесят с лишним лет; всегда аккуратно причесанными были слегка поредевшие волосы. «Молодой, красавец, — восхищенно шептала пожилая санитарка морга, явно рассчитывая на щедрые чаевые от родственников персонального пенсионера. Но после всех затрат на переезд в Москву у бабки с дедом не осталось за душой ни гроша — они были нищими даже по советским понятиям, а от помощи детей решительно отказывались, стеснялись. Чаевые, доставшиеся санитарам от нас, были вполне заурядными.

При Донском крематории работал струнный квартет от Общества Слепых. Музыканты за стандартную плату предоставляли скорбящим меню на выбор: две траурные темы по две минуты каждая — в конце второй гроб автоматически опускался куда-то вниз, и за ним закрывались дверцы, как в метро. В этот момент родственникам положено было плакать. Таков был порядок.

Дед оставил короткое завещание и в подарок мне деньги на фотоаппарат — поэтому мне поручили выполнить его последнюю просьбу. Я пошел к музыкантам и спросил руководителя, смогут ли они сыграть баркароллу Оффенбаха из «Сказок Гофмана». Неодобрительно пожевав губами, тот согласился — можно, если, конечно, сыграть тему гораздо медленнее и пианиссимо: обойдется в сто рублей...

Но когда я заказал вторую тему, слепец задрал голову в синих очках и спросил:

— Вы в своем уме? Такого у нас сроду не было и быть не могло! Хотите куска хлеба нас лишить? — На этих словах я достал триста рублей из подаренных дедом денег, но слепой, в момент определив на ощупь достоинство купюр, еще решительнее замотал головой: — Нет, нет и нет!

Я без всякого сожаления распрощался с фотоаппаратом и прибавил еще семь сотенных бумажек. Музыкант слегка коснулся их кончиками пальцев, вздохнул и сказал:

— Но чтоб без претензий потом: я оформлю это как погребальное шествие из «Ромео и Джульетты».

Ударили по рукам, и я присоединился к скорбящим в зале прощания.

Отыграли первые две минуты — не совсем уместную чувственную Баркароллу. Родственники приготовились к рыданиям на второй теме; уже раздавались первые всхлипывания, когда квартет ее начал. Это были энергичные, уже не раз где-то слышанные аккорды! Домработница Шура, не разобравшись, раньше времени завопила в голос — ее остановили. Еще не подозревая дурного, несколько скорбящих завертели шеями, оглядываясь на музыкантов.

Мелодия между тем нарастала, становилась все более знакомой, бодрой, оживленной, и когда дошла до места, где во все четыре смычка музыканты грянули: *«Тореадор, сме-ле-е-е-е в бой!»*, тему все узнали и вспыхнул скандал: ведущая церемонии замахала рукой музыкантам и выронила фанерный номерок, который следовало положить сразу на гроб; без этого он не опускался, музыка продолжалась *аллегро виваче*, скорбящие же, держа наготове платочки, сморкались и всхлипывали в полной растерянности, ожидая знака к началу рыданий.

Апофеоз оплакивания и скорби был, короче, безнадежно погублен!

Не в силах сдерживаться, я почти выбежал из траурного зала на улицу, надеясь там побороть приступы смеха, но увы, первое, что увидел на серой стене крематория — это грубо выведенное от руки черной краской объявление *«ВЫДАЧА НЕВОСТРЕБОВАННЫХ ПРАХОВ»* и указующую стрелку — это было уже выше моих сил и, зажав рот, я в конвульсиях опустился на скамейку.

Из трубы крематория между тем выплывал, не спеша, сизый дымок; он остановился на фоне ослепительно-голубого неба и принял форму облачка, безошибочно напоминавшего пальцы, сложенные в непристойный жест. Я вдруг вспомнил, что кукиш дед называл по-киевски — *дуля*; вспомнил его веселое проклятье *саперлипопет!* — и дав себе волю, уже во все горло расхохотался.

Так дед и уплыл в лучший мир под смех своего любимого внука и будоражащий душу призыв: «Тореадор — смелее в бой!»

Привычке не раздумывая бросаться в драку с мрачной действительностью он, таким образом, остался верен до конца своих безумных дней.

Нью-Йорк, 2022–2024

Виктор Норд, теле- и кинорежиссер, драматург, продюсер (Израиль, США). Родился в 1945 году в бывшем Советском Союзе.

Эмигрировал в Израиль из СССР в 1973 году после окончания с отличием Всесоюзного государственного института кинематографии (ВГИК).

Израильские фильмы и военные телерепортажи Виктора Норда переводились на многие языки и пользовались успехом в странах Европы и Америки. Наиболее известен благодаря режиссерской работе в художественном фильме под названием «ХаГан» с дебютанткой Мелани Гриффитс. Этот фильм представлял Израиль на Каннском фестивале в 1977 году (программа «Дебют — Плодотворное Око»), на Международном кинофестивале в Сан-Франциско, на Международном кинофестивале Вотерфронт в Торонто, и других.

С 1982 года Виктор Норд проживает и работает в Нью-Йорке. Ко-продюсер и редактор ряда телевизионных шоу Frontline—WGBH, среди которых *The Russians are Here* и *Captive in El Salvador* — последний был награжден двумя премиями ЭММИ в 1984 году. Режиссер диалога двенадцати серий шоу *The Comrades* (WGBH) и телефильма *Seven Days in May* (CBS). Виктор Норд является автором девяти сценариев мини-серий (2004–2018) (два из которых — совместно с писателем Джорджем Файфером).

В 2014 году выступил как автор, пишущий на русском языке, выпустив теле-роман «Непредвиденные последствия» («ЛУЧ», Москва 2014 г.)

Публикуется в журнале ВРЕМЕНА.